智慧花

林林 著

江苏凤凰文艺出版社
JIANGSU PHOENIX LITERATURE AND ART PUBLISHING, LTD

图书在版编目（CIP）数据

智慧花 / 林林著. — 南京：江苏凤凰文艺出版社，2018.8

ISBN 978-7-5594-2679-6

Ⅰ. ①智… Ⅱ. ①林… Ⅲ. ①短篇小说－小说集－中国－当代 Ⅳ. ①I247.7

中国版本图书馆 CIP 数据核字(2018)第 174905 号

书　　名	智慧花
著　　者	林　林
责任编辑	张　黎　张　婷
出版发行	江苏凤凰文艺出版社
出版社地址	南京市中央路 165 号，邮编：210009
出版社网址	http://www.jswenyi.com
印　　刷	江苏凤凰数码印务有限公司
开　　本	880×1230 毫米 1/32
印　　张	7.5
字　　数	160 千字
版　　次	2018 年 8 月第 1 版　2018 年 8 月第 1 次印刷
标准书号	ISBN 978-7-5594-2679-6
定　　价	39.00 元

目　录

智慧花

林林

自从小会被推荐上大学走了以后，小志觉得自己一下子变了，变得这么脆弱、这么多情、这么忧伤和自卑。

不用说，妹妹被推荐上是理所当然的，这点小志不否认。这么多年妹妹浪迹在黑龙江省各个穷山僻壤的兵工厂做安装工作，在这五千多名粗野的汉子当中妹妹是怎样拼死拼活地干过来的，没有比自己更了解的啦。虽然自己和妹妹同岁，可她始终认为妹妹的确比自己要能干，要认真，要早熟得多。就说自己加入共青团这件事，也是在妹妹当了团支书以后，替自己写了份入团申请书才稀里糊涂地加入了。后来妹妹又是入党，当工会主席、突击队长、宣传队长，是全公司公认的劳模，真真红得发紫，活跃得蹦高。可自己呢？明明是姐姐，榜上没名不说，连自己每天在与不在对周围的人来说都是无关紧要，只是一个默默的存在而已。闲下时就拿出书来看，要么就是背背外文单词、写写日记。看书背单词和写日记完全是从小在家时养成的习惯。总之，小志总感觉不到周围人群对自己有多么大的影响。她本来就不熟悉他们，也没有想去熟悉他们和接近他们。她隐约地觉得如果没有妹妹的话她会很孤立，于是对妹妹发出的每一道号令她都无条件地跟从、执行。可如今妹妹走了，而且是彻底地离开工厂了。妹妹走得真是利索，连用过的所有的电焊工具全都被她一股脑扔到山沟里去了。临走之前妹妹还给小志留下了一句话：

“早点从这里跳出去，看你的啦！”

小会一走，小志突然才意识到大学也是自己一直想但又不敢想的地方。其实自己内心深处也是渴望有一天能成为一名大学生，能坐在课堂里读书。这简直就是一个梦想，简直就是雨后的七彩虹，那么绚丽多彩、那么令人憧憬向往，而这一切妹妹都跃先实现了。

从一九六九年小志和妹妹来到省里这所工厂当电焊学徒工起，算起来至今已经有五年了，熬了五年好不容易才在这三千多适龄工人的公司里盼来了一个推荐上大学的指标。就是说如果自己也想上大学的话，还得再待上五年才能等来这一个上大学的指标。但等到那时工人能不能推荐自己还是另一码事。

想到这儿，小志感到一种茫然中的沮丧、一种无望中的悲哀，让她几乎要自暴自弃，她不由地将手中的书放在铁板上，望着身旁堆积如山的钢铸铁梁，深深地叹了口气。

许子从锅炉高架上下来了，他累得满头大汗，脸上因焊光的强刺激而长出一块块紫红色的斑点，他取下焊帽对坐在阴凉的锅炉底钢架上的小志说：

“上面大弯头的仰焊处我都焊完了。你看你的书，我先去我那个摊儿看看那帮兄弟后再过来。这里的活儿你就甭管了。”说完许子卸下焊枪焊帽。

小志本来坐在那里一个劲儿地叹气，听许子说话她猛地像从梦中醒来一般。

看着身高力壮的许子正在一把一把地抹汗，突然一种异性的雄壮的诱惑力在小许的身边像磁场一样发出强有力的电磁波，猛烈地冲击着小志的内心，不知不觉的，小志的心欲向许子贴近。她突然感到自己是多么期望着许子那宽大厚实的胸膛靠近自己，她多么希望许子给自己一个实际的温存和贴切的安慰。她甚至真的想伸出一只手，哪怕就是触摸一下许子的那个结实的高高隆起肌肉的上臂也行。

可许子却全然没有去注意小志的神情，只是在忙碌中抹完汗丢下工具就走了。他是车间主任又是公司里最年轻的党支书，他不能光顾小志不管自己车间那一大班子的人。

许子快步离开。这会儿小志倒是对自己方才的冲动感到有些羞怯。虽然心底仍弥留着对许子的怪嗔，但她最后还是觉得自己太痴情、太傻！怎么会突然这样冲动地喜欢上他呢？她有些生自己的气。于是她又拿起手中的书想接着往下看，可脑袋里如同乱麻一样，无论如何也看不进去了。

许子和自己一样是六九届初中毕业生，五年来一直是默默地、诚恳地、任劳任怨地帮着自己，他从不向自己表白什么，也不说那些粘粘乎乎的话，他就是一味的默默地干。不用说小志知道许子喜欢自己，但她又本能地不肯放松一个自我禁锢的女儿心。清高和等待总在心里作怪，使她不自觉地将自己放置在另外一个不属于这个领域的地方。她不敢声言自己的所属，好像那是只有上帝才知道的“机密”一样。

她的确长得很出众，不用照镜子，看小会就知道了。她和小会是一卵性双胞胎。小会无论走到哪里就像有一个五彩的光环套在脖子上一样，再陌生的人也会被小会的光环吸引，那目光或嫉妒，或羡慕，或兴奋，或留恋。

但她又觉得自己不如小会。正如小的时候，妈妈的朋友们来家串门时都不约而同地夸小会爱干净、能干、长得漂亮，好像自己不是妈妈生的倒像是从哪里捡来的一样。没人夸自己也没有人去注意自己的存在。当然她明白这关键在于：虽然她和小会长得一模一样，可性格却是有天壤之别。她的性格像男孩子一样天不怕地不怕什么都敢干，小的时候她还经常跟着邻居的一帮男孩子上房盖掏鸟窝。而小会简直天生就是个女人，又温顺又能干又多情，动不动就爱掉眼泪。

尤其进了工厂以后，小会就像万绿丛中一点红一样，在这些男人中她是这样杰出，这样优秀，这样光彩夺目。大家都喜欢她也拥戴她。她以特有的女性的美、形象美和行为性格美吸引了众多的工人，他们也都愿意将荣誉的桂冠给予她。

而小志她却不同，进了工厂如同回到那些曾撕撕打打的邻里男孩子群当中一样，她瞧不起他们也故意不去理睬他们，就像时刻都在对峙着的雄斗鸡一样，她一直守候在人群之外。

她与周围的工人们只是相互警惕着防备着的关系。

妹妹离开这群人，小志这才意识到自己（除了许子）其实根本就不认识周围的人，也不熟悉周围的人。她才觉得自己的清高是这样的孤独无援、寂寞空凉。

对小会来讲，进大学真的是如同进入一个梦寐以求的田园里一样。她全身全心地将自己投入到学生生活当中。她感到幸福极了！这个幸福是多少人想求之而望尘莫及的。她又回到了“文革”之前曾无忧无虑地学习过的课堂里。看到在阶梯教室里建筑学的教授走到讲台上，那么彬彬有礼又那么有条不紊地大讲特讲时，她简直醉了，醉倒在一个熊熊燃烧起的求知欲火当中。

在这所全国重点工科大学里，云集着来自五湖四海的年龄不等的学生们。他们都是来自工农兵大军的佼佼者。由于是工科，在一个班级里几乎看不到一个女学生。相反地说如果班级里有一个女学生，她就势必会成为人群中的醒目存在。更不用说像小会这样本来就有着一张如花似玉的脸，在这些人群里她也就自然地被众人推崇为全班、全系乃至全校的花冠人物。加上她的秉性又是那样谦恭、忍让、温和、有礼，使得每个接触过她的人都不由地会对她产生眷恋、可亲可爱的印象。

如同在工厂里的五年生活一样，她很快就成为活跃在社会和政治方面的学生领袖中的一员。一年级第二学期起她就已经担任了大学校学生会文艺部部长。也就是在校学生会她与体育部部长王跃结识了。

王跃是现役军人，来自一个军队高干家庭。他也是建筑系的学生。在没有遇到小会之前，他正犹豫徘徊在与本班的学生会主席——一个来自山西的铁姑娘王敏的关系当中。王敏虽然长得不漂亮，但有股子男孩子的硬闯劲儿和山西人的泼辣劲儿。她不拘格式，什么男儿追女儿的世俗形式，都被她的半形成的现代观念击碎。刚刚进校不到半年，她就主动找到同班同学王跃，并单刀直入地对王跃说自己喜欢上了他，如果愿意的话能不能相处一下。

王跃虽来自一个典型的军人家庭，但父亲是文官，有着喜欢吟诗作赋的传统文人的小爱好，动辄豪情满怀地大抒诗情。王跃受到父亲的影响，也是文绉绉的，动不动就来段西洋名作一小抄。照实说，他们父子两个的性格和爱好与他们持有的军人身份令人难以置信地脱节。如今他突然听到王敏对自己的大胆的表白时，他在惊讶的同时，一种难以让他立即决定的尴尬处境又封住了一个本能欲张的嘴。

也就是在这时，命运像是故意安排一样，他在学生会与小会相遇了。当小会出现的那一瞬间，王跃就毫不迟疑地对自己说：

“我要找的人就是她!”

在追求小会这件事上，王跃一展他军人式的干脆、利落、有策略、有计划的本领：穷追不舍地追逐和忘我地奉献。然而，小会本来就是来自众星捧月的工人队伍，在她看来王跃不过就是与工人身份不同而已，她全然没有把王跃放到眼里。

七月正值东北最好的季节，树绿花红，全校夏季运动会正在召开。身材纤细又动作敏捷的小会作为跨障碍短距离赛跑选手参加比赛。这会儿又正赶上小志从工地上回来，于是小志就叫上小妹小华一道去给小会声援。

轮到小会跑了。起跑线上一声枪响，运动员像一匹匹精神抖擞浴血拼搏的战马一样，甩开那纤长而矫健的长腿瞬时冲上各自的跑道。小会在起点上就比其他选手抢先一步，加上她本身的速度，一眨眼她就遥遥领先了。

小志按捺不住兴奋不由地对着跑道上的小会大喊一声：

“小会，第一！小会，第一！”

小会正全神贯注于跑道上，小志突然的喊声在她欲冲向最后一个障碍物时响起，她本能地看了一下围聚的观众，就是这一秒的本能扰乱了她只剩毫米之差的跑距，她的后脚跟擦在跃过的障碍物上，障碍物猛烈的返跳力击在她的腰上，小会倒下。

倒在跑道上的小会距终点只有一步之差。瞬间所有的人都被这意外惊呆了！

没等小志、小华她们反应过来时，一个身着军装的健壮的男学生，已从观礼台上跳下冲进跑道，抱起人事不醒的小会。主席台前的医护站人员也相继跑进赛场对小会采取紧急医疗措施。

三个月之后，痊愈后的小会回到家里。正赶上小志这段时间单位一直没有派她去外地，只在市内的大炼油工厂帮助安装。小华这个月干的又都是夜班，白天在家。三姐妹难得有一个聚一聚的机会。

她们三姐妹年龄相差三岁，这一年小志和小会正满二十二岁，而小华才十九岁。

有言道：穷人家的孩子早当家。而她们三姐妹可谓：多难家的孩子早当家。她们出生在社会主义初级阶段，一个被定性为有复杂社会关系的家庭里。父亲曾是国民党少校军医，母亲是日本人，这就构成了那个时代一个多难家庭的背景。但是由于她们的父亲是个做事极小心、谨慎、精细、用心的人，又很知道自我保护，不惹事、不犯事，也不招事，因此历来运动都像是与他无缘一样。虽然他是个名医，但他从不崇上欺下，他的原则是不得罪任何人。他不仅用此来保护了自己，也庇护着妻子和儿女不受任何外界和社会的干扰。她们三姐妹对父母的为人处事耳濡目染，自然也就早早地懂得了怎样去保护自己和家人。

“小会，我发现王跃对你非常上心！运动会上是他第一个跑上去救你的。”小志说。

这是小志有意对妹妹说的。因为王跃不知在哪里知道了自己的单位，竟在昨天自己工厂的门前特意等小志，并送给小志一条鲜红的围巾。小志又不是傻瓜，他知道这是王跃对妹妹的一个用心的表现而已。何况，她觉得王跃也的确是个挺不错的人。

没等小会答，小华抢过来说：

“我想恐怕咱爸不会同意的！你想想一个知识分子怎么会同意自己的姑娘同当兵的在一起呢？”小华向来是消极而保守的。

“我呀，跟你们讲我从小就不愿看到咱爸对人小心翼翼赔不是的样子！你们想想咱家对面住的李主任，加上我们隔壁的老关、老隋、老邢家，他们每家从小的到老的哪个不是靠我们家看病吃药的？凭什么咱爸对他们还总是那么唯唯诺诺的像欠他们什么似的，不就因为他们是老革命、党员，有权吗?”小志说。

“正因为看我们的父母是这样的，所以我竭力拼命想往上干，我就想做个人上人。”小会道。她秀丽的面孔上出现了过于老成的阴云。

“我认为我们想要改变自己就必须找个带背景的人来弥补我们的天生不足。”小志讲。

小华不吱声了。她才十九岁，好像她自觉自己还不到谈婚论嫁问题的时候。于是她决定自己不说只是听，听两个姐姐在讲。

“我小时候，最大的梦想就是要成为居里夫人那样的人，要自己去实现自己的理想。但不知什么时候起我的理想变了，尤其在我读完《马克思青年时代》(伽·谢列布里雅柯娃著）后，我真的非常想做燕妮那样的人，找个像马克思那样伟大的人，将自己永远奉献给他。”小志有些激动起来，她的话由此也就开始滔滔不绝无止无境了。

小会不大响声了。她感到有些难为情，不知怎样开口才好。其实她在医院的头一个月已接受了王跃对她的追求，并且与王跃已经开始正式相处了。她无法对姐姐说，因为她觉得本来自己离开工厂，将姐姐一人留在山沟那里总有种歉意。她知道姐姐其实是同自己一样梦想着要离开工厂走进大学的。而今自己先将这个幸福得到手了，又要将另外的一个人生的幸福得到，而姐姐却什么都没有。如果将这些都对姐姐直说的话未免太刺伤姐姐了。

江老师来了。

小志对江老师有一种莫名的警惕、戒备和反感。他交际广大而且八面灵通，他是小志父亲大学的学生科党支书。小志常想如果不是因为父亲是医生的话，像江老师这么精明的人是绝不会登自己家门的。

看到小志回来，江老师的脸上顿时露出了惊喜的表情，并且对着小志的父亲会心地点了一下头。小志看到父亲又是那一脸像是磕拜上帝般的虔诚。

江老师开口了：

“小志，叔叔同你商量件事情，你看怎么样?”

“同我商量事情？江叔你有事尽管说好了，不用那样客气!”

小志走进厨房里，洗了一下手后又返回到客厅来。

“有这样一件事。”江老师故意拉长语调，眼睛又同时飞快地扫射了一下小志父亲的脸。

“小会大学校长的儿子郭平看中了小会，想通过我介绍一下。问小会了她不同意。我猜肯定是小会已经有男朋友了。于是我就对校长提起了你，我说小会的姐姐小志长的和妹妹一模一样，可以介绍小志，怎么样?”

听此，小志只感到非常意外。她不知怎样去答复，但同时一个奇妙的念头突然给了她一个暗示和提醒：

“难道我小志也该到敲开那个神秘大门的年龄了吗?”

她在想：在一个恍惚的梦中，我曾见到过在那幽密郁葱的小林深处有个世界，曾叫梦中的我好奇、恐惧。江老师所言是不是引向那个世界的一个敲门语?

她不由地沉思良久。说实在的她也真的有些懵了，不知怎么去回答。

江老师看了一眼沉默的小志，转过身来像是求援似的扫了一下小志的父亲李大夫一眼。

“小志，你要为妹妹着想，也要为你自己着想啊。”

李大夫说着眼睛里充满了忧虑和无奈。讲来李大夫他是最心疼大女儿小志的，因为小志一出生就是先天性心脏弱。而且，第一次犯病的时候，正赶上李大夫出差不在家。那天，不到一岁的小志突然高烧痉挛昏死过去。待李大夫赶回家来看到时已经奄奄一息。李大夫费了很大工夫才将小志救回来。从此李大夫格外地疼爱小志。他期盼着小志和她的姐妹们都能成为学者、文人。但他又知道大女儿书生气十足，是不可能像二女儿那样靠推荐去上大学的。

“现在这个世道没有权什么也干不成。郭校长可是个大能人！他以前是省招生办的主任，后来当了大学校长。由于他干事比较灵活，又神通广大，就连现在的省招生办都求他要指标。上次我去插队知青招生，就是郭校长托我将原来省委秘书长的女儿招上来的。什么推荐不推荐的，只要说是‘戴帽指标’谁能不通过？现在的人都识时务啦。”

江老师带着几分感叹、几分羡慕、几分崇拜的神情说。

他说话的声音像是窃窃私语一样，音量极低极小，仿佛他是在泄给他们一个绝顶的机密一样。

而当这个名叫郭平的校长的大公子坐在小志的面前时，小志也的确是有些吃惊了。首先她惊于郭平并不是像她想象中的纨绔子弟那样，而是一个堂堂正正又文气十足、彬彬有礼的机械专业的大学生。其次她惊郭平其实是个相当帅的小伙子，个子有一米八零好几，浓眉大眼又体格魁伟，并蓄着漂亮的小胡须。她暗自惊喜旁观者们能把自己与这个英俊者摆平，心想果然在工人之外还有一个可容纳自己的空间。

与郭平两年的来来往往相交中，小志也不知自己曾几何时，竟会在有一天突然掉进一个深不可测的男女情感的深谷里。她迄今为止恪守的女儿大门被俊美的男儿冲破击撞，正常的生活秩序变得杂乱无章，一个墨守成规的女儿心被搅成粉状，支离破碎消逝离散，沉睡的情感常常突变成歇斯底里和疯狂无羁。如同在古老的深谷乱石中跌撞疯跑的小志，直到被凸露在外的峭石砸得伤痕累累时，小志才突然意识到自己长到二十四岁竟连性的基础知识也一点儿不明白。

“小华，知道吗？跟你一道打班的小王她才十六岁，一直在和车间主任通奸。那大老爷们儿都快赶上她爷爷大啦，真糟蹋孩子！没看小王的那张脸被折腾成啥个模样啦？哪还像个姑娘啊？”

小华听了同一个工厂的挡车工张师傅对她今天早上说的话就心惊胆战得不行，回家后她第一件事就是翻出父亲放在书架上的医学书。

“小华，你看什么呢？”小志从里面房间出来问小华。

“没什么！瞎翻翻。”小华将妇科书放回原地。她知道两个姐姐一个比一个具备革命性，一个比一个正经。不能让姐姐知道自己翻看这类书，若让她们知道了还不扣个下流的帽子才怪呢。可她无论如何也压抑不住自己的好奇：小王和那老头儿为什么会搞到一起？他们到底搞的是什么？什么叫通奸？什么叫被奸？常常在大布告上看到的这个单词在男女间究竟是什么勾当？小华又将书抽出来放到自己的书包里去了。

小志打扫房间时发现了妹妹书包中的书，她拿出来想问问妹妹但她又一反常态没有那样去做，将书又悄悄地放回了妹妹的书包里。

一股说不出的苦、酸、涩在她的心里搅拌，让她难言难诉。

她感到自己飞快的变化，变得连自己都猝不及防。在那突如其来的变化中，郭平那张英俊的脸被一个污秽不堪的得意摆动的动物躯体所遮盖。那张极端兴奋又闪光的脸，在一个瞬间的抖动中表演出扭曲、痉挛、苍青、困惫、丑陋的“千面脸”来。

她也记不清那是哪一天的事了，一切发生在郭平家。在一个意外的抨击中她感到像是从昏睡中醒来，身体深处冲出难以制约的刺痛、搔痒和癫狂。耳边传来十几岁时妈妈的老常谈：

“失去贞操的女孩儿倒霉的永远是自己。”

在那以后，一种潜意识的服从，一个不得已的服从开始支配着自己。

她变得缄默而消沉起来。

她恨自己的无知、愚蠢和窝囊。

一个医生的女儿，一个二十四岁的自己，怎么连性都不懂？

当她今天在妹妹的包中发现此书时，她甚至能嗅出憎恨、厌恶和恶心的气味来。

她忍不住愤恨地对自己说：“随它去吧！属于动物的人种，不就是想要我与你同属动物的身体吗？既然已是如此，我又何必要再从书本上得到一个属性的认证呢！

此间，正值 1977 年。一个意外的消息突然如同平地雷声响起——全国实行高考制。这个消息使中国的每个角落里、人群中有能有识的年轻人的心受到了极大的震撼。

小志和小华在工作之余通宵达旦地奋斗在茫茫的书海中。

就在进入第一轮考试的前一天，江老师又不期来访，带着他那诡秘而神乎一世的表情将小志叫到父母的居室来。

“小志，郭校长会在所有通知没有下来之前为你搞到第一手消息的。但是注意千万不要自己去打听消息。”江老师屏着大气悄悄地说。

果真如此，当社会上还没有公开发榜时，郭平已经提前将考上的消息带给了小志一家。小志考取的是省里一所综合性大学的外语系，而小华则考入了和小会同一所大学的数学系。

小志惊喜万分地来到这所她梦中的殿堂——大学。当办理入学手续时，一段意想不到的话却给了她重重的一击！

在大学前厅里，她与一个中等身材的男老师相遇。

“哦，你就是李小志?”

一个搞登记的年轻老师带着十分惊愕的神情，顺手将那副半透明的白框眼镜向上端正了一下后，对小志说。

“你有名了啊！你是咱们省第一位考上北二外的，又是首例自愿退出来不去的呀!”

“什么?”

小志这才明白原来自己的第一志愿不是没有考上，而是给换掉了。

她哑然了。

她想将被掉包的事对父母说，但她又不敢说。因为她怕见到父亲那双永远不如人的眼睛会变得更加悲哀和低落，她更不愿看到一个被枪杀了的自己在所有人的面前晒尸解体。她想直接揭露郭平的卑鄙，但又恐惧那背后的无形势力会牵连到两个无辜的妹妹身上。

她此时才真正地意识到自己如同变成了一只被人操纵的狗一样在苟且偷生。她那妩媚秀丽的脸庞上，曾几何时嵌下了一道触目惊心的看不见的伤痕。她的卷曲浓密的长睫毛下悄然遮盖起了自我放弃似的茫然、惆怅的眸光。

而江老师像是获得了嘉奖一样，直接从李大夫大学的学生科科长蹦到郭校长的全国重点理工科大学的教务处的正处长。

小会大学毕业了。同时她也与王跃结婚了。

她的婚事极简单，背着一个洗得发白的小黄书包，同父母姐妹们道声再见后登上南去部队的火车就完成了她的婚礼。王跃继续在部队里工作，而小会则留校做了大学教师。她能留校自然又是与郭校长的人脉有关。识时务的教务处江处长最领会一校之长的意图，没等郭校长开口小会的档案已经在建筑学教研室里落户了。一年以后小会有了儿子。两口子地理上距离虽远但也是心心相挂恩恩爱爱不在话下。

小华的人生哲学是以姐姐们为航标。姐姐们的每一次失败和成功都是她人生运行的航灯，如遇险况她会主动地拿出姐姐们的教训来指令自己躲避。她习惯了做事名哲保身但求无过，万事她都首先衡量对自己有利无利之后再采取行动。

她的数学根底相当好，这要感谢她作为大学教师的母亲从小对她的教育。尤其那几年全国学校几乎全部封闭，两个姐姐又先后去山沟当了工人，爸爸被下放到五常农村当赤脚医生，家里只留下她和妈妈两个人。在那以后的日子里，母亲闲来无事整天将计算将教学独授给了她，也就无怪乎她在这所大学里成了教授们的得意门生。

小华身材健美，174cm 的大高个子，清秀的面庞上显露出高雅和清贵。她是继小会之后来到这所全国重点理工科大学的，当然她也是在郭校长领导下的数学系里学习。她是一个名副其实的才女，毋庸置疑她很快就成为全班、全系乃至全校的冠顶人物。追求她的男孩子们也就不在话下了。而对待这类男女间的情事，她又从来都是从容和冷静的。她再三斟酌后，跨省高教委的一个高干的大公子刘军成了她的候选人。

刘军，与旧式的大少爷一样，是个文弱书生，白面、俊气的小后生。

郭平自从小志上了大学以后，真的同自己的父母一样感到了后悔，那就是不该赞同小志进大学。他们已经意识到小志迟早有一天会在大学这支队伍中脱颖而出，因为他们已经看到小志在这里显得多么杰出、多么醒目，她与大学多么般配。

郭平开始与小志寸步不离，同时他也时常警告小志如果没有他的背景的话，小志是永远也不用想上大学的，他软硬兼施生怕丢失了小志。

而小志同以前相比则完全是脱胎换骨了。她不自觉地将自己圈进一个自我封闭的世界里。在唯有自己的世界里，她使出全身的气力耕耘在知识天地中。她竭尽全力忘记一切！甚至对九年的工人生活和许子都试图忘记得一干二净。万事对她只是一个识破红尘敷衍了事的存在。对郭平她就是本能的应付和答对，既没有热情也没有抵触，一个存在于内心的自己在自言自语：随便吧，随你去折腾吧！

奇怪的是，小志她越是无所谓，越是无动于衷，就越是引起周围人对她的羡慕、崇拜、偏爱和神化。她的全神贯注在老师当中被引作典范。她的忧伤和自卑在同学的眼中被演化成抑郁朦胧的美，她被侵蚀和折磨的体态在同学的眼中变成丰韵白玉的圣女膏像，放出五彩的刺眼光亮，使得人群对她欲接近又害怕，欲触摸又胆战。她被那些中文系、外语系、哲学系、数学系的学生们推举为校花，这是他们公论的结果。

郭平来催促小志登记结婚，小志不作声表示了默许。郭平与她约定一个小时之后去校长办公室，然后同去办理结婚登记。

小志感到心很沉，压抑和沉闷已达到了一个顶峰。自我约束和法律的约束同举并行到来时，她真正地感到自己作为一个弱女子的无能为力。她无心去打发一下午饭，从教室里直接返回了宿舍。

返回宿舍路经校园的一片丁香树丛林，她放慢了自己的脚步。漫步在郁葱的丁香树边，闻那令人欲醉的香气时，她禁不住想起李璟的那句词来：

“青鸟不传云外信，丁香空结雨中愁。”

属于我的青鸟，我的丁香在哪里？

在天的那一边，难道永远没有知音，没有被理解被爱的存在吗？难道至今我的属地永远只是乌有？只是空梦一场？

她这才感到脑袋里竟然是一片空白，悲哀和孤寂已达到顶点。

有人在叫她，她没有理会继续向前慢步走去。

“李小志同学，对不起！能不能同你讲两句话？”

一个戴着相当近视度数眼镜的男同学，在她的身后叫住她。小志停下脚步抬起头看去，小志觉得记忆中有这个人又无这个人，她有些踌躇又有些难为情。

“这个本子给你，你能不能读一下？”男同学斯文地说，白净的脸上浮出淡淡的绯红。小志迟疑了一下，

“对不起！我实在没有时间。”她婉言谢绝了。

“就午休的一个小时，看一下好吗？”男同学执拗地说，露出一副既羞怯又坚定的神态来。

“好吧，我翻阅一下就还给你。”小志表示歉意般地莞尔一笑，并接过小本来。这是一本红色塑料皮包着的磨损得很厉害的笔记本。

小志躺在宿舍的床上，看着破旧墙上挂着的不知哪届学生留下的陈旧的挂钟。

和郭平登记？即意味着结婚。

好像在她的脑袋里还从来没有正式地去想过这个问题。

今天要她去登记？她突然才想到登记是等于和这个郭平结婚。

内在的自己，怎么会如此的不情愿又如此的沮丧和悲哀?心想：哪怕有一丝一缕的幸福和快慰，我也不会像现在这样萎靡不振、垂头丧气。

在遥远的天边，小志的记忆急速地返回到那山沟浩良河工地上。

1969年的秋天，十六岁的小志第一次只身随着百人男性工人大军开进东北浩良河盆地，与知青共建兵工厂。当金黄色的夕阳满注这三面环山的盆地时，黄土飞扬的大路上顿时被蜂拥而至的知青大队堆满。

大路上，在大队知青之后，一个年纪大约在十七八岁的姑娘尾随着人群珊珊走去。从48米高空脚手架上往下来的小志，俯视这支队伍如同站在碉堡上一样清晰可见。小志对那紧紧尾随在队伍之后的女孩子尤其感到好奇。

第二天小志特意在夕阳落下时守候在路旁，等候着知青大队熙熙攘攘而来，看到昨天的那位姑娘依旧尾随着大队珊珊而至。

姑娘的眼睛活脱得如泣如语，红红的唇如樱桃般鲜灵地点缀在泛着桃红的脸颊上。这位姑娘美得简直就是一个画中人!

小志呆了。

而这位姑娘却旁若无人似的哼着歌从小志的身旁通过。小志能听出那姑娘唱的是《大海航行靠舵手》的歌。姑娘走过去，在她那稚嫩纤细的肢体下身裤后，竟是大片的鲜血与黄土的结垢，再看她走过来的路面上留下的竟是点点的血迹。

小志慌了。

问路旁看热闹的大娘那位姑娘到底是谁?

大娘道：姑娘的父母是反革命分子，都被抓起来劳改了。她被那帮知青给轮奸了。从那以后疯了，整天被人奸又整天地追在人家的后面。

小志惊了。

仿佛看到西风残照，在昏黄的文化沙漠上蠕动着吞噬人肉的蛆虫。

也就是在此时，一个被人蹂躏的生命突然无情地击碎了小志那颗未曾问世的女儿心。

记忆走廊上的每一幅壁画都在扰乱着小志的心，万般无奈的等待中她打开了男同学的小红本。同时，她想起来了给她小红本的这个男同学是去年刚入学比她小一年级的新任校学生会主席鲁明。

一组十分工整、刚韧而娴熟的钢笔行文出现在小志的眼前：

“当我看到你第一眼时，我就决定了，无论你走到哪里我都追求你到底！不知你有没有‘他’存在？即便你是人之妻或人之母，我也宁肯将一切破坏，将一切舍弃追求你，直到你接受我。”

看着小红本中鲁明给自己的前言，小志禁不住笑了。

这个笑对她来讲有些陌生又有些遥远。同时一种如释重负的轻松和欢快在心的深处萌生，很快在一个瞬间升华为好奇般的纯情，使她想加速地往下读去。

她在这个小小的本子里感觉到了鲁明对自己的一片火热的感情。她惊讶鲁明对自己完全客观的仔细描述和细微的注视。一个隐秘的想法在小志的心底深处悄然膨胀并逐渐平面化，慢慢结成一个果断的结论。

她不由地放下红色的小本，下了床，走到床前上铺同学挂的小镜前仔细地照了一下。有时日没有照过镜子的小志，看到镜中的自己那双浓密而卷曲上翘的眼睫毛下，黑亮的眼睛在闪烁着异样的眸光，似乎是在点燃内心暗淡灰死世界里的一点烛光。

不仅是郭平，所有知道小志的人都在为小志的突然决定大震一惊!

小志提出与郭平分手，是在与郭平准备登记结婚的一个小时之前提出的，并且是永远中断关系。

郭平简直要疯了!

从来是人群中的骄傲自豪如同白马王子的他，怎会接受这个突然的打击！何况小志又是一个无权无势的、有着家庭问题的人！郭平的虚荣和自尊受到了毁灭性的打击，与此同时，仇恨撕破了他那英俊的面孔，他变成了一个凶狠和暴躁不忍的醉汉。他拿起了菜刀揣起了毁容的毒药。

就在他准备悄声悄气地夜半走出家门时，一双有力而坚实的手将他从后身紧紧地搂抱住，是郭平的父亲郭校长。

郭校长噙着眼泪对发狂的儿子说：

“不要毁了你，也不要毁了我！你不要忘了我是一个当权者。”

傍晚，在弯弯曲曲的大学墙外的农家小路上，可以经常看到小志和鲁明的身影。

“我上小学五年级时，正赶上‘文化大革命’。我负责监视被封起来的图书馆和资料室。张老师是管图书馆的，他拿着所有的钥匙。那时候，表面上看我是张老师的红小兵，但没有人的时候他就成了我的唐诗宋词的老师和教授。从张老师那里我几乎通读了学校里所有的文学和历史类藏书，最重要的是张老师成了我的第一个文学启蒙老师，他渊博的知识和精湛的记忆，让我佩服至极。我巴不得天天都和张老师在一起，听他讲字解词。那种幸福和快乐是我至今难以忘却的。”

小志津津乐道地听鲁明说，同时她也不由地联想到自己，当初‘文革’伊始和邻居的男孩子们一起钻进附近省图书馆的仓库，从红卫兵烧剩的灰堆里找出将近一麻袋的缺残的世界名著时，那种欢喜、得意和骄傲，连今天都会叫自己感到自豪万分！

“以后，我在生产建设兵团担任连长时，你知道吗？我头一次看到农民对待牲口就像对待人一样，并且从农民的口中才知道牲畜，也就是我们常见的那些动物，比如像母牛啦、母马啦等等，它们其实和人类一样也有着生理周期，所以农民对我们说一定要善待动物，该让它们休息时就应当让它们休息，实际上这些动物都是很通人性的。”

听鲁明说的同时，小志似乎又看到了那只在山沟里被自己捡来的大黄狗。每天不管自己怎样疲惫不堪地从高空脚手架上下来，回到驻地上时，都能看到从遥远的小路尽头上大黄狗高高地摇摆着尾巴急速地跑来迎接自己的情景。记得，那时的自己还曾频频地对大黄狗说：大黄啊！世上只有你最知道我。

与此同时，小志逐渐感到了没有虚荣没有强破也不自私的对等的爱，发自内心的自然而又由衷的爱。

一个死去的心灵在复活，一个屈从的幽灵在热血的燃烧中销声匿迹。小志感到属于生命的心与血在沸腾，在死灰复燃！她又勇敢地走上了一条未知的险路。

除了知道鲁明他是新任校学生会主席以外，她对鲁明根本就不了解，她甚至连鲁明从哪儿来的都不知道。她只是直觉鲁明是她从来想要找又没有遇到过的那种人。而对分了手的郭平，她连丝毫的回顾留恋也没有不说，甚至像从一个沉重而湿冷的桎梏中解放出来一样，一种久别的轻松和炽情又重新回到她的身心。

郭平对小志报复的机会来到了。

小志面临着毕业分配问题，不仅是她，连鲁明也将在之后面临同样的问题。在社会主义公有制最充分体现的这个历史时期，大学本身对每个学生的命运走向都起到了一个决定性的作用。而小志所在的大学校长早已心照不宣地为小志选定了一个叫她永远与鲁明过上牛郎织女的天隔银河远的定向。

小志接到了分配工作的通知，那是一个在地图上也难以寻觅的偏僻的小山沟。半年以后，轮到鲁明毕业分配，他被分到与小志正相反方向的遥远的小县城。

这一天，小志来到鲁明叫她约会的地点，以后他们就要各奔东西了。

鲁明问：

“小志，如果我的父母问你愿不愿意同我一道回北京老家工作，你同意吗?”

小志毫不迟疑地答道：

“我不同意！我不知道你的父母是做什么的，但是我厌恶透了借父母之力为虎作伥的家伙!”

鲁明说：“我只求你能和我在一起不分开。”

小志付之一笑，心想：也不知你能否有这个天大的本事。

一周后小志还果真接到上调的通知，她与鲁明一同被调到一个大省城的知名大学里任教。而省城的位置既不靠小志老家近也不靠鲁明的老家近，正好介于中间的地理位置上。小志此时心里忽然意识到：难道我未来的婆家真的是比郭平家还要厉害的一个当权者?

再说小华，刘军优厚的家庭背景为小华以后的学术深造铺开了阳关大道，小华真是马不停蹄地在这条大道上一路顺风地跑下去。四年的大学生活前脚刚结束，她后脚就走进另一省份的全国重点理工科大学硕士生的课堂里，两年之后她拿到硕士学位，转眼就留校当了数学系的老师。

而小会更不用说是个明智者，在小志宣布与郭平分手的当日，她就向丈夫的领导打去请调报告，没用多久他们夫妇双双调到军区的设计院一起工作了。

就在三个姐妹各奔栖息的省城前夕，一个震撼三姐妹的事件突然发生，打乱了一切，也导致她们走上了另外一种人生道路。

表妹来了。

表妹比小华小半岁，满脸阴云，哭哭啼啼地跑来了。

她是大姨的女儿。当年就是大姨带着妹妹，也就是三姊妹的妈妈从日本奔到中国北京求学来的，一场中日战争将她们姐妹双双搁浅在了中国。

在上世纪五十年代大姨生下表哥表妹后就患了结核，不到四十岁就撒手人寰了。大姨父一人带着一双儿女含辛茹苦艰难度日，又做爸爸又做妈妈拉扯大了两个孩子，一直没有再婚。尽管如此，他还是勤恳不忘事业，从不离开纸和笔。十年磨一剑，功成名就，大姨夫最终成了一个驰名中国精神病学界的著名专家。他们家和三姐妹的家虽咫尺之隔，都住在哈尔滨的南岗区，但一系列接踵而来的政治运动使他们陷入了这个巨大的时代大漩窝中，除了相互之间偶尔传递消息以外，他们已经有好长时间没有来往了。

听说表哥从清华大学毕业后，回到哈尔滨的大学里任教，不久后与一个省城中医学院的药剂师结婚并刚刚有了一个女儿。

正赶上 1972 年中日建交，表哥按照爸爸的建议申请要求带上母亲的骨灰，去日本将母亲的骨灰安放进家族坟墓里。谁知他一到日本，就被这个跃入现代经济头等列车的国家所吸引，不想再返回中国了。

“怎么办？小姨，我哥哥去日本才半年就不想回来了，他再三地劝说我嫂子也带孩子去日本。我那嫂子不愿意去不说还把我哥告到了大使馆，说他是‘叛国投敌’，要求国家通过正式手段把他引渡回来。并且，她上个月趁我和我爸上班不在家时，带着一帮人把我们家的所有电器用品包括彩电、洗衣机以及一些贵重衣物一扫而空。全都拿走不说，还将我们家的大门用七根大钉子钉死，不让我们进屋。”

“那她人呢?”李大夫问。

“带着孩子回娘家去了。之后，我家收到了公安局的通知，说是省委书记洋辰亲自批示要严肃处理这件事情。他们的理由是：一、我哥叛国。二、我哥抛弃了妻子和孩子。并强制性地开庭审判，逼迫我父亲把家里的房子全部空开给儿媳。后来我们才听说我嫂子和洋辰的儿媳是在同一药局工作的同事，又是无所不聊的“闺蜜”，通过这个“闺蜜”轻而易举地就将一张诉状亲自递交给了洋辰省委书记。我爸爸从法庭出来之后就倒下了，去医院检查诊断为胃癌。”

三个姐妹听表妹讲，小志不由地插嘴说：

“谁都知道洋辰家住在花园街 22 号，他的儿子是这一带出了名的地霸。他儿子在兵团时把人家上海女孩子搞成大肚子，女孩子追到家来，硬是把小姑娘拉到精神病院去了。远近闻名，臭名昭著的。”

“你爸爸是怎么说的?”李大夫问。

“爸爸叫我找小姨商量一下。问能不能也把我弄到日本去。爸爸说他活不了几天了，中国是自己的根，死也要死在中国。但是，爸爸说我不一样。我和哥哥都是妈妈的根，妈妈不容易，无论如何要一起去日本陪妈妈。”

表妹走后，三个姐妹坐在一起不由地议论起来。一想到那么辛辛苦苦地带孩子操持家务又在事业上大有所成的大姨夫，就因为这不公道的判决，就因为这营私舞弊滥用职权的行为，无辜地葬送了自己！她们不由气愤加公愤，不满和不平齐涌心头。

“走，我们也走！我们也要出去！到另外一个世界去找我们自己！重新创造我们自己！”

小志突然间举起拳头猛击桌面，对着两个妹妹说：

“我就不信！世界上找不到真理！找不到属于我们的天地！我们一同出去！去日本，去妈妈的国家。我倒要看看，到底有没有公道，人性，真理。”

江老师在李家人起程前来相送。他那张本来阳刚气十足的脸，开始发胖发福，变得臃肿。他推了一下滑到松遢的鼻尖上的金边老花镜，感慨万分地对李大夫说：

“上天永远是公平的。你的三个女儿不愧是三只金凤凰！军人为贵时你们得到了小会的丈夫，权力横行时你们又得到了小志的丈夫，文人为政时期你们又得到了小华的丈夫。而今你们又在双全满月之际全家直飞日本。服了！我服了！”

这天正是小志，小会和小华她们三姐妹来到日本满一个星期的日子。

小会走出公司的大门，整个人都沉浸在兴奋和激动中。她径直走到地铁检票口，看到姐姐小志焦急不安地站在那儿。

“怎么样？”小志看到小会立刻小声开口问。

“没问题。肯定是我的啦。我看出社长对我相当满意。”小会爽快地说。接着又说：

“其实就这么简单，到了日本知道了我们才是真正的人才！

在这么大的公司里，有着建筑师资格的人竟屈指可数。而且有实际现场设计工作经验又可以用电脑搞建筑计算的人唯我一个人。我可以在这里大显身手了！”

两天之后，小会就接到了上班的正式通知。

像是约定俗成一样，在中国也好，在日本也好，建筑设计领域似乎心照不宣是男人的活动领地。小会的公司里虽活跃着数名设计师，但数来算去干建筑设计的也就小会一个女的。不用说是稀奇，就是自打这个公司成立以来这也是头一桩子事。更不用说她还是个孩子妈妈，更让周围的人瞪大眼儿地盯着她。没有过多久小会就以她相当优秀的技术能力和超人的吃苦能干引起了公司领导对她的注意，很快她就被提拔为设计室的主任，领导起不大不小的一屋子设计室的男人们。

她几乎不着家，撇下八岁的儿子在家自己照管自己。一个人开车十几个小时到外市县工地测量、调查、计算。到了深更半夜时还在公司设计案上拼命地画拼命地算。她好像从来也没有休息日，没黑没白地干。而这一切就像她的家常便饭一样，儿子习惯了。丈夫因为是同行，知道这一行中干上去的男人不易，干上去的女人更不易！尤其在重男轻女的日本社会，女人干的超过男人更叫人刮目相看。他对小会服啦！再说虽是同行，但所在的公司规模不一样，他是在一个家族式的小企业里工作，不用说他干不上去，干得好了好事也轮不到他的份上，社长的大堆子亲戚们都在等着轮换坐庄呢。因此他工作上是给我多少我就干多少，不亏也不赚。到点了上下班的，也谈不上什么废寝忘食的了。

身材弱小又眉清目秀的白面小生德永部长，万万没想到新来的小会，这么漂亮还这么能耐。在他领导几十年的设计工作中，一直是没有人能与他媲美，更没有人能超过他的。要知道他们所在的这个公司是个日本国家建设厅的官僚们退休后的养身处，在这里可以平位落脚，保持在职时的工资待遇。公司用这些退下一线的人目的在于要用这些官僚的人脉。公司的最大靠山是日本建筑大臣，而公司本身也是建筑大臣家几代传下来的公司。但凡要通过国家项目的大坝，建筑，道路，桥梁，铁道的技术安全、耐震测定和检定，赔偿补偿都必须要经过他们这个公司的鉴定和批准。这里的工作牵扯大至国家一级建筑，小至个人家庭拆迁补偿。关系重大，责任非同小可。

而小会不仅有中国的建筑师资格，而且在来日本的短短几天中就拿下日本国家一级建筑师和一级建筑鉴定师资格。并且她还真的就是技术大拿。她的本事囊括部门所有，从建筑设计、安检达标核准到指标数据整理报表，每一项缺她都不行。而且更重要的是她能苦耐劳，且又性格温和，从不与人针锋相对。德永部长他暗自感叹：与小会真可谓是相见恨晚啊！自己在有生之年还能遇到这样一个得心应手又靓丽闪光的知己，也算是一个天降的福分了！

小志在三姐妹当中是唯一会说日语的。这真的就是得益于她当年在工厂时孤独地勤学。她刚到日本的第二天就去了好几家公司报考，结果每家都录用她。最后她算计来算计去还是去了其中一个带有工厂的中型公司。因为在她的感觉中有实业的公司要比买空卖空的公司有长远性有牢靠性，并且眼下她最需要的是钱。女儿四岁，鲁明是个书呆子，只认一个理儿就是再深造，取得国立大学院的博士学位，小会没办法只好依了他。但这可和在以前中国的读书是两码子事，是要全部自己掏钱的。她是又想照顾家又想要工作赚钱。恰好中型企业的特点也就正是比大公司的规矩少些，但挣钱又比大公司相对多一些的地方。

公司是一个三代祖传下来的公司。祖父是日本有名的生产网布和水溶布的工匠出身的人，到父亲这一代已经拥有六台大型瑞士机器和三座大型工厂，将近三百来人，工厂就建造在环抱东京城市的周边小城里。除此之外，公司在东京都商业中心“中央大桥”租了一间事务所，雇了三个职员坐办公室，小志便是其中之一。

在这风驰电掣般运转的社会里，每一分每一秒发生的事情都可能会导致一个人发生根本性的改变。

小志进了公司后就得到晋升。因为她会一口流利的日语和英语，而且更重要的是她懂得机器更懂得机器结构。这些都是她在中国山沟工厂里，接受的九年工人阶级再教育的结果。要知道当今的世上仍然没有比兵工厂的机器结构更精细更高端的了。她升职很快，由开始的一个普通的办事员身份进公司，到一个月后就被社长指定任命为公司部长，成为这个三百来人公司里社长的左膀右臂的存在。

社长是个永远不停歇的买卖人，他带着小志不断地穿行在中国、瑞士、巴西的云空里。同时他也给日本带来了庞大的财富。

这天，他红光满面地将小志叫到小会议室来，说：

“怎么样？帮个忙吧！”

“什么忙？”

“打个电话。”

“给谁？”

“中国人。不会说日语的。”

“什么内容？”

“告诉她，新宿小旅馆。我今天下午准时到，让她在旅馆里等我。房间还是上次的房间，我已经预约好了。”

小志打过去电话了，听到一个年轻的女孩子的说话动静。

“你多大了?”

“我23岁。”

“你怎么认识社长的?”

“在飞机上。他对我可好了，像我爸爸一样。”

“他对你好，你就和他开房了?”

“是啊。他还给我好多钱!他约我今天还在原来的旅馆见他。”

“那我告诉你吧!今天他不能去了。而且他以后也不想和你见面了!因为已经被他老婆和孩子知道了。”

女孩子不吱声了，同时传来对面小姑娘唏嘘的哭声。

于是，小志转过身来对社长说到:

“社长，她哭了!她说她旁边站着帮她来日本的人，很像黑社会的人，很可怕!”

本来平常里就精明的像猴子一样的社长，听小志这么说马上起身，食指竖挺在唇边给小志做出个封口的暗示，并且像泥鳅一样急速溜出会议室去了。

小志得意地暗笑:这个老不要脸的!

然后，她对话筒对面的姑娘说:

“回中国吧!多爱惜一下自己!不要在日本把自己糟蹋完了!”

小华在一个大公司里当软件指导教师，但大公司里的论资排辈叫本来小心圆滑的她更加小心翼翼，光每天应付同事关系就叫她一下子愁白了很多的头发。她想退职自己开业卖个小吃什么的，这每天盯着人家的脸色过日子实在是要了她的命。可无论如何又下不了这个决心。她毕竟是来自中国公家铁饭碗的社会，冷不丁地要她扔下公家饭碗去自食其力，多少有些胆突突的。掰个手指头算孩子念书还得要钱，没个人盯住又不行，想了又想还是忍一忍熬两年后再说吧。

小志在中国一进一出的外贸交易场上结识了一些政府人物，他们背地里求小志能不能给他们帮个忙将自己留学来日本的独生女留下来。一是准备让孩子再深造，二是想让孩子在日本结婚成家，也落得自己将来退休了有个国外金色老年过一过。

小志答应了。九年的工人生活，哥儿们义气和侠气是她学来的第一件事，并且答应了人家她就一定去做，哪怕是上刀山下火海她也在所不辞。

“小会，在你们公司里给我安进一个人怎么样?”小志给小会打去电话。赶上小会正在冲绳出差。

“我可不愿要，要了以后又是当经济担保什么的，乱七八糟全都找到头上来我可受不了!”小会的声音像是从远远的山涧里传来，就如同当年在兵工厂时从小山沟传来的动静一样。

“帮帮忙吧！她的父母是省外贸驻日本办事处的，人家求我一次，不帮实在说不过去。”

“真没办法，看你的面子了。以后可别再给我找这个麻烦了!”小会答应了。

小华这一天上班非常不顺，似乎所有的不满和怨恨都在今天爆发了一样。但这事说起来还真是不值得一提的小事。今天轮到她早上值班，给办公室的同事们挨个儿端茶去。可偏偏比她多五年资格的梅泽像是故意给她上课似的，提前来公司把茶都端给所有人了不说，还在她进办公室的那一会儿工夫，也给自己端过来一杯茶，叫她气不打一处来。她心里嘀咕着：上什么课？能耐到部长跟前显去和我过不去什么!

并且，她是越想越没劲，干脆写了个辞职书递上去，转身回家了。同两个姐姐商量。

小会说:“来我们公司当会计吧！正好我们公司刚刚分家，

我们部在千叶另成立分公司，我也成了这里的顶上层的人了，你明天就过来上班吧！”

第二天起小华就开始到小会的公司里上班了。

虽说日本是国外，可在时间的长度上来说还没有从哈尔滨飞到上海的长。小会出了国门才发现脱离一个固有的环境以后，竟是感到如此的轻松。虽然工作照样忙，但她却有了一个时间差去琢磨和看待自己。

她发现这里的男人都很尊重女性。就说公司部长德永，他同小会经常搭挡出差。脾气好得不得了，不管你有多大的事多急的话，他都会笑眯眯地默不作声地奉陪到底。不知不觉当中似乎每天到公司里来上班，倒成了小会疲劳的散发点，因为在公司里她可为所欲为，畅所欲言。在外面感到的那点儿不满和牢骚都可以在公司里得到发泄、得到消化、得到软化。

这天，德永部长递给小会一卷图纸和资料，用他永远不变的小猫说话动静对小会说：

“明天你去一趟长野，核定一下这家人。他索要的金额是300万，很奇怪！价格要的竟然这么低，只是实际价格的十分之一，但他又不搬迁。你去看看究竟是怎么回事儿！”

小会一个人开车从千叶到长野要六个小时，小会不止一次跑这条长途了。她开车时很集中，心中唯一想的是怎么去打动这家人。

来时，只听说这家有三口人，公公、儿子和儿媳。老头儿是这一带有了名的老倔头，一直不答应动迁。这条要开拓的京城铁道线环抱长野市中心，几年前就已经开发了，眼下就剩下这一个钉子户了。而这家又正位于伸向城中的拐弯处。

来到长野已经第三天了，至今为止小会去这家人家已经是无数次了，但是她始终没有敲开这家的家门。可是，她不死心，因为她明明看到在这座摇摇欲坠的小楼里的二楼上，那厚厚的窗户帘后透出来的微弱的灯光。

“打不开这家人的门，我绝不回去!”小会对自己说。

上天有眼，这天的拂晓 5 点多钟，小会终于走上这家的二楼了。

吱嘎吱嘎的楼梯踩踏声，扑鼻而来的难闻的汗臭味儿和像是动物尸体发出的恶臭，都叫小会惊异：这里还能住人?

她又一次正视一下眼前的人：她是一个瘦成骷髅般的中年妇女，一头乱麻似的黑白相间的长头发，灰白色的脸上有着一双干涩的深凹的大眼，无色的唇上布满了干燥的死皮，已经无法分辨出她的实际年龄来，完全是一副行尸走肉的样子。

“为什么不开门?”小会温和地问。

“我害怕。”女人用颤抖的声音说。

“为什么?”小会问的同时又觉得在这女人的声音中好像带来了一个遥远的呼唤声。

“你不是日本人吧?”小会问。

地桌对面的她不吱声了，只是低着头在抠着自己的手指头，那是一双布满灰垢的干巴巴的手。

“你是中国人?”小会问她。

女人仍然不吱声。

小会立刻改口用中国话说：

“我也是中国人。对吧？我说的对吧？你是中国人吧?”

女人突然抬起头来，那双眼睛里突然闪出光亮来，大嚎了一声，又止住。

这一声就像狼嚎一样，这么刺心！又这么让人震撼!

“我真的就是中国人。我有一个儿子在东京，我和我的爱人在中国时都是建筑设计师。”小会十分认真也十分诚恳地说。

女人突然放声大哭起来，并噗通一下跪倒在小会的面前，把头深深地埋进自己的双膝里。她的瘦削的双肩像是在无力地支撑着一台破旧的抽风机一样，随着女人的哭泣抽动着。

“好人啊，救救我吧！”

“我三十几年前就嫁到这里了，连一步也没有从这家里走出去过。他们不让我出去。”

从她断断续续的叙述中，小会知道她来自中国东北五常县，在将近三十年前，日本男人花了两百万日元把十八岁的她从农村娶出来。丈夫家里只有老公公和儿子两口人。结婚后没有几年丈夫就死了。之后公公就占有她了。公公禁止她和外界联系，所以至今她也不会说日本话。而这个公公又在几星期前死了。在这个房间里她守着公公的尸体渡过了无数的日夜，好不容易等到修理下水道的工人发现，工人通知区政府的人在几天前来人和车把尸体拉走了。

“救救我吧！我不知怎样回家，回中国，我死了也要回中国，回我的老家！我不知道大使馆在哪儿，不知道机场在哪儿，我不想死在这儿！不想！”

女人不停地磕头作揖，求着小会。

谜就这样不经意地被解开了，原来所谓的索要价格并不是这家人填写的，因为她并不认识日文，看来只是基层工作人员为了早些交付工作差事随便给填写上的。

结果，小会在通知中国大使馆的同时，在自己能给出的最大权限内给这个女人增加十多倍的金额（四千万日元）作为搬迁补偿费，如数给了这个女人。

之后，小会听说女人在拿到补偿金的当月就飞回中国老家去了。

小志走进公司，社长的儿子走过来了，他现在是公司的副社长。

看到社长儿子走过来，小志她就知道没好事。他们现在不在一个部门工作了。原来在一个部门时他们之间没少吵架。小志最烦副社长的骄横跋扈、得意三分又自觉帅气十足的风流哥的样子。看到他总不免让她想起原来的男朋友郭平来。只要脑袋里的他们一对上号，小志的气就不打一处来，她和副社长的争吵就由此而来，吵得没完没了的。

现在，小志已经调到欧美部门，社长的儿子仍留在亚洲部门。

副社长对小志一开口就是命令的口吻：

“小志，你马上和我去趟西川公司！我因为是社长不好承担这次的责任，你就说是你负责的部门出了问题，向他们赔个礼道个歉。反正我们这次从中国发来的货里面的确是出现问题了，而且问题相当严重。进口网布上发现了金属碎片。在东京中心一带的大百货商店里展出的高档服装，用的就是这次我们进口来的中国布料，被顾客发现追到我们头上来了。客户要求我们把产品全部撤下来并要求索赔，索赔价值高达三千多万，同时要吊销我们的销售权。”

小志听了想：晋级领赏的时候你想不到我，当初我在亚洲部时你张牙舞爪的，现在出问题了就装熊想到我了，真可恶！

但她口中还是说：

“那我们材料的价格还不及他们出售的十分之一呢？”

“明白不？这就是日本的规矩！产品上柜台了，就要按着产品的出售价格去索赔。不管怎么说，小志你今天必须和我一起去客户那里解释道歉一下！”

突然的指令叫小志有些为难，她真的是没有一点儿思想准备。本来发生这种事情，作为副社长他应该主动承担全部责任的。但是，每次一到关键的时候副社长又比谁都精，一定要躲在别人的后头拿人当枪炮用。

并且，今天要见的这个对手是个有了名的“横”家伙，她从来没见过他更没有接触过他。但对此人的刀子嘴早就有所耳闻了。

于是，她先跑回自己的位置上，给这个要去见的部长打去了短信：

“我叫李小志，中国人，我在公司里负责产品销售和采购。早就对你久仰大名。我上有老母亲需要照顾，下有两个孩子需要抚养，所以我必须要在公司工作维持我的生计。今天为了我们产品的问题我要和副社长去你们那里。抱歉得很！我们的副社长想在你的面前把责任全推到我的身上，而我又没有办法拒绝他，谁让我是他的职员呢。所以拜托了！对我多包涵一些！自当感激不尽！”

当小志见到这个部长时，她万万没有想到这个赫赫有名的精干辛辣的部长竟是一个十分英俊精明的中年男子，大高个子，声音低沉，显得很稳重。

许是他被小志的短信打动之故，在小志的陈述和道歉之后，除了几句今后要注意的惯常话以外，他竟欣然地接受了小志的建议：保留今后生产和销售权，并只将这次的问题成品撤回，不要求索赔。

得到这个答复，副社长感动和感慨极了，立即给在公司翘首以待的社长打去手机，报告了这个好消息。

小志和副社长告辞客户公司，当她最后一个走进电梯的时候，她敏感地觉察到她前面的客户部长给了她一个暗示，好像将什么东西放进了自己口袋里。

回到家中，她匆匆打开自己的口袋一看，发现是一张字条，上面写着：

“我劝你马上独立出来！给你我个人手机和网址，务必和我联系一下。”

小志明白了：人生在给自己一个机会了！自己真的遇到了一个人生转折点上的贵人。

一个月以后，小志开始成立自己的公司，而之前身为客户的那位部长随即成为她最重要的经济帮手了。

话说李大夫他们一家当初来日本，当然也是带上了表妹。并且，来日本没有多久表妹就由表哥推荐到同一家有名的商场公司工作了，因为他们同样都是有中国最高学府（一个是清华，一个是北大）的学历，并且很快他们就得到了公司的重用。

之后没有多久，表哥被要求提供高额抚养费后终于与前妻离婚了。

来日本8年后，表哥带上表妹一同辞去日本大公司的要职，返回中国去了。他们在苏州、上海、广东等地建起了自己的公司和工厂，大张旗鼓地干起实业来了。不久他们兄妹的名气就大震中国的东南大地，成为名副其实的海归派实业家了。

表哥和表妹也同时将大姨和大姨父的骨灰放在一起，合葬在大姨父的老家广东梅县了。

这一年，小志带着她的公司成员结束了这次长达五年之久的中国网布工厂建厂项目。之后，她接受了当地政府的一次宴请，人曰：李小志为国家增加了一笔不小的外汇收入，并由此带动和解决了一个濒临破产的国营纺织企业以及众多员工的生活出路问题。

在出席来宾的政府要员当中，小志竟意外地见到了当年工厂一起工作的许子。

许子的头衔已经是省银行行长了。

当年同患苦共患难的好朋友，而今都在各自的领域冲锋带队了。

小会与部长同乘一台小车去工地。去工地往往要开上三四个小时，她与部长轮班开车。她的所有的话也就随着车的速度滔滔不绝起来。部长边笑眯眯地迎合着小会，十分得体地问答和应允，让人感到是那么斯文又那么应心。该到小会开车了，她边开车边享受着部长源源不断的冷饮和小吃。这令她从心里感到舒坦和轻松。这种感觉使她有种胜利者的得意和骄傲。

她开始发福了，圆圆的秀美的娃娃脸竟变得有些胖肿起来，显现出中年妇女的懒散、疲惫、臃肿、迷茫。

但自从那个小丫头来公司以后一切在骤然间改变。

说来这事儿就出在小志介绍来的那个孙霞身上，而且这一切来得那么迅速又那么猛烈，叫她感到是可忍孰不可忍！

事情发生在中午吃饭时，小孙打来茶讨好地递给小会并坐在小会的身边。

“看！这就是我的爸爸、妈妈。”

她拿出一张相片给小会。那是一张像是“文革”时照的相，相片里的女人不用介绍一看就是小孙的妈妈，很精干小巧的样子。但唯一不同的是小孙极丰满，硕大的乳房总是将上衣前襟绷得紧紧的，而她的妈妈却显得十分单薄、清瘦。

“我妈这时都有我啦。我爸在外老是搞女人，一个又一个的，我妈明知道也装着不知道。来日本也是领导怕我爸乱搞出问题，硬把我妈调到外贸来的。”

“你爸不是老早就参加革命了吗？怎么还干那事？”

“小会阿姨，你都是什么时代的人啦？现在还管那许多？男人啊，都是这样。我看过我爸在外头的女人，和我一样都是大乳房。男人们都喜欢大乳房的，像我妈那样干瘪的如同一块大面板似的谁还理她呀？咱们部长也这样。”

小会听此一楞，她万万没想到像小孙这样年龄的孩子会说出这样肉麻的话来，正当她一愣时，以聪明自居的小孙又接着说：

“小会阿姨，你知道吗？咱们部长他阳萎。”小孙得意三分，这个秘密来自自己，她的粉红而闪光的脸颊在兴奋和激动中变得耀眼而夺目。

“胡说八道！你个屁大的孩子怎么会讲这样下流的话！”小会气愤地将手中的茶杯狠摔了一下，水立即流满桌子。小孙一边匆匆地用抹布搽，一边委屈地说：

“小会阿姨，你怎么和我妈一样那么死德性呢？动不动就上纲上线的，犯得上吗?”之后小孙找个理由走了。

她走了没事，把小会可气个天翻地覆的。她的脑袋全部被小孙的阳萎的话给笼罩住，直搅得她头脑浑浑涨涨，理不出个头绪来。

由单位回来小会立即拿起了电话，打给小志。

“小志，你赶快叫孙霞的父母把她带走！不要在我们公司干了。干什么来的？来不到两三个月就来勾搭人，她是来工作的还是来卖春的？勾勾搭搭地干什么?”小会气愤地上气不接下气放爆竹似的说。

小志一愣，这没头没脑的话到底从哪儿讲起的呢？

“你说这日本公司的部长作风也太败坏了！人家孙霞和他姑娘的年龄差不多大小，部长和孙霞他爹一样年龄的，怎么还和人家小姑娘动手动脚的?”

“这就是你不对了。什么作风败坏？他们脑袋里根本就没有道德与不道德这一说。你太幼稚了！要知道这里是日本不是中国。”小志禁不住笑起来说。

“孙霞才二十一岁，整天穿着个超短裙，露出半个大乳房，和咱们那会儿真是天上地下的区别。你说她的父母怎么就容许自己的女儿这样。我一开始只把她当孩子没大理会她，今天她突然对我说，‘小会阿姨，咱们部长他是阳萎。’你说这小姑娘她怎么能说这样的话来？”

停了一小会儿，小会又继续说：

“再则了，如果她和部长没有动手动脚的事儿，她怎么会知道部长是阳萎呢？”

小志听此立即打断了小会的话，

“这样，小会你也不要说了。你把她给辞掉了吧，回头我对她父母说。好吧？”

但小志过后越觉得蹊跷，小会何必为了部长的事这样大动肝火！人家部长有他的老婆管，犯的上你小会去管他作风好与坏的吗？于是她给小妹小华打去了电话。

现在是公司里的总会计的小华，一听乐啦，说：

“不知道吧？若叫我讲，是小孙无意当中伤了小会。对小会来说我们部长就像她精神上的同志和战友一样，小孙亵渎了小会精神上的战友与同志，那能答应吗？”

小志一听愣了。

“在小会的心目中永远有个不变的自己和周围。她在中国是个十分优秀的人。她的思想和人格早已就此定位，不会改变。她今天之所以也能够这样拼命地工作，就是因为她始终坚持一个纯洁型的自己。小会她自然不会接受与自己相关的人出现相悖的事。这也就给你一个最好的答案：为什么小会不理解日本公司的一个部长，会这样轻而易举地玩弄一个公司里的职员？并且也不会理解为什么中国外派的国家干部会这样作风不检点，而他们的上级竟然能够如此草率地放任这样的人留在国外。”

小会她始终活在她年轻时接受的社会主义教育中，并用此来衡量对比周围的一切。无论她走到地球的哪个地方，她永远都是这样。

2005 年出现了一件震撼全日本的建筑事件。

在市川与东京隔岸相望的国铁车站门口耸立着一座新建 54 层（高 150 米）的高级公寓，最顶层是用来作为公共设施的瞭望台，在那里可以 360 度大旋转一目了然地眺望到日本方圆几百公里以内的大地和风景。但是，就是这座最当代、最摩登、最雄伟的大楼却在有一天突然被曝光抗震设施偷工减料。建筑的基础部分出现了重大问题！可能会导致在地震到来时，这座 54 层的大楼将在一个瞬间成为瓦砾灰烬。建筑设计师被逮捕。其根据来自一个权威小组的鉴定，其中就有一级鉴定师小会的鉴定。

站在日本国家经济建设第一线的小会，始终没有改变她的工作热情和作派，她从来是站在人群之首的一匹勇敢的骏马。

千叶县的一条海岸线，名为：九十九里海湾，因为它是在千叶县房总半岛东岸面向太平洋全长约 66 公里的海岸线。每到新年除夕的夜晚，这条海岸线上就会聚集成千上万的人们在这里等待日出。

当朝阳冉冉升起时，人们都不由地合起双掌来祈祷和祝愿新的一年更好！

就在这邻接海岸线的一个僻静的小山窝里，有一个国家管理的风景宜人的墓地群，三姐妹她们的父母在这所墓地里已经沉睡多年。如今，她们站在父母的墓前。

周围三面环山，从深山里时不时地传来布谷鸟的叫声：

“布谷，布谷——”

声音深沉而凄凉，像是在告诉他们父母的惦念和执着沉默的祈愿。

然而，看这里又分明是与那天际一现的浩良河脚手架上寂寞的眺望相连一片，无限江山无限风光，都随着布谷鸟的叫声，掀起层层思念的波澜，回荡在过去与现在的山谷中，带来三姐妹丝丝的联想，怀念和过心的对话。

小志小会十六岁时，小华才十三岁。那时一切读书人都不被需要，一切读书的地方都成为封闭的禁地。而她们的父亲却一再地告诫她们：无论你们将来做什么，都绝不能丢掉书。一定要成为学者，我的女儿一定都能成为学者！正是因为父亲的忠告使她们在工厂在山沟也坚持自学，之后都走进国家最好的大学里深造，这才得以使她们在今天的日本脱颖而出独树一帜，成为公司的经营者和公司部门的领导人。

她们从心里由衷地感谢父母！

三姐妹已经没有机会坐在一起闲聊了，他们唯一能够享受的是在深夜视频上的各自讲述了。

视频中的小志说：

“想起来我们三姐妹在中国时，拼命一番各个辛苦倒也混出个多少来。今天在这个国家里我们又是在拼，为了儿女为了家，我们与日本人相争。我们不但没被落下反倒领先于人了。可是，反过来说我们又的确被弄个筋疲力尽，一天天昏头涨脑的。你说我们的生命的意义究竟在哪里?”

对面的小华立即说：

“不要那样悲观地看我们自己！昨天我还接到了我家小姑子的电话，你听她说什么？她说：‘我们大陆的中年女知识分子有个共同点，就是早早地进入了更年期。我们大学毕业之后结婚、生孩子、照顾孩子，没到年龄就下岗，在家里与世无争、养尊处优。结果是现在再叫我们干什么也都不行了。既没有那个精神头也没有那个体力了。我比嫂子小五岁，可我已经早早地闭经了，问我的同学几乎都是这样。而嫂子你来信却叫我给弄些止痛经的中药，说是给你本人用，简直叫我吓了一大跳！’小姑子她说的这些话就可以反证我们自己了，虽然我们是有些辛苦，但我们仍旧葆有生命力，仍年轻有力量，起码我们姐妹们一直是在与世有争，一直还站在社会第一线上。”

小华带一家人到小志家来了，她是同刘军带着孩子一同来的。恰好鲁明在大学里讲课没下班回家。

“大姐，有件事想告诉你一下。”刘军走到小志的身边小声地说。

“我这次去中国，郭平不知从哪儿得知我的地点找到我了。”

冷不丁听到早已成为过去的他的名字时，小志不禁惊奇地呆住了。

“郭平曾离了一次婚。以后他到美国去又结了婚，现在有了一个女儿。他本人挺能干，先在一个大公司里做贸易，后来同一个华侨合伙开业挺成功的。去年的百名有钱华人的名单里还有郭平的名字。”

刘军说到这，看了小志一眼，看到小志在听但反应不大的样子时，他也就放心似的继续说下去了。

“他找到我的目的是想要问一下你的电话和地址。听说他也经常来日本，他再三强调他没有别的要求，只想找你聊聊旧事叙叙过去。”

小志脑中立刻浮现出郭平那张英俊的脸，同时这张英俊的脸被一个污秽不堪的得意摆动的动物躯体所遮盖。她感到恶心，憎恨和蔑视。

真是一失足千古恨!

小志的脸由平静突转成一副令人难以接受的冷峻和严肃。

“刘军，也许你知道或许你根本就不知道大姐与郭平之间在过去发生过的一切。现在大姐只是郑重地告诉你，今后绝不要再与郭平有任何的来往！至于我的通信地点，绝不容许你轻易地告诉他。我永远不会再见他!”

小志十分干脆地说。

虽然从2006年安倍首相上台起就大喊大叫要恢复日本经济的不景气，但就像他不到一年就因为肚子疼而辞掉首相位置的天大笑话一样，这一承诺只是一个空头支票。虽然他在2012年又在大财阀势力支持下重登首相宝座，但日本的经济每况愈下越来越糟。中小企业纷纷倒闭，中年职员被迫解雇，昔日的彬彬有礼的白领人，今日一身踉跄地奔跑忙碌在清扫和门卫的岗位上。

这年，小志为了公司的一项买卖，坐在去往苏州的动铁上。

乡村，大地，城市，农家的风景，如同画卷在不停地铺开展现。回想自己十三岁时也是乘坐着驶往东南大地的列车去参加革命大串联，那时的风景与今天简直是天壤之别。

小志的思绪忽然被深沉悠扬的低吟的歌声打断，仔细找去，原来这歌声就来自自己的身旁。

在三人位置上的最里面靠车窗的位置上，坐着一个女孩子，但看不到她的面孔，因为她始终面朝车厢壁不回头。但她的那镶满蕾丝的白色披肩轻纱和油黑的丝缎般的齐腰长发，就可以想见她一定和这歌声一样是华丽、高雅、端丽的。

看着她，小志不由地想起浩良河工地上，那位遭人摧残仍美丽动人的姑娘来。

如今那浩良河的姑娘早已成为她给孙子们讲述故事当中的

一个痛苦而美丽的灰姑娘角色了，这个永远在话题里的灰姑娘，结局总是会被她安排上：有一天她遇上了一个可心的白马王子，同她携手一道飞向遥远幸福的天边。

佐佐木公司记

这是一条南北走向的小巷。

小手工业公司的幢幢窄小瘦长的楼房不规则地拥挤在小路两旁。天刚刚有些透亮，装满批发货物的车辆在灰蒙蒙的晨雾下如同蚂蚁一样默默地井然有序地蠕动着、运行着。

1988 年 8 月的一个周六的早上，一个陌生的中年女子在这条无声而紧张运转的小巷中出现。

她有着中等略瘦的身材，齐肩的短发，白皙光洁又清秀的面庞上有着一双耐人寻味的弯弯的黑眼睛，她比同龄人看上去要年轻许多。

她似乎在犹豫着什么，在小巷尽头处的小路上徘徊许久。

她叫陈涓，三十五岁，中国人。更确切地说她是一个中日混血儿。妈妈是日本人，爸爸是中国人。这一年的 5 月她刚由中国来到日本。

陈涓站在佐佐木花边公司的楼下，有些忐忑不安，也有些紧张和胆怯。

这里是她今天来应聘面试的第一家公司。为了准备今天的面试，她昨晚几乎练了一个通宵的英文打字。那台半新的打字机是她在家里楼下的垃圾堆里捡来的。幸亏原来的所有者还挺细心的，特意在打字机的口袋里放进了使用说明书，她凭着这个练了一个晚上，就她自我感觉来说练得也差不多啦。

佐佐木公司会是什么样？老板又会是怎么样的人？如果考不上我又该怎么办？今天一共准备应试的有三家公司，结果都会怎么样呢？陈涓左思右想。时间就这样在她的犹豫和徘徊中溜掉。于是，她看了看手表，对着自己说：甭顾虑那许多啦！这里是日本，放大来讲，假定世界是一个国家，日本不过也就是一个小小的城镇，没有什么可怕的！不成大不了一拍屁股走人，谁也不认识谁！她本能而习惯地用鼻音发出“哼”的一声，像是在吆喝一下肉体的自己一样，于是便挺起胸快步而敏捷地走进了这座十分陈旧的小黄楼的二楼。

今天这个公司像是在休息。门没有上锁，房间里没有一个人。映在陈涓眼中的是一个杂乱无章又拥挤不堪的70－80平方米大小的办公室。陈涓似乎嗅到一种十分普通的气息，一种安全感突然驱走了她那无名的紧张。

稍许片刻，一个干瘦的六十岁左右的老头儿从洗手间走出来了。

在这个瘦小干瘪的老头儿那近似骷髅的脸上，有着一双相当有神的大大的眼睛。这双发出动物般异样光亮的眼睛里，透露出一种难以言表的超人的智慧、狡猾、贪婪和执着。

“我叫佐佐木，这里的社长。”他干脆利落地用手一挥，指向位于办公室右边角落里的接客处，将陈涓让到自己对面的双人沙发上。

陈涓坐下后，心里琢磨着：他怎么连个名片都没有啊？

定睛打量对面两张单人沙发上坐着的社长，他好像一点儿也坐不住，不到十分钟的时间内，他就起起坐坐不停地动。两只手不是抠耳朵就是挖挖鼻子要不就伸进裤子里挠一挠，总之他像是一个患有多动症的人。

坐不到十分钟左右，外面进来了一个绅士模样的三十岁左右的年轻人，他看起来文质彬彬，而且颇有礼貌地向社长示意并寒暄了一下，就在社长旁边的另一张单人沙发上坐下，然后从公文包里取出来一张事先准备好的试卷递给了陈涓。

“你先笔答一下上面的问题，怎么样?”

陈涓接过来一看，是英文试题，比自己平日给学生出的测试题还要简单。于是，陈涓索性用英语直接对这个年轻的绅士说：

“我本来就是大学的英语老师，我想我的英语水平大概比你还要好，你觉得呢?”她很坦然地说，很自然地露出一丝笑容来。

年轻的绅士被意想不到的答复惊住的同时，又被这个充满神秘魅力的笑容可掬的女人窘得无地自容，他涨红着脸用日语急忙答到：

“我觉得你说得对！我看你没有必要再往下考了。”他急忙站起来对社长说出同样的话以后，没敢再正视陈涓一眼就匆匆地告辞走了。

“这样吧，陈涓，你下月初就来上班吧！要不明天也可以，你来吧！我同意你了。”社长就这样简单而快速地接受了陈涓进公司。

她去面试的第二家是一个很大的航空公司，有着非常正规的考场。试题篇幅很多，并且也是清一色的英语。

面试的第三家位于繁华的银座大街上的一幢豪华的大楼里。陈涓觉得这儿面试的上司做事太过格，还没等她坐上两分钟就上前搂住陈涓的双肩，又亲昵地拽过陈涓的手，气得她干脆一下子甩开对方，推门而出不辞而别了。

两天以后，陈涓接到了第二家面试的航空公司的通知，说她被录取了，并被破格录用到社长办公室里做秘书工作。工资要比她去的第一个面试的公司高得多。这叫陈涓有些犹豫了，是做大庙里的小和尚好呢？还是做小庙里的大和尚好呢？眼下对她来说钱是关键。孩子要读书，丈夫也要在大学院读完博士生全课程，都需要钱。于是，陈涓决定辞掉第一家公司去航空公司工作。

陈涓给佐佐木公司打去了电话，社长不在。于是她将辞职的意思直接讲给接电话的女孩子，并让她转达给社长。

一个小时之后，陈涓家里的电话铃响了。

“是陈涓吧？”

“是的，我是。”陈涓有些惊讶地答道，同时心里感到有些胆突突的：难道我哪句话说的不对了吗？

“听说你要退掉我这里的工作？”是佐佐木社长的声音。

“对不起！实在是由于一些特殊的理由，我不得不辞掉你那里的工作。”陈涓故意压低了嗓音以镇定自己。

“我明明白白地告诉你：我登这份广告已经有两个多月了，你来了以后我拒绝了所有来报考的人。如果你要辞掉的话你必须赔偿我这些损失。赔 50 万！听着了吗？50 万！”他的声音相当大，不难听出这个社长是真的发火了，而且是相当大的火儿！

陈涓愣住了。

稍许片刻电话对面换了一个人，同时一个娓娓动听的、稍耳熟的年轻人的口音响起。

“陈涓小姐，就昨天一天公司里就有五个人来要求面试，社长都给回绝了。社长就是这样的脾气，认准谁就是谁！再说，我们看了你的简历，知道你的母亲是敦贺人，社长也是敦贺出身。社长看了你以后认为自己和你是有缘分的。依我看就这么定下来吧，你来公司吧！你说呢？”

陈涓沉默了，她无法马上回答。无法马上回答的同时，她又无法掩饰住自己内心突然涌起的一个好奇，她想：佐佐木社长他是单纯对我陈涓这样易怒？还是他本来就是这样。他的怒来得怎么这么快，快得竟让人感到可笑和荒唐。也许，或者是说我陈涓对佐佐木社长来说还真的有什么魅力值得他这样兴师动众的。”

佐佐木公司是由社长的姓命名，由家族成员构成的。公司在1970年成立。全家共五口人，子女有一男二女，都已结婚。除了小女儿和大女婿以外，其他家族成员都在公司里工作。

父亲是社长，儿子是专务，小女婿是常务，老婆和大女儿是会计和出纳。公司里共有八十多名职员，有挡车工、打卡技工、推销员、制图、设计师，其他就是缝纫工和补绣工人。公司总部设在东京，总部里包括会计和出纳等。有两座工厂，而两个工厂都设置在东京的近郊历木县一个小城边上。公司拥有5台价值共5亿左右的瑞士大型索拉绣花机和两台平冈刺绣机，专门用来制作各种高档服装和内衣专用刺绣花边，以及高级品牌刺绣手绢。

说来话长，1945年日本宣告投降，这年年满十四岁的佐佐木少年由于父母突然身亡，只好跟着伯父一道从日本关西敦贺跑到东京来闯生计。在东京打短工、当学徒度过跌跌撞撞的几年以后，经姐姐的介绍，他与姐夫的外甥女结成夫妻。从那以后，就在妻子的叔叔公司里任专务。十五年之后，他成功地将叔叔所有的客户都拉到手里并挑杆竖旗宣告独立，导致妻叔的三千人的公司在半年内彻底破产。

东京浅草桥是驰名日本近代工业史的小手工业生产和批发街，日语称之为“下町”。和式伞、和服、和式衣、帽、鞋等等，但凡在生活中能见到的、在书中看到的小商品，这里都应有尽有。手工制作和式娃娃以其精巧夺目、妖艳奇丽而蜚声国际，吸引了许多国家的客商造访。人们垂青于和式娃娃，索性又给这条街起了个特殊的名字叫“人形街”。

外商们大批大批地携着大小包裹涌进这条街，于是伺机而进的金融商们在这条拥挤而繁华的中央十字路口上，竖起了挺拔的大冰箱式的镶有钢化玻璃的银行大厦。樱花银行、富士银行、劝业银行、三菱银行，如同四个大宪兵紧紧地把守着这条金币流进流出的街口。

佐佐木公司就悄悄地藏在这四个大宪兵的身后。

早上，没等走上公司二楼，就能听到佐佐木社长爆炸般的吼叫。

“混蛋！你他妈的在想什么？跑推销的连这么点儿常识都给忘了！价格是做买卖的根本，不问价你下什么订单？混账的东西！你都学什么啦？”

佐佐木社长蹦跳着、吼叫着。一层透亮的干皮包裹的脸颊上跳起了缕缕青紫的血管，排骨一样瘦削的身板向前躬着发出呼哧哧的哮喘声。

“社长，实在抱歉！我不明白你说的究竟是哪个花稿？3805，还是2901花稿？”

向来文静的梅泽压抑着激动，略带颤抖的声音细声细语地一字一句地问。

“你他妈的装什么傻？这么半天你还不知道我说的是哪个花稿？”

佐佐木社长“咚”的一下子拽出眼前一把轮椅，“扑通”双腿大叉地坐下，秃亮的脑门上沁出来小小的油汗珠，一闪一闪的。

“哦！您说的是这个图案啊？”梅泽边说边放下提包，拿起社长撇给她的图案。

“这个货号的报价表在这儿呢。”她顺手将提包打开，从里面掏出一叠文件来，并取出其中的一页递给社长。

出现在社长眼前的是一列列清晰、秀丽字体的报价表，社长一扫他要的花稿，立时显出旁若无人的样子将报表撇在一边径直向制图案子走去。

吉川坐在案前，这时她的手开始不由己地发颤起来。

“你眼睛瞎啦？这条线怎么画歪啦？你干脆把它画纸外头算啦。”佐佐木社长用他那极不相称的女人似的纤细的小手猛地照着吉川的案桌拍去。

吉川低着头，涨红着脸，一声也不吱。

看她这样，佐佐木社长是越来气。

“你他妈的哑巴？我的话你都听到了没有？怎么连个答复也不会?!”

“是，是，对不起!”吉川的头已低的不能再低了，蚊子般呢喃的声音从她那颤抖的唇中艰难地滑出。

社长索性将身旁一叠的图纸拿起来狠狠地摔在吉川的案桌上，愤愤地离开。

“拿去！把这个图案的米卡数再减去三分之一!”佐佐木社长走到制图小姐美川身旁。

“社长！昨天不已经签完这个合同了吗？再修改花稿的话，和交给客户的不一样，我可怎么交代啊?”负责推销的专务在旁边插上话。

“笨蛋！你的客户没有一个是专门研究花边的。他们只看图表面的美，哪懂这里的奥妙？我是内行，日本有几个像我这样懂花边的?”佐佐木社长顺势转过身来走到专务的桌旁。

“记住啊！减少 10 米卡针数等于你又省去了制作上的 10 元

钱。加上少用的那部分原料等于里外赚了 20 元。三百米卡针数的花稿减少 100 米卡针数等于在五个循环的花边里一匹就能赚回约 1 万日元。我们至少卖他 20 匹花边，里外里地就可额外多赚回 20 万日元。这套脑袋没有你还去做什么买卖?”此时的佐佐木社长的声音已由高八度降到了低八度。

推销兼生产管理的中村姑娘正用针一点一点地挑黑色绣花领子里夹上的白线头。由于上机时清扫工作没做到位，底衬布上沾的白线头全都绣进花边里，导致成型的黑领子上面露出星星点点的白线头来。

“笨蛋！拿个墨笔涂一下就行了。”社长顺手将领子拿过来，从桌上的笔筒里拣出一支黑油墨笔递给中村。

“这些都是高档名牌礼服，如果叫客户发现了可就糟糕了!”中村姑娘担心又小心地说了一句。

“你什么时候看到过订购高档货的客户会因为一件衣服来要求退货的?”社长稍显得有些不耐烦了。

突然，他好像是想起来什么似的一下子转过身去，走到靠财会位置旁边的陈涓的桌旁。

社长对陈涓感到又棘手又无奈。

从表面上看，陈涓是个书生气十足的人，但她也有着读书人的清高。无论做什么事她都能认真到底。她一开口说的就是地道的日语，很多时候让佐佐木错觉她就是日本人。如果像对别人一样对她用了稍微粗暴的语言的话，她会不管有无外人当即顶撞并反驳。她聪明而机敏并且相当能干，这是大家所公认的。就说每天上班的这件事，陈涓从来都比任何人提前一个小时来公司，做好所有工作前的准备。而那些上万个图案和设计卡连同号码她没出几天就倒背如流信手拈来。更不用说对日本国内的客户和国际客户的电话号码，全都记得滚瓜烂熟信手即拨。她自己讲过：我就是学外语出身的人，从小又喜欢背唐宋诗词和毛选，就这么点儿内容还不是小菜一碟呀。

而另一方面，对佐佐木社长来说，他觉得能得到陈涓是自己的胜利。迄今为止他还从没有接纳过一个大学老师为自己的职员。也可以说从没有过大学老师会跑到他的公司里当职员的。这既满足了他鄙视高居自己之上的文人的心理，又意外地合乎了他的金钱算盘。他自小对居于自己之上的人，那些有钱有地位的文人表示反感和憎恨。在他的近乎遥远的记忆当中，永远不会忘记小的时候姐姐背着他透过门缝窥视到在一个又一个富人、文人的男女人群中飞来舞去的妈妈的身影。妈妈强颜作笑浓妆艳抹的样子使他反感和疏远。姐姐说妈妈是艺妓，就是要讨好这些富人和文人才能有饭吃有钱赚。他恨透了这些道貌岸然而又彬彬有礼的伪君子。恨透了不属于他的世界的人，恨透了那些所谓的有钱的人，那些所谓的有知识的人。在这恨的滋养下他发奋成立了自己的王国。这是一个唯我独尊的世界，一个可以安抚他心里曾有过的伤痛和满足心理上的报复的世界。

“能不能和我出去一趟?”佐佐木社长突然问正埋头工作的陈涓。

“什么事?”陈涓抬起头来直视着社长问。

“和我出去走一走，见见世面。”社长作出一副笑容。

坐在社长的奔驰车里，陈涓有些不大相信这就是方才像疯魔一样发作的人，怎么转瞬会变成一个普通的老头儿了?

社长边开车边开始了他的独白：

“陈涓，其实你并不了解我。我从小就是一个绝顶聪明的人。我一辈子的梦想就是建起一座日本最一流的刺绣公司。我太喜欢那索拉机器了，那嚓嚓的机器动静走进了我所有的梦。我不喜欢音乐，但机器的响声就是我的音乐。待我死的那天我就死在我的机器旁，我要留给每个来追悼我的人一块我做出的最好最美的机绣手绢。只要人们都说这个死去的人是一个‘全日本第一’的‘机绣绣花手绢人’就心满意足了。”

听到此，陈涓禁不住下意识地注视了一下身旁正在开车的佐佐木社长，他正兴致勃勃地说着。那双黑黑的、大大的眼睛发出动物般异样的光亮，如同一只猛兽对猎物那般的专注，让陈涓不禁毛骨悚然又有些心动：表面上那么粗暴野蛮贪婪的他，真的也怀有一个人的情感吗？

“在日本市场上有个规矩，货物必须由厂家通过批发、销售才能到客户手中。每一道都以百分之三十的利润来计价。我过去就是在日本最大的批发公司里任专务的。我向老板提议买机器建工厂，做厂家的同时，废除现有公司的批发方式，将产品直接卖给商店。这样就会比同行便宜出百分之三十的价格。也就必然将绝大部分客户拉到手。我妻子的叔叔当时任公司的社长，他拒绝了我的提案。于是我不辞而别成立了自己的公司和工厂，按照我自己的方式开始销售。我是第一个打破日本花边市场流通规矩的人。

别看我对外文一字不识，只知道个‘Yes’和‘No’，但我知道这个原则：世界上的商人对钱和数字都是敏感的，不用文字的表达只用手势就能明白的。我跑到世界花边发源地瑞士去，每天几乎都泡在花边市场上。我找到一流的花边设计师和打版师，凭着我的灵感去领会他们的技术。

回到日本后我第一件事就是培养我的技术人员。我从以前的客户那里挖来了一个技工，就是现在我们工厂的厂长斋藤。我给他高于所有同行业的工资，派他去瑞士学习了半年以后到我的工厂里来任厂长。

我可以非常自信地说日本市场上没有比我更明白刺绣的了。

从设计到打卡、制图、上机、染色、拉幅、补绣，每个步骤每个阶段我全懂并十分精通。”

陈涓不难看出社长他相当的自信，自信到令听者从感到好笑到畏惧他的实际存在。

在一幢灰色的大楼前，社长停下车，叫陈涓和他一同上去推销货。

抬头看楼上的大招牌，陈涓知道是一家相当规模的大服装公司。

但是，这家大公司的人根本没有将社长的来访放在眼里，只派了一个小科长应酬了一下，二十分钟之后，社长和陈涓就从大楼里出来了。

陈涓觉得到大公司来推销，真叫人难为情极了。在大公司的西装革履的绅士面前佐佐木社长显得是这样的寒酸、瘦弱、卑微，更让她感到小公司是这样被人看不起。起码在他们告辞时，东道主本应站起来点点头表示一下，可是这个大公司的人连屁股都没有抬一下用手一挥就拜拜了。

但转身看看社长，他的反应却恰恰相反！从大公司里出来的那一瞬间，他如同被火燃烧那般兴奋、激动，话也变得多起来了。

“我就愿意到这样的地方来寻找刺激。看着吧！总有一天这些人会低着头来求我订货的。

陈涓，看着没？我一点儿也没有吃亏！我们起码在二十分钟之内赚了他两杯咖啡。”

陈涓真的有些不明白了！社长的人生逻辑到底是什么？这种堂吉诃德似的自欺欺人的心理在社长的心里支撑着什么？你想想：他本来知道自己弱，但他却不承认自己弱。他一定要使自己强，他调动起身上所有的暗示细胞，有意识地鞭挞肉体的自己，完成超负荷运转的现实。他的原则是精神，在精神上他首先是个强者。哪怕是一个他在歪曲理解意义上的强者，他也要固执坚持到底。

佐佐木办公室的整个布局是：正对大门方向，四张大大的银灰色办公桌拼在一起，围坐着儿子专务、中村姑娘和梅泽，在他们的身后是两个大型制版制图案子，是吉川和美川的工作地。房间的右侧，也是朝阳的全面落地窗户方向，有着一台大大的黑色的写字台和大沙发转椅，这里是社长的位置，在社长的正前方是陈涓和夫人并列的位置。而休息和接客的地方就在大门右侧的一个安静隐蔽的角落里。

中午一个小时的休息时间到了，这是佐佐木公司的女职员们发表自己的意见和说尽佐佐木一家坏话的时间段。

她们围坐在一起，梅泽是她们的中心。除了陈涓是成婚的以外，余下的四个姑娘中岁数最大的是计划兼推销的梅泽，她不过也就二十六岁。推销兼商品管理的大美人中村姑娘今年二十岁。制图吉川和美川，她们两个是从东京附近的郊区神奈川县和崎玉县来的，两个人都是刚刚在美术学院一毕业就到佐佐木公司来工作的，两个人同岁，都是二十二岁。

“吉川，问你一下行吗?”陈涓先开了口。

吉川嘴里已塞进一口饭，碍得她不好张口回答，只是应允般地莞尔一笑。

“社长对你蛮不讲理的时候，你不生气吗?”

“陈涓，你要知道这里是他的公司，我们是他的雇员。他愿发火是他的自由。除了听他的没有别的。”吉川好不容易将口里的饭一下咽进肚里。带着有些不解的样子回答陈涓。

“其实，对我还算可以的呢，以前有个老设计师四十多岁的，叫高桥，是日本黛安芬公司顶顶有名的首席设计师。社长背地里把她拽出来，答应说来我们公司后一定会重用，给她工资高出现有的两倍。高桥信了，辞掉原来的工作，来我们公司。头两年还好，可是后来呢，因为公司里的销售上出了点儿问题，社长无法祢补经费窟窿就任意地把她给解雇了，而且还是用最厉害的语言暴力，迫使高桥自动辞职的。社长一天突然在周一班前会上，当着所有人的面儿对高桥说：你的品味期限到期了。高桥听了这句话，当时就坐到地上起不来了。以后没有工作了不说还落下个忧郁自闭症，憋在家里不愿见任何人。简直是侮辱人！那可是真叫人生气！”吉川十分认真地说着。

“陈涓，我发现你好像特别喜欢工作，是吧？”梅泽插嘴问陈涓。

梅泽是个相当文静而聪明的姑娘。她也是美术学院毕业的。她自我介绍说她的爸爸是国家公务人员，妈妈是在家里开书法教室的老师。家里只有她和哥哥。

陈涓听了梅泽的问话，一愣。心想：如果说是喜欢工作，莫不如说是喜欢我自己。我喜欢自由自在地用不同的语言，得到不同国籍、不同肤色的人的理解，达到一个意识认同。因为在我懂事那天起就着迷于语言的魅力。这些日本女孩子们可能永远也不会站在我的角度去理解我。现在，她无法去答复梅泽。于是她佯装没有听懂，低着头一味儿地吃饭。

“看没看着？专务又换了一台新车，起码也得三百万。我来公司还不到三年就看他换了三台车啦。下次还不知他抖索什么啦？”中村姑娘用她那半沙哑的声音说。她是公司里唯一从高中毕业后就出来上班的。听说是因为她爸爸有一天突然弃家出走，家里没有钱再让她去读大学了。她的漂亮的面孔在她的声音发出的同时总是让人感到这么遗憾：她这么年轻的姑娘说话的声音怎么像那些酒吧间的半老徐娘的声音？

“看着了吧？陈涓，你再能干这儿也是人家的。同我们一点儿关系都没有。”老实的吉川像是在开导陈涓一样说。

陈涓有些尴尬，她真的不知怎样答复才好。也真的不知到底是自己的不是还是所有人的不是。

“陈涓，昨天你看没看 10 频道电视新闻联播，采访中国女电影演员刘某？”美川有意地改变话题，为陈涓摆脱困窘。

“看了。昨晚我看了。美川你对新闻也感兴趣吗？”陈涓对新闻节目是最感兴趣的。要知道她从小就生活在以政治话题为中心的中国社会的。

“电视主持人久米宏问刘某你在中国的知名度能和邓小平相比吗？是你有名还是邓小平有名？刘某立即回答当然是我有名了。农民知道我可不知道邓小平是谁。够狂的啦！我觉得久米宏在没有提此问题之前肯定已经了解到刘某喜欢夸张。他不过是拿刘某开心博取听众眼球才提出这个问题而已。但我可真没想到刘某讲话还真的这样喜欢卖弄自己。”美川饶有兴趣地十分认真地说。

“刘某在中国有名吗？”中村姑娘问。

“有一段时间，是在中国 1979 年改革开放的初期阶段。现在人才辈出，比她好的女演员有的是。再加上她自不量力老是吹吹哄哄的，弄的人也挺烦她的。其根本原因是她缺少文化教养和做人的修养。所以她的存在实际上已没有什么吸引力啦。”陈涓解释。

1988 年到 1991 年的这一段年表里，日本经济已经处于泡沫发展的末期。小业主们完全靠着以日子为计算单位来发展自己。

没有计划只有一个赚钱的目标，并且通过不断地窥视市场发展来瞬间决定自己的生存方位。

这天佐佐木社长一早来到公司，通常早上第一个来公司的是陈涓，这使陈涓不由得吃了一惊。

“怎么了？社长今天有什么事儿吗？”

“陈涓，你来，你看看！这就是我的所有的有关中国的资料！”

陈涓拿过来这厚厚的文件集，翻了一下，一半是英文一半是中文的资料。英文是瑞士索拉公司提供的有关中国客户的详细资料，机器所在地，负责人和电话等等。另一半是中国各地各省的抽纱公司发来的下属刺绣工厂的详情资料。

“哦！这要是在中国‘文革’时可都是机密文件啊！你是怎么弄到手的？”

“这就是我的秘诀了！要想在中国购买高档瑞士机绣产品，首先你必须要知道它的机器源头。是瑞士卖给了中国最高档机器。我必须掌握是中国哪家公司拥有它的。资料到手后我就开始琢磨中国机器的现状。中国改革开放后，人人都想一口吃成个胖子。国家企业国家投资，有的是钱！所以，世界最高档的索拉绣花机就成了各个抽纱公司想打翻身仗的靶子。可是，他们却忽视了一个最关键的问题，那就是买机器的同时要在瑞士工厂培训自己的可靠的技术工人并要准备好日后的销售网。但是他们没有将这些做到位，导致至今他们的机器都停放在仓库里，没有打包也没有用。这是索拉公司给我们提供的第一信息。”

“接着呢，你又怎么干了呢？”

“中国的工厂都没有出口权，他们完全依赖上属国家机关的抽纱公司，而抽纱公司里的负责担当的又都是些年轻人，新届大学毕业生。他们不仅不懂技术也根本不明白花边，但是他们所居的位置又决定了他们对下面所属的工厂十分霸道。所以我只要抓住抽纱公司担当人，就可以轻而易举地掌握和控制他们下属工厂的全部生产价格和数量。明白了吧?”

在国际外汇排价市场上，日元正是以 1 美元等于 130 日元的时期，这种比价极不利于进口。但就是这样，也架不住佐佐木由中国抽纱公司得来的最低廉的人件费和最廉价的机器使用费。从而在中国市场上得到了最大的利益。

中国就像一个肥大的诱饵摆在面前，让社长激动得夜不成眠。他不分昼夜地计算、策划。他深深地被对面大陆能给他带来的巨大的财富所牵动，于是开始了穷追不舍的奋战。

陈涓被社长支使得团团转。不用说疲劳，简直就是玩命。她感到社长像是一条鞭，而自己恰如一个不由己的陀螺，被社长抽打着并且不分休止地旋转。

面对中国这个巨大的生产国，佐佐木当机立断采取原始批发商的囤积策略，只要他手中有的图案，只要日本和欧美市场上刚刚露头的商品，他都要买回来仿制图版，并且再加上从日本国内、国外的各种一流模特杂志和广告上得到的图案左右拼凑、制版。之后，他拿着储存有上千甚至是上万的图案软件只身频频来往在飞往中国的航班上。

每去一趟中国，社长都如同被注射上兴奋剂一样兴奋得发狂、得意得摇头摆尾。

这一天，社长向所有的人宣布将有一名中国的客人来访。这对忙得焦头烂额的陈涓来说，能用工作时间接待一下来自自己国家的人，真是千载难逢的一个休息机会。因为她总算可以在一二小时之内摆脱开电脑的高度紧张劳动，能坐下来喘口气了。

办公室的门被轻轻地推开。跟在社长身后进来的是一个娇小秀丽的女子。妙而不艳的淡妆使女人显得格外端庄、美丽。

陈涓同身后的社长夫人一样，堆了满脸的微笑相迎。而来人对她们的相迎却不屑一顾。陈涓只当她是一时的紧张也没有放在心里。

“这是吴江抽纱公司的王佳小姐。这是夫人，这就是我说过的中国人陈涓。”

社长在介绍。

听到王佳这个名字的一瞬，陈涓明白了，这是佐佐木在中国的第一号“小三”。关于她的事也是社长自己不知深浅趁夫人和儿子不在时，作为自己的一桩风流事对职员们讲出来的。听他说王佳是吴江外院日语系毕业生，在吴江抽纱公司里专管机绣花边。凭着她，社长只出软件，连承包机器租赁费这一项都被王佳节省掉，只要交纳极低廉的加工费就能轻而易举地得到吴江抽纱公司下属的工厂以及常熟和浙江工厂共六台大型瑞士索拉机的全年的产品。

她，也是佐佐木社长多次让陈涓办来日本留学的女人。

陈涓看到她的不屑一顾的样子感到有点儿来气的同时，对社长的厚颜无耻也感到无以名状的憎恨。

社长夫人是极知趣的，这种场合她从来是退出的。完成形式上的问候以后她就悄悄地坐回带有屏障的自己的位置上默默地开始工作。

王佳从进公司的第一天起，似乎就有了一个错觉。这里是她的，社长连同这个公司都是她的。不用说陈涓，对社长夫人她都没有放在眼里。她挺着高傲的脖颈，如同一只刚生乳毛的小天鹅一样，从陈涓和社长夫人面前过去。

陈涓不得不坐陪王佳，这是社长的指令。但是在大庭广众之下，她又感到是这样的难堪。因为王佳从一开始就一味地和社长旁若无人似的谈笑风生，如久别重逢的亲友。而当陈涓好不容易说上一句中国话给王佳时，王佳却高傲地用日语作出回应。

陈涓感到无法忍耐的气愤。她不吱一声地从席位上悄悄地退出，回到自己的办公位置上。

当听到王佳要告辞走时，陈涓抢先一步走到门前为王佳开门。顺势她用清晰而压低的声音在王佳的耳畔说到：

“王小姐，你要记住，在世界的每个角落里都有中国人！”

这是陈涓用中国话说的。说完之后，她伸出手来，说道：“让我们用中国人的方式来告别吧！”

陈涓能够感到在自己手中握着的是一双不情愿的冰凉的小手。

此时的陈涓不由地激动地想：

“中国，你是个弱者，你的名字是不富强。如果你富强，弱女怎会逃离你铤而走险以身相许呢?”

刚刚进入到九十年代，手机突然神奇般地诞生，给日本这个沸腾的大市场带来巨大的冲击和热浪。社长不由分说地在秋叶原电器市场上抢先买到最早最好的手机，他给自己和陈涓配上，这样他就可以毫无时间限制地指使和命令陈涓了。

半夜里手机又一次响起，今晚已经是第三次了。

“陈涓，明天把几个画稿给中国发去！马上让他们打样！必须在一周内发给日本。”周日、节假日，就连新年除夕之夜，社长的电话和指令都会通宵达旦昼夜不停地响起。

在这个只感到时间在鞭挞人的公司里，陈涓感觉到这里的每一天如同一场戏，是社长以他的专横跋扈和瞬息万变的古怪脾气去导演和编成的。强烈的贪婪欲望和烁烁闪光的金币是他永远的动力。他身上的每个神经都在计算，他的每个细胞都在敏锐地感知着金钱的流向。他没有知识，只靠他的直觉。他没有修养，但他有着绝顶的聪明和超人的自信。他没有感情，只有他自己。当中国大陆的钱流水般流进佐佐木的腰包时，佐佐木简直是疯了。他不分白天、黑夜拼命地计算，挣命地筹化着扩大再生产。

在不到两年的时间内，他为日本自家工厂购进了一台1亿多日元的瑞士索拉2040大型绣花机，将两台陈旧的平冈机甩出去。由此而来的是他要开除多余的工人，有效地利用更加新型的大型机器。

中午，大家又围坐在一起，边吃饭边发表着各自的议论。

“你说社长多缺德！今天工厂又有五个人辞职了。理由是他们做错了二十几批的花边。其实我明明记得那是社长让我通知工厂干的，可是现在他又死不承认了！嚷着一定让工人自赔！谁能赔得起这好几百万的东西?”中村姑娘忿忿地说。她连中午的盒饭都不愿动一口，说完了，她的眼泪也跟着噼哩啪啦地掉下来了。

“你以后做纪录或让社长签字后再发通知就好了。”陈涓在旁边安慰着说。“我做了笔记，可是社长死不承认！让他签字?他一瞪眼睛，大骂你两声，谁还敢呀?”中村姑娘加了一句。

“你们要知道在1945年停战以后，每个工厂、公司上面都设有工会和监察组织，其实那都是架空摆样子的，因为是半官半民的机构。你有问题能找他们吗?他们办事拖来拖去需要好长时间。再说了，有那工夫去维权不如再去别的地方打工更合适。另外如果是你自己辞职的话，工会是根本不会管你的，也不会给你任何补偿的。”梅泽一板一眼地说，无怪乎她的父亲就是在官府衙门工作的。

“上个月加藤辞职也是一样，原来用人家时，可劲儿说他的好话，把人家都捧上天去了。今天不用人家啦，就到处说人家的坏话，在工人面前说加藤抢了大家的饭碗。大家明明知道不是那么回事儿，但又碍着是社长说的，也就都躲着加藤，不再和他来往也不和他说话了。结果加藤被彻底孤立起来，患了忧郁症，一天到晚就想着要自杀。他老婆没有办法只好替他来辞职了。为了佐佐木社长他干了一辈子，最后落下这么个下场。你们说可怜不?”吉久说到这儿，突然意识到对面坐的陈涓在给她使眼色，她立即明白了一定又是专务在走廊的门后偷听大家说话呢。于是她接着大声地说：

“明天我们大家都去外面吃午饭好了，省的在公司吃饭还要提心吊胆的。在外面吃饭我们连说话都会安全的!”听她这么说，大家立即哄然大笑起来。

社长在公司里搞一言堂，再加上本来就有着浓重的男尊女卑的社会传统意识，这就助长了佐佐木的目中无人和唯我中心的意识。当得到利润时，他立刻会陷进一个妄想的迷宫中。他会无限放大自己能力的一部分，而忽略掉不过是他应偿还的百分之一都不到的负债额。

他在这自鸣得意当中会突然地、莫明其妙地陷进近似被迫害狂的紧张中。在过去的历史当中自己曾干过的狡猾行径似乎在时刻地提醒他要注意身边人，尤其是亲属，就像以前他捉弄人家那样。他的绝顶聪明此时成了极神经质极过敏的怀疑。他开始了他本来有的对人的憎恨和猜疑。他瞄准的对象首先是儿子，其次是女婿，再下去是他的夫人。

他的行动没有规则，只要脑反映给他一个定位数据他就立即行动。倘若失败他也决不走回头路。

在家族之间他最擅长的手段是叫他们自相惊扰相互告密。在捉弄人方面他绝对是精明的、无情的、彻底的。

在儿子专务的心目中，曾几何时母亲和自己的位置颠倒过来了。原来是母亲拥有他，他是母亲可炫耀的宠物。而大了以后的他似乎感觉到任自己怎么折腾，母亲都会原谅和容忍他，因为他是这个家里的唯一的儿子。他可以在母亲和妹妹面前为所欲为横行霸道。但他无论如何不敢抗拒的人就是父亲。父亲是那样的龌龊，那样的没教养，又是那样粗野。记得还在高中时他逃学，父亲二话没说举手就打，打得他皮开肉绽，胳膊几乎被打折了。刚上大学的第一个暑假，还没等他喘口气来，父亲便给他一张机票、护照还有一张表，表上面列有一长串的报价，命令他翌日一早出发去香港和台湾，不把这批单子上的货卖掉就别回来。至于怎么去卖自己琢磨。连出门之前母亲想为他整理行装和送行都没有得到他的容许。

他恨父亲的不讲情面。他会当着公司所有的人面将自己骂得狗血喷头、一钱不值。

有时，他也会鼓起勇气与父亲争执，但从每次的结果上来看总是父亲的直觉判断比自己靠书本得出的结论要聪明得多、准确得多、见实效得多。这样不免使他在父亲面前总感到自惭形秽。

他讨厌父亲的不拘小节。当他的客户来访时，总是误将父亲当作哪儿来的临时工。一块儿会谈时一点儿也不文雅，动来动去，动作频频。

专务说起话来娓娓动听，陈涓看到他不禁会想起这些画面：她接受面接时专务出示英语试题时的样子；她辞退工作时电话对面的这个声音。但来这公司愈久愈感到专务的行为令人难以相信的卑劣、幼稚。

专务会在办公室的各种手绢上留下他的记号，以防止有人拿走他的手绢。

专务背地里会将办公室里的大挂钟拨快，而将出勤电脑自动卡的表拨慢，以用来监视和核对职员。并采取了一个高招，他安排自己出勤的时间与夫人、妹妹错开，这样除了午休时间以外，办公室里永远有他家人的存在。姑娘们想偷闲休息也休息不了。

专务会在暗地里抄翻社长和夫人的办公桌，看有没有私账。

每当社长出差的几天里，专务会自动地坐到社长座位上不动，自我陶醉，品尝自小梦寐已求坐上这个位置的滋味儿。

陈涓看社长和他儿子，觉得两个人如同关在一个笼子里的雄性的动物，社长是虎，儿子是猫。虎有着凶猛和残暴的天性，同时也有着聪明锐利的直觉来判断它的猎物，一旦物色上它会穷追不舍直到得手为止。而猫有着献媚作媚的低劣属性，自知不如，还想得到，于是不择手段取悦主人以得到猎物。

社长平素吃午饭总是和自己的那些多年来的花边界的老友们在一起，边吃边聊同行的各类新闻，以此来获取他们各自想得到的小道消息。

这一天社长一改他的习惯。

“走，我们今天上邮局对面的烤肉店吃一下。”没到午饭之前，社长突然对专务说。

专务一惊，他本能而习惯地窥视一下社长的面孔，然后答到：

“社长，难得你今天高兴?”他故意拉长了语调又扫了社长一眼。

“看你最近挺辛苦的，犒劳犒劳你。”社长眼睛冒出火一样地盯着专务说。

专务受宠若惊，半信半疑地答应的同时，已被社长连推带搡地拉出了走廊。

半个小时之后他们形同手足一样亲密相间地回来了。看来，专务已完全被社长的话灌醉，开始得意忘形。

在专务的话中，社长惊讶自己的预感之准确。女婿常务在工厂的使用经费的帐目里，早已混进去了个人的新车、电脑、游戏娱乐使用的全部的费用。而妻子早已在背地里给自己加入了价值一亿多日元的生命保险，并把现金支付的一部分货款全部打入她个人的账户里。

佐佐木突然决定开车去工厂。

常务是社长小女儿的丈夫。与她结婚时的第一个条件就是他必须到佐佐木公司里工作。他毕业于青山学院，这所大学是日本一流私立大学的其中之一。大学毕业以后他在美国留学了五年，说着一口流利的英语。

常务来自日本比较偏僻的一个山村。父母经营旅馆。他个子小小的，加上怎么减肥也不掉的体重，在高高大大的妻子面前自觉不如，又是像上门女婿般的存在，在佐佐木一家人面前，总有低人一等的感觉。但东京的生活越久他就越能察觉到自身的价值和优点，越是发现了自己就越是与内心的自卑相互纠葛，继而也就萌生出一种无形的怨恨和嫉妒。但老实的属性又常常拖他返回现实，使得他不得不退缩忍耐。但忍耐毕竟有限，于是他自觉不自觉地将比自己位置更弱的人作为发泄的对象。原有的狭隘意义上的小农意识促使他，凡能捞到手的一定不择时机地捞到手，好像只有这样他才能感到心理上的平衡。

社长疾风一样离开公司，专务在兴奋、不安中也借口去客户那儿了，夫人恰又不知去哪儿旅游还没有回来。今天午饭时女职员们的谈话可以毫无顾虑和戒备了。

“社长今天可是发疯了，看着没有?”吉川小声地对陈涓说。

“社长说到工厂去，还不知对常务能怎么样?”美川添上一句。

“我看他们这一家数常务最能干也最可怜，真架不住这上挤下压的净受窝囊气。”吉川露出很同情的样子。

“我看未必。我们可千万要小心点儿，常务毕竟是这一家族的人。他即便在我们面前说上一百遍社长家的坏话，我们也不能说上一句真的坏话。他会不惜出卖我们去讨好社长。”陈涓城府很深地说。

在陈涓的感觉中，很自然地将《红岩》小说里的叛徒浦志高与常务对上号。非常窝囊还偏爱占小便宜爱搞小动作取悦他人，最终结果一定是要出卖人。

“也是，你没听着这之前他来电话对我凶得不行。但是等到社长来接电话时他又转眼来了个一百八十度的大转弯，真叫人来气。昨天他还在我的面前把佐佐木一家骂得狗血喷头的，怎么今天他就俨然如谁家的主子一样？有什么了不起的!”吉川附和着陈涓说。

“但你也别说，常务也够了不起的啦。能和这么一家人在一起做事，要是东京出身的人谁上他家来呀？说来说去还是常务是大老屯的关系。”梅泽平静的脸上飞过一丝讥讽和蔑视的微笑。

听梅泽这样说，陈涓下意识地看了一下吉川和美川，心想：她们两个可都是附近县城里来的，别再闹出个神经症来。于是陈涓故意说：

“咱们改改话题吧。我想知道你们结婚的标准是什么？男孩子要求女孩子的是什么?”陈涓对梅泽说。

“那还用说？男孩子要求的是一个女孩子的贞操，也就是处女。”还没等梅泽讲完，中村姑娘打断她：

“喂！我说你这是哪百年的老黄历啦？现在哪还有什么处女？还有什么童贞？大概就你信那个。”中村姑娘沙哑的声音里含着嘲讽说。

“那照你这么说你早就有性体验了。”梅泽不示弱地回道。

“照实说五六个人都有了。也许坐在这里的除了陈涓以外，也就你没有过吧。”说的同时中村、吉川、美川正好碍着方才梅泽大老屯的话没处出气，也就顺势站起来走开了。

闹得梅泽做出一张尴尬而苦涩的笑脸对陈涓说：

“咱不明白这些人。”

社长马不停蹄地来到位于郊区的工厂。

一见常务他就开始破口大骂：“你，常务，你他妈的不是留过学吗？你他妈的不是个能人吗？多长时间了，我怎么没见你卖出去一批花边！”

社长冷不丁过来常务没有任何提防，又看社长什么也不问就对自己迎头一大棒，着实有股说不出的窝囊气。本能上他想去反驳，但话刚到口又无论如何说不出来了。

常务在心里忿忿地嘟哝着：我干什么了？一天到晚管理这五台机子就够呛的了，加上专务没完没了的支派差事，连家都回不去，还跑什么推销？我长了八只腿了？

“干不了你就甭勉强，愿上哪儿就上哪儿去。日本这么大上哪儿不能混口饭吃？”

佐佐木简直是在暴跳如雷地说着，连唾沫星子都溅到常务的身上了。

“专务……”常务好不容易憋出这么一句就立时被社长打断了。

“专务你能跟他比吗？他是什么人？你是什么人？他年销三

个亿，你能吗?”社长的眼睛简直像被火点着了一样开始熊熊燃烧起来。

常务再也受不了啦，这也太侮辱人啦！我也太没个人格啦。想到这，常务几乎是喊起来：

“专务年销额多?他卖三亿有一半是假的。这谁不知道?”停了一下，他好像因为自己超乎平常的动静和做法感到有些窘，于是他稍压低了嗓音说：

“不妨社长你自己去查一下专务给你报的账和应回收账到底有多少差额，你就明白了！他给客户报的价和给社长报的价根本就不是一个。”说到这，常务有些后悔。他心里犯起嘀咕来，他们毕竟是父子，我怎么好讲这么许多?我还给不给自己留点儿后路了?

想到此，常务更加压低嗓门说：

“反正我也不大清楚这些，不过有两次让我碰上而已，也许不是全部。”

佐佐木突然腹痛难忍，他慌忙跑进厕所。这是佐佐木的一个标志，只要他真的上火了，他肯定拉肚子。这也是佐佐木难言的、令他感到难堪的苦衷。

佐佐木不由地喃喃地对自己说：一切都应验了！果不出我所料，他们每个人都在算计着我呢。可畏！可畏！

在返回东京的高速公路上，佐佐木感到自己像发狂了一样，他是为了证实专务来套常务的，可没想到却将儿子骗自己的拙劣行径给兜出来了。他在心理上是这么不情愿地接受这一切！专务毕竟是自己的儿子，是他的财产的 1/2 继承人。从儿子问世起他就没看得起他。大了以后，他更感到作为一个男人的腕力和聪明，儿子和自己简直是天壤有别。可就是这样没被自己瞧得起的儿子，居然也要背叛自己！也要背着自己搞什么小动作！简直是可忍孰不可忍！

第二天一早，社长乘上飞往中国上海的班机。在彼岸那辽阔的土地上，他可尽情地发泄自己、满足自己、刺激自己。

佐佐木夫人在社长不辞而别飞往中国的第二天，从旅游胜地京都回来了。

在她涂满胭脂的面孔上永远挂着甜美的微笑。她的举止和谈话永远是细声柔语而文雅有礼的。她永远不会发怒，哪怕她白嫩的小手因愤怒在发抖，她也绝不外露。她永远是温柔贤惠的妻子、宽厚仁慈的母亲、和蔼可亲的公司大会计。

银座有一家有名的日本料理店，这座别致的小楼因为位于日本地价最高的地方“中央区银座4丁目”（2，700万日元/m^2），被指定为日本最高的地价起点。在千代田区（这里是日本的国会、首相官邸、天皇住所以及最高法院和中央行政机关的中心）九段下车站，就是东京地下铁和都营地下铁等大地铁车站交叉口，这里有一座雄伟高大的12层大楼，像一尊无名的勇士坚守在那里。而这家地价最高的有名的料理店和这座12层楼的拥有者，便是佐佐木夫人的父亲。

她出身在一个显赫的富家。她的父亲是明治时代的著名人物，高大魁伟、威严守旧、忠实缄默，是日本首代引进奖杯生厂和推行奖杯制的财阀。她的母亲小巧玲珑、活泼开放、聪明爽快，是典型的小姐和贵夫人。她前后生了十二个孩子，而佐佐木夫人是第十二个最小的女儿。生了如此多的子女，以致她的母亲竟连孩子的名字都搞混，因她只是生并不育孩子。佐佐木夫人在家里是最小的，佣人前呼后应，深门闺秀般地长大，在充满梦的不谙世事的年华里，就懵懵懂懂地被指定做了二舅妈的弟妹。

她毕业于富人子弟云集的大学院。天皇家的别墅同她娘家的别墅是邻居，这便成了她永远的话题。有关天皇一家的新闻逸事她的消息比报纸和电视都来得快。

可以说没有比佐佐木夫人更懂政治的了。她对政治、对当前日本政界的所有情况了如指掌，甚至到参院的每个人的经历、家庭背景、财政支出、派阀斗争她全熟悉。

也就是在她的身上陈涓方才知道在这个社会里，能够参加政治和能够议论政治其本身就意味着进入了一个阶层。这个阶层是有着足够财富的有钱阶层。而一般阶层的市民，疲于生活的奔波、劳于工作的繁忙，哪有闲情逸致去顾及政治?

夫人在佐佐木公司的这个舞台的角色，永远是幕后的辅佐者和协调者。

从小就习惯进入和封闭在自我世界里。在这个世界里她孤芳自赏，自我保养，能将一切烦恼都划为“了”字。她能宽容丈夫的所有，哪怕曾是丈夫的同枕人。她的最大的本事就是她表面上永远看不出一个“真”字。

陈涓在进公司的第二年，也就是 1990 年的 8 月，六十七岁的父亲突然去世。陈涓一家被这意外的打击惊呆，慌了手脚，不知所措。

佐佐木公司为陈家的出丧做出了史无前例的决定，关闭全公司三天，全体职员外加佐佐木一家能调动的所有的亲戚都来到陈涓家，前呼后应、井井有条、轰轰烈烈地、体面地办完了这场丧事。无庸讳言，全部的策划和主持人都是佐佐木夫人。

她秀外慧中，矜持谦逊，她的形象简直迷惑住所有第一次见她的人。当人群将目光投向她时，她又安静地在人群中悄悄地退出，使人对她抱有一丝眷念之情。

自然，陈涓对夫人给予自己的帮助感激不尽，这是不言而喻的。

佐佐木由中国回来，从南方到北方转了一大圈儿，他带着新的刺激、新的疯狂、新的欲望、新的计划，兴致勃勃而归。

他的绝对自信告诉他，一切只有自己去办，除了自己动手以外他已别无选择。他大刀阔斧不管三七二十一地干起来了。

首先他重新选择了大女儿作为他的合作伙伴，因为只有大女儿的丈夫没有介入公司。

下一步他决定：总财务必须在进款项目中，由夫人列出月明细。之后，一定由社长过目和批准，夫人才可以进行各项支付。支付后的帐目必须全部上交大女儿，由大女儿核对。另以大女儿的名义再贷款，作为公司投股加入，大女儿股份大于所有的家族成员，但大女儿在公司不设任何职务。这样可做到公司内亲属之间相互监督、相互牵制。大女儿掌管所有的帐目支出与核算，最后由社长核准。

对于常务管理的工厂，经费支出权利全部上交，常务有申请报销的权利但没有自行支付的权利。

落实了这些他总算感到可以松口气了。

他像是有意还是无意地开始大讲特讲起在中国的感受来。

“在中国你可以闻到战后日本的气息，真是了不起！我真的不想再回日本了。我就喜欢那种拼命的精神。”他像是深有感慨，又像是叫所有的人都听到一样，朝对面桌上的专务说。

“埋头苦干！在日本已经没有了，没有了。热情、力量，中国这个国家早晚会成为世界第一的，这是毫无疑问的！我一回日本就泄气，没劲儿!”他讲起话来总带有一种奇怪的魅力，要么是吓人的令人生畏，要么是诚恳的令人钦佩。

“我就奇怪我们的老祖宗，像这样的民族你还想打赢它？做梦！一回来我就来气，这次和日航的值班员干了一仗，什么鞠躬低头赔不是的，真不如像中国人似的，什么事情都实打实地讲，实打实地说，绕来绕去地讲话，虚伪透了！”

一顺手，他从文件夹里拽出一大堆的书信和照片。对左前方办公桌前的陈涓道：“陈涓，从明天起你就专门跑一下这些人的手续。办留学或公司内部调动的手续哪种都行。所有的经济担保都由我出，只要能进日本就行。办法由你想。”

说着他将照片得意地甩给陈涓。

陈涓接过照片的同时瞥了一眼坐在左侧的夫人，夫人如同没听到一样，埋头整理账目，但陈涓能清楚地看到夫人的手在发抖。

陈涓看到的是一摊书信夹杂着花花绿绿的照片，有一个是航空小姐，一个是纺织公司的小姐，还有一个是海关小姐。她们简直一个比一个赛金花般的俏丽、年轻。在那附着的信笺上，陈涓不仅看到了这几个小姐的履历，还看到了她们与社长的枕上情事和来日的迫切心情。

陈涓一把卷起这一摊书信，走到社长的身旁，轻声而认真地对社长说：

“社长，听我对你说一句，第一，我的工作不是人贩子，我拒绝办我工作以外的事。第二，如果你还想在中国继续你的买卖，必须停止这种交往。第三，如果你真的为这些女孩子着想的话，就不要再与她们来往了！”

陈涓在直觉上感到夫人一直在竖耳静听着。

陈涓顺手将这一摊书信和照片放入粉碎机里，按上电钮，一瞬间所有的信件全部消失得无影无踪。

社长被陈涓的意外举动震惊，他突然哑口无言，也就在他那一瞬的犹豫当中所有的书信已全化为乌有。他气愤地一拳砸在自己的办公桌上，顺手将打孔器照着陈涓身旁的一盆花砸过去。

花盆被砸得粉碎。

此时，只见夫人旁若无人似的站起，走到茶间端来一杯热咖啡放在社长桌上并轻轻地说：

“安静一下，想想自己的年龄吧。”

然后夫人又悄悄地退回自己办公的屏幕后。她的脸上掠过一丝嘲讽和得意的微笑，但只是一瞬，之后温和而甜美的微笑又重新覆盖在她那平静的脸上。

社长再也忍耐不住了，他开始了愤怒的宣泄。

他挨排桌子走去，大骂着、蹦跳着，连查访来的水道检查员也被他突然骂了个狗血淋头怯怯而逃。

公司里所有的人都不吱声，与其说是在恐惧中警觉着，莫若说是在忍耐中沉默着。反驳他的无理，反倒会遭来他加倍的臭骂。

待到他骂得疲累不堪时已是下班的时间，在离开公司的前一分钟是众人盼望又不敢抢先又不肯落后一步的时刻。

走出公司的大门，首先是大喘一口舒松气，庆幸自己好不容易从重负中解脱，好不容易才能挺起胸膛做个真正的人。

不久，公司里又进来一个新人。一个年纪接近三十岁的男人，他名叫北川，专门来跑推销工作的。

公司自打成立至今，北川是第一个在总社里任职的男职员。

北川个子高高大大的，浓眉大眼，说起话来嗓音很有磁性。他相当健谈，无所不知又无所不晓，能歌能写，据他说他发表的诗词创作就有十几篇。在自我介绍中他还说他的父亲是祖代传位的和尚，守有一座寺院；母亲是警察，刚刚退休在家。

只要一听说是和尚家的，那无疑是相当有钱的了。因为在日本只有和尚没有交税的义务。

陈涓见到北川的第一面就没有个好感。她把北川对号到《沙家浜》胡副司令的身上。不仅外貌，就连说话的动静都很像，又粗鲁又莽撞又野蛮还有点下流的样子。陈涓很自然地避开北川，见到他甚至连招呼也不打。

但在姑娘们的眼中却完全是两码事。

北川的到来如同清水潭中跳进一只野蛤蟆，在午饭时间里可以听到姑娘们的笑声，能看到一个个绽开的笑容。兴奋之情在每个姑娘的心中自然地荡漾。社长的暴叫咆哮似乎也成为无所谓的老头儿碎嘴之谈了。

在北川来的三个月里，他成了众姑娘的中心，姑娘们为此相互之间开始了小小的计较、猜疑、嫉妒和吃醋。也不知从什么时候起，梅泽的平静的脸上开始露出姑娘特有的光泽，使她显得格外的耀眼、美丽。随之而来是梅泽上班迟到或缺勤。这在梅泽身上简直是件令人难以置信的举动。

至今来公司工作的女职员当中，梅泽算年头最长的，已经有六年多了。社长对梅泽有着一种特殊的感情。他喜欢她的安静和文雅。她做任何事都有条不紊，十分的沉着，又十分的有数。她身上有种在如今很难看到的旧式日本女子的形象。她不显山不露水，稳稳当当，且又和顺、能干。她并没有艳丽的姿色，但她却有相当的魅力，即她的“静中美”。尤其当她穿上和服，柔软的长发一直顺着她那洁白光滑的脖颈延伸下去，隐示着古典式的美丽。

佐佐木对梅泽的感情超越他至今他遇到的所有其他女性。与梅泽之间除了适当亲昵以外，他从不与她有床上游戏。他似乎有意识无意识地将梅泽作为高雅而不可辱的圣洁的处女膏像一样看待，慢慢地保留、观赏、储藏。

在他的人生哲学里，女人有两种：一种是作为自己曾被伤害过的心理上的安慰存在；一种是不将其作为女人，只作为他最得力的赚钱工具的存在。梅泽就是他的行动哲学中的第一种女人，陈涓无疑便是他的哲学当中的第二种女人。也正因为他在心目中将陈涓定位为最合适和最得力的赚钱工具，所以他可以接受和容忍陈涓的其它所有的举止言谈。

在梅泽身上他似乎寻找到了一种平衡。

梅泽是佐佐木夫人年轻时的翻版。她们在秉性上是那么相同。她们同样都是那样安静、持重，滴水不漏地坚守在自己的领地上。表面上她们又同样是那样温顺、典雅、高贵和彬彬有礼。

他与夫人之间，是传统的介绍和指定婚姻。他感到这是一种被操纵的耻辱，这是他最不情愿的。更不用说生活越久越感到与夫人之间“差”的存在，感到夫人对自己完全是一种“无视”、一种不可否认的“高高在上”、一种根本“不同阶层”的存在、一种永远也没有真实的“接受”，这使他难堪甚至无地自容、自惭形秽。

而梅泽则不同，他本是她的君、她的主、她的统治者，她做出的一切是“真”的服从和“真”的谦恭和“真”的忍耐。

同夫人生活近四十年，佐佐木对夫人从没有发过火。他最不能忍耐的是没有等他发火之前，夫人甘愿自受的甜美的笑容。

对梅泽他发尽了火。有时甚至可以说完全是一种故意的折磨。以此，在她身上可得到一种重压的解脱。梅泽对他的无故的发怒，是认真地解释、认真地辩解、认真地认错，直到佐佐木火全撒尽她还会有条有理，安静而沉着地叙说、解释、说明。

每当梅泽和社长走进洗脸间，总会听到里面传来男女挑逗作乐的撒娇和低声笑语。大家习惯了。夫人更像局外人一样无动于衷。

然而这风景随着北川的到来，不知何时竟消失得无影无踪了。

在北川来公司将近四个月时，他突然从这星期的周一开始连续一周无故旷工。没有任何通知也没有任何联系。

公司开始用电话联系，方才发现北川留下的电话都是空号。闻此消息，梅泽忽然一反平常，开始慌乱地擅自查阅起北川留下的办公桌上的文件集。当发现到一个记载着密密麻麻名字的小黑手册后，她急急地向公司告辞走了。

第二天梅泽没有来上班。第三天她通过社长带来了一个惊人的消息：北川并不是他所自称的一所名牌大学的毕业生而是日本一个有名的黑社会组织的打手。他的手册上记满了黑社会卖春女子的名字和借黑社会高利贷的年轻人的名字。他有一个五岁的儿子，在出生时就被他抛弃。他确有一个老母，正躺在医院濒临死亡。他所谓的推销，完全是自导自演的戏。他在来佐佐木公司四个月之前，用同样的手段给另一家公司带来近四千万的损失，这家公司正在起诉他。

这些消息都是梅泽通过高价雇佣的私人侦探凭着梅泽提供的那本小手册，在两天内得到的。

更叫社长不愿相信的是梅泽在一片混乱中告诉他，在两个月以前她就与北川同居了。在北川无故旷工的前一天，北川就突然在与梅泽同居的地方销声匿迹不知去向了。

听到这些消息时，姑娘们全惊呆了。在这惊呆中她们不由自主地都暗自害怕起来，她们最害怕的莫若说是黑社会的出现。她们万万没有想到，何止梅泽，其实她们每个人都与北川有了肉体的关系。她们害怕北川有一天会找到她们，到那时她们该怎么办呢？

公司里一片混乱。只有陈涓和夫人还在工作。

社长提出留下梅泽。他的男人的义气和骨气让他决定留下梅泽。他对全体职工宣布了他的决定以后，准备再次出门远行，这次他买好了去哈尔滨的机票。

傍晚时分，待他回家时发现儿子、女婿、夫人都在等他。

专务似乎有些急不可待，道：

“社长，等你有一会儿了，干什么去啦?”

社长一声不吭，径直走进睡房。儿子与女婿也跟着走进来，儿子将一叠收据扔过来，在第一页上是清清楚楚的合计金额，不用说是夫人的字。

累计合算：一笔三千万，一笔八百万。三千万下面写的是北川，八百万下面写的是梅泽。

社长一惊，猛地蹦起来：

“这是什么?”

“明白吗？这就是北川的所谓批量订单，完全是空的。一笔不小的损失。另一笔是梅泽用你给她的银行卡支付的个人款。”专务故意抬高嗓音说。

“什么时候发现的?”社长的眼睛开始发红。

“早就发现了，不过没等到时机和你说而已。”他之所以冲到社长的眼前来说，其实也是今天下午被夫人叫来才知道的。

“所以，我说的，早看出梅泽有心计。不然，没像她那样能干的，北川我就觉得有些不对劲儿，他的订单多得有些叫人可疑。”常务溜缝似的酸几几地说。

佐佐木推开儿子，走到外间，夫人正跪在电视机前旁若无人似地、纹丝不动地边喝着茶边欣赏电视节目。

他推开门走了。

那天晚上他没有回家。

第二天一早，他乘上飞往哈尔滨的飞机走了。

也就是从这天起，梅泽再也没有来公司。是社长通知不让她来的，还是她自己不来的，这一点无人知晓，也无人想好奇地去打听一下。

公司又进来新人了。铃木和山本、野口和长井。

铃木是设计兼制图，山本、野口、长井是制图加计划。

别看铃木年仅 27 岁，但在学术上已是相当有成就的人。她是日本大学艺术系大学院毕业生，又在法国留学多年，在日本的各大著名的百货商店的陈列窗里，那些名牌的装饰花瓶、饭盒以及茶杯上的图案中，都能看到她拥有的十几个设计专利的产品。在东京玻璃雕设计领域中她的艺术更是首屈一指，连年获取大奖。

铃木与陈涓至今接触的日本女性完全不同。陈涓看到的日本姑娘们，她们几乎每天都在换不同的衣服，并且一周内绝不穿重样的衣服。而铃木一年到头都是旧得不行的黑色布衣布裤，一双黑色的球鞋。同陈涓一样，她也从不化妆。一头天然的栗色头发和苍白透明的皮肤透露出她的一种特有的阴郁的美。

她相当能干，自从她来了以后，公司里的清扫活儿几乎都由她一个人包下，就连打扫厕所也成了她每天的必修一项。

铃木的工作是设计内衣和手绢上用的装饰花边。她来公司不到一个月的时间，佐佐木就取消掉了所有的外注设计，任命设计全由她来担任。她的工作相当出色。

她尽管能干，却始终不答应社长的要求去做公司的正式职员。她的理由十分简单：不愿意自己被一个具体的职位束缚住。她理想中的自己是到什么地方都来去自由。

一天，铃木叫陈涓去了她的家。陈涓无论如何没想到铃木家离自己家是这么近！更没想到她家就是以前陈涓和丈夫路过时，曾为其豪华而赞叹过的大庄园。

“我姥爷在战争时被流放到马来西亚。那儿的老百姓帮了他不少的忙，真可以说是救了他的命。姥爷回日本以后总说不能忘记这些被侵略国家的普通人！能帮他们的要尽量帮他们。他一直参加国际红十字会组织的活动，不停地搞捐献活动。我的姥姥老是叨咕他说这家早晚都让他捐光了。”铃木说。

“昨天晚上大家一起吃饭时，说起你来了，我姥爷一听说你是从中国来的，就赶紧让我叫你来我家，并吩咐我妈妈将能用的衣服全找出来给你，要我们好好帮帮你。说来国外的人不容易。”

陈涓边接过铃木送的大包裹的衣服边听铃木说，她万万没想到铃木是这样一个大公司社长的小姐。她忍不住问：

“铃木，你家这么有钱你为什么还要工作呢?”

“你问的真怪了。这里又不是我本人建的家，是我父母的，我工作，自己养自己这不是理所当然的吗？在日本有几个像佐佐木家的儿子那样的人，靠父母吃饭，那是极少数的。你别看专务是日本大学毕业的，日本大学是一所有钱就能进的学校，其实一个个脑袋空着呢，啥也不是。”

听此，陈涓突然脑袋一热，铃木的话仿佛使她感到在同自己的姐妹说话一样。

“铃木，我来日本以后最不理解的就是日本女孩子怎么从中学起就开始谈恋爱？还理所当然地公开拍拖。你们不觉得可笑吗？你们能够接受和理解吗?”陈涓试探似地问。

“陈涓我想你一定认为我是个很守规矩的女孩子。不是，我并不是处女。我在高中时就有了性的体验。当然我的父母并不知道。至今与我有这种关系的已有五六个人了。在日本，那种以处女和童贞来衡量一个人的德行早已过时。反倒是在结婚之前没有过性体验的人被认为是幼稚和晚熟。”

陈涓真感慨这个光怪陆离的社会，这种被扭曲的社会伦理和道德水准。那么这个社会的道德规范到底是什么呢？难道是为此感到惊讶的我太背离时代？落后于时代？还是由于我们本来就是两个世界的人，本来我们对事物评价的标准就不一样。

生活在这个岛国的人的本能是应变性和改变流行的迅速性。1989年的刺绣花边市场流行带棉窄幅花边的内衣和与之相呼应的黑色长裙服装。1990年开始流行带化纤大玫瑰图案的宽幅网布刺绣花边的内衣和黑色超短型服装，1991年流行带化纤小碎花宽幅网布刺绣花边的内衣和灰色宽松服装。而到了1992年就迅速地转向带尼龙网布几何形状图案刺绣花边的内衣和茶色服装。只流行不到半年人们的视线开始闪电般转移到带晴纶弹力编织自然花蔓图案刺绣花边的内衣和深绿色服装。

市场的流通速度相当快，购买能力强，销售能力相应提高，而消费者转手又出售给二手货市场的循环速度相当惊人。这样，生产厂家的预测市场流向就成为每个经营者的焦点了。

陈涓从进公司以来，也就是说从1988年到1991年年末，佐佐木社长对市场的流向预测都相当准确。来自中国市场的被遗弃的现代大机器的再运转，加上开放政策带来的国家管理部门人员的粗糙素质，源源不断的产品输入日本市场，叫佐佐木占了不少便宜。

但对1992年的市场流行的突然转向，佐佐木的预测却完全落空了。上万米的尼龙网布花边一转眼全部堆积在仓库，成为库存。销售怠慢，流动资金不到位，债台高筑，加上日本泡沫经济在这一年彻底崩溃，整个日本陷入到空前绝后的经济衰退当中。

佐佐木的经营濒临倒闭的境地。

陈涓也真不巧，恰在此时她在偶然的体检中惊奇地发现自己再次怀孕了。

一年以后，陈涓生了第二胎，产假未满的最后一天，她突然接到了夫人的电话。她那依旧温柔而甜蜜的言语沁人心扉，使陈涓再次感到夫人真是个“好女人”。

但临到要结束她的电话时，夫人又说上一句：

“陈涓，最近也许你也知道，社会上不景气，我们公司也是相当不景气，就我看有倒闭的可能性。我看你为了孩子为了丈夫也应当在家里继续待下去为好，你说呢？”

陈涓绝不是傻瓜，她明白这才是夫人来电话的真意。但她的嘴又总是把不住她心里所想的，她一定要说出来。

“夫人，你的意思是不是想让我辞职？对不起！我可没有辞职的意图。告诉社长，如果公司不愿要我，可以解雇我。但可要明白这一点，我不是辞职！若想解雇我的话，公司别忘了要付我退职金并且有义务向工会递交辞退我的理由书。没关系！我还会重新再选其他公司去的。”

“陈涓，你这是说到哪儿去了呢？我根本没有那个意思。就我今天来电话这事，社长也是不知道的。我的意思不过是让你更好地照顾家而已，没有别的意思。”

夫人对陈涓真是又气又恼又无奈。她有足够的自信逐次挖去社长身边的软钉子，她最棘手的是像陈涓这样的真的硬铆钉。

在夫人看来，陈涓像是一个综合体。她既有女人的纤细的感情，又有着男人似的勇气。被陈涓理解的时候她十分近人情，甚至可以说带有几分类似江湖汉子的义气，很知道回报人。就像之前社长叫陈涓办理那些中国花花小姐们来日本的事，只有陈涓敢胆大包天地当众毁掉那些资料，放在自己这里只能是忍气吞声，任社长为所欲为！陈涓真的为自己大大地解了一口气。但陈涓她又过于正气，好坏过于分明，甚至到不容人的地步。她不同那些没有教养和文化层次较低的女孩子，她有着绝不次于自己的文化修养，又有着相当的智力，嘴巴又是不饶人的尖厉、刻薄。

夫人她很清楚自己的丈夫，佐佐木他一旦信任谁就会一竿子信到底。自从陈涓来公司五年以来，陈涓诚实、能干、认真、踏实，为公司赚得了不少利益。由此，陈涓在公司占有的位置已是任何雇员所不可替代的。对社长而言，陈涓已不仅仅是用来作为外贸营业部长，而且还是贴身秘书，是社长的左膀右臂的存在。

而作为夫人恰恰是不能容忍丈夫不是将陈涓当作被雇佣的职员，而是与陈涓建立一种盟友、一种合作、一种索取智囊和提供智能的关系，她不能原谅也不能接受！丈夫合作的对手，倘若不是自己也应是儿子或女儿，怎么会是一个被雇佣的外人？而且还是一个外国人？

第二天陈涓将刚满 56 天的孩子送到一个专职保姆家里以后径直上班去了。她做好了一切被解雇和找新工作的准备。

“你怎么来啦？产假满了吗？”佐佐木社长显出十分惊讶的样子。

“对呀！产假满了。从今天起我开始上班了。”陈涓坐到自己的位置上。

“陈涓，你过来！我先同你谈一谈。”社长急不可待地走上前对陈涓说。

忽然，陈涓她下意识地感到这也许就是社长和夫人的联手同谋吧。

陈涓竭力地控制着自己。但是心里却被一股无名的火笼罩住，使她感到有些窒息。

“陈涓，你看看这个!”

坐在小会议桌前，佐佐木从裤兜里顺手甩给陈涓一份儿皱皱巴巴的材料，是大约一个月以前出的日本经济协会的刊物。

上面有着一个十分醒目的大标题：《迎来大举进军中国的时代》。

下面是一系列对中国新近投资的日本大大小小的企业公司名录，投资金额、生产目的、利润收成等等有关报道。

“看着了吧？这就是我要同你谈的。”佐佐木的眼睛像在冒火一样地燃烧着。

一个完全意想不到的谈话，一个出乎意外的内容，陈涓感到稍微有些发慌。

“我一直在等着你来上班，等着你来同我一道做这件事。”他的眼睛开始发出异样地光。

“怎么去解释好呢？好，现在你马上同我出去一趟，立即就走，好吧!”

沿着公司身后靠着的隅田川河流的小路，佐佐木一味快步地急行，陈涓有些莫名其妙地紧紧跟随在社长的身后。

没走到十分钟，穿过了浅草桥，这里是东京的中坚企业的所在地，也是东京地价最高的地段之一——东京中央区。这里几乎全是清一色齐整的、庞大的、结实的、可观的灰色的和红色的钢骨水泥筑成的企业大厦。

在一幢醒目的硫瓦砖覆盖的五层大楼前，佐佐木停下脚步对陈涓说：

“我们进去好吗?”

陈涓不由地抬头望一下大楼上的大幅招牌“桥本花边公司”。这里也是一个花边公司。

这是一个看上去相当整齐、洁净而有序的公司。楼梯和走廊一尘不染。每一个角落里都十分巧妙地安插着各式形状的花瓶，里面盛开着深红、浅黄、淡粉的玫瑰花。

走进去先看到的是一个大大的会议室，其面积大小有中井整个办公房大。一个可坐下二十多人的大椭圆型的会议桌，敦实地坐落在会议室的左侧。迎面是一面墙的大型玻璃窗，里面的设计人员工作的场面，如同活动着的商店橱窗一样一目了然。

“介绍一下，这是我的老朋友，桥本社长。”佐佐木对从靠右侧的办公桌前走过来的一个白发满顶的绅士模样的人说。

“这就是一个月以前我同你讲过的陈涓小姐。从今天起她开始在你这儿上班了。”佐佐木对绅士介绍说。

“陈涓，对不起！我没同你商量一下就擅自决定了这件事。从明天起你就半天在这儿上班，半天去咱们公司上班。”佐佐木将身子转过来对陈涓说。

“桥本，我可是跟你先约好：我只是求你帮我这个忙的。待我将工厂全迁到中国，手头上缓过来以后，我还要接陈涓回去的，我们一言为定啊！”

等到陈涓走出桥本公司，才明白了社长的意图。她一早满脑袋里对社长的猜疑也不知什么时候竟消失得一无踪影了。

“知道吗？陈涓，我一个月之前已将下面的两所工厂关闭掉一个了。工人现只留下厂长斋藤和十几个工人，其他人都让我给解雇了。我在日本已经没有出路了，这样下去我只有破产。我决定将工厂搬到中国去。陈涓！你一定要帮我这个忙。你不要笑我无能，眼下我连你的工资也付不起了。你先暂时半天到桥本公司工作，你的工资他开一半我开一半。等在中国干起来缓和一些以后，我叫你回来，你可千万不要不回来呀。”

一切都是那么突然，令人惊愕！一切又都是那么刺激，令人兴奋！陈涓完全是被动的但又十分高兴地接受了这一切。

佐佐木的自私和冷酷令人难忍的可憎、可恨。但他所有的表现又都是赤裸裸的、表里如一的。唯有这一点，让陈涓觉得可取。他不是一个被包装的人。起码他不虚伪。陈涓厌恶在这充盈着各种制约、被文明装饰的社会里堆挤着的一群表里不一的商业化的人。

中午休息时间。

桥本公司的女设计师们围坐在会议室的大椭圆桌旁，她们要为陈涓的到来举行一个小小的欢迎午餐。

桌上摆满了新鲜而诱人的菜肴。

“这么多的菜肴，都在哪儿订来的?”陈涓禁不住问到。

“哪儿呀？这些都是社长夫人做的。她相当会做饭，每年除夕晚上的会餐都是在公司里举行，全都由夫人一人掂勺。她做的菜一般市面上都没有。大部分是意大利菜肴。你若吃了可一定要记住这个菜单的名字。每到年底，夫人要进行民意测验看哪个品种好?”小平介绍说。

桥本公司里的女设计师就有将近二十个人。小平在这些女设计师里年龄最大，有三十一二岁左右。她也是工龄最长的一个，在桥本工作已有十五年之久。她同时在一个著名的国立美术学院兼讲师，她有着一张可爱的娃娃脸。

“我给你介绍一下，这里都是设计人员。唯有品川是大能人，又搞设计、又搞推销、又搞计划，在本公司已有十多年之久。另外，再补充一下，这里的设计人员全都是东京国立艺术大学毕业的。”小平笑眯眯而认真地说。

“听说，我们的社长有个专门的嗜好，他就欣赏东京国立艺术大学的毕业生，其他大学的不感冒。”品川大大的眼睛不自然地眯成一个细条。她一看就是那种高不攀低不就的知识分子老姑娘。

“不过，我到日本来已经五年了，还是头一次看到像桥本这样又漂亮又干净的公司。”陈涓颇有感触地说。

“你还没有注意到吧？桥本公司还有个独一无二的大创举。看着没有？设计室是个大水族馆，而我们的社长夫人是专职看门和欣赏的人。”品川带着讥讽的口气说。其他的几个女设计师只是付之一笑，不多一嘴，坐在一旁。

听品川一说，陈涓不由地抬头环顾一下会议室与设计室，一面透明玻璃墙对面的设计室果真像大型水族馆一样，室内所有的举动一览无余全部进入视野。而夫人的位置恰在会议室的右侧，面对设计室的正是一面玻璃墙，真比监视器还厉害。

看来品川不仅是这些女孩子们的中心人物，而且在公司里也是占有一定位置的人。

“社长的夫人是个能人。她和天皇的夫人美智子在同一所学院毕业，日本贵族小姐学院，圣新学院英语系，英语呱呱的。在财务管理和治家方面没人能胜过她，就是有一点，有时真让人怀疑她究竟是男的还是女的?”又是品川大胆而意外的形容。

在桥本公司上班的第二天，桥本社长约陈涓在小会议室里进行了一段长谈。

“陈涓，不要把我作为是帮助你的人。其实，我眼前是急需要你的帮忙。”

听此，陈涓不禁一愣。直视眼前的桥本社长，他看上去年龄不算很大，比陈涓大上不到十岁左右，也就四十来岁的样子。但他已是满头白发，白净而带书生气的脸加上一身相当朴素的衣着，只能让人联想他是哪家高中的老师或是哪个科研所的研究员，唯独不像一个社长。

“大概佐佐木没有给你讲，你记得不？几年以前我曾经去你们公司问过你关于在中国投资一事。”

陈涓回想起，两三年前的确有人找她来问在中国投资一事。在他人没来之前，佐佐木夫人有意无意地对身边的陈涓说过：

“陈涓，注意点儿！等一会儿你看到的这个人，在这一带没有比他看上去穷，但其实没有比他再富的了。他几十年一台破自行车丁当响的，到这公司去那公司，人家都以为他的公司怎么小怎么破呢！结果到他的公司去都吓了一大跳。”

陈涓记得当时自己还深有感触地说过：

“真不知是国民性不一样还是什么？搞不清。总之，中国人有钱爱显富，日本人有钱爱装穷。看来我们中国人还真有点儿小地主作派呢。”

可是，万没想到那时议论过的他竟是坐在眼前的桥本社长。

“自那以后，我又去了一趟中国。在北京遇到中日友协的刘翻译，他鼓动我投资到青岛去，说那是个新开发地区，享有国家特殊政策待遇。并且他可以帮我组织人员。去年我将三台平冈机搬到青岛去了，并买了一块厂地盖了厂房。

刘翻译给我找的厂长，是原来某国营花边厂的王厂长。现在，我的这个工厂已在青岛开工近两年了，在每个月的生产报表中我看到的都是盈利，可我想去回收利润却总也收不回来不说，反倒在经费和外购支出上月月透支。陈涓，帮帮我的忙，我投资的中国厂子究竟出现什么问题了？”

陈涓是真的为难了。在中国她接触的范围实在是有限。除了家就是学校，再就是接受再教育的农村。她找谁，又从哪儿去着手呢？

正当她为怎样帮桥本调查、又怎样去查实的事发愁的时候，她突然接到了一封来信，是来自日本国内的极薄的信笺。

这封信着实让陈涓吃了一惊，是佐佐木公司在三年前不辞而别的梅泽写来的。她那工整而秀丽的字如同她这个人一样，活生生地出现在陈涓的面前。

陈涓：

我们分开三年了。我们那时一道工作的人就你一个人能留在佐佐木公司，我认为就这点你也足够让人佩服的了。

正如你所知，我原本视纯洁比生命还重要，却遭到了无法忍受的一场人生侮辱。从那以后我自暴自弃走了不少的弯路。至今，我依旧是孑然一身，但总算静下来想一想自己了。

三年前，在社长宣布留我继续在公司的第二天早上，我突然接到夫人的来电约我见面。

见面时她塞给我足有三个月的工资，让我不要再来公司，也不准与社长取得任何联系。作为我的搬家费和辞职费她给了我这个钱。

我听从她的了。但我拒绝接受她的钱。

我不明白夫人为什么要这样做？难道我在公司里留下了什么恶名？

陈涓，求求你能不能告诉我！我不想吵架，我只想弄个明白。

梅泽

梅泽的来信真的叫她有些犯了难，倘若梅泽真的同公司说的那样擅自动用社长给她的银行卡为私用的话，光凭借这一点，专务就可以堂堂正正地以贪污的理由让梅泽辞职。可为什么夫人反倒贴上钱求梅泽退职，而且还要搭上搬迁费让梅泽搬家，并且，为什么一定要让梅泽回避社长？看来，这里问题出在夫人身上了。所谓的擅自动用社长银行卡，肯定是夫人自己在做戏。倘若如此，除了梅泽成了牺牲品以外，其它不过就是这一家人之间的尔诈我虞罢了。何况当初梅泽在公司的时候，曾在社长的宠爱下也得到过不少超出一般职员的金钱上的厚待，这是曾有过的不言而喻的事实。所以，对这类事情也就不存在为所谓的“正义”来维护之理了。

想到此，陈涓在心中默默地对曾经耀眼过的梅泽说：

“对不起！我实在是无能为力。”之后，她迅速地将梅泽的来信扔进焚书桶中毁掉，连一眼也不回顾。

当天下午，当她和往常一样在桥本公司吃完午饭后，马不停蹄地赶到佐佐木花边公司时。看到铃木留给自己的一张字条：

“我从今天起辞职，准备赴法国办个人画展。今后，我们相互祝福吧，再见。”

铃木就这样来得也快，去得也迅速。竟叫陈涓感到突然的寂寞和失落，同时，也意外地带来一种反动力：人，也许就应这样活着，活得痛快，活得利落，无牵无挂来去从容自在。也许这就是今后时代的写照！

在 1993 年到 1995 年的年表上，陈涓的工作日程排得满满的，没有一点儿缝隙。她几乎每隔两个月就背着未满周岁的小女儿，为了桥本公司和佐佐木公司穿行在日本和中国的航线上。

首先，她为桥本的中国工厂领导班子调换了最好的人选。赵厂长，她原来的学生。他既懂技术又懂生产，又会讲日语，这样为桥本省去了不少的开支。

桥本的中国工厂在三个月的突击奋战中，终于有了点模样。三台机器正式运转起来的同时，技术惊人地提高，竟能够为日本总社进行少量加工生产并开始为瑞士加工部分样品。

陈涓为佐佐木公司搬迁中国的计划同样也付出了相当的努力：终于在东北的一个军队废掉的仓库大院里为工厂找到了落脚点，使得搬迁计划十分顺利地进行了。

佐佐木公司新进来的山本女设计师，她面貌极妩媚动人，性格又很文静，陈涓又像获得一个新的同路人一样与山本很快地便结成了挚友。

陈涓在桥本公司的工作量呈直线型无限止地增多，但她却丝毫也不感到疲劳。

因为在桥本公司这里工作能让人感到安心。走进公司里你可以看到一个在法制国家生存下的小企业主在自觉地遵守法律。在这里，职员定期做身体检查，公司每期公开账目，职员能享受到应得的各种福利待遇。在这里工作不像在佐佐木公司那样，受到精神和肉体的双重压力的同时，还伴随一种不安的感觉，甚至有病去医院都要撒个谎，找个借口。更不用说每到十月份财务换季时，全社的职员都慌了手脚似的一同销账毁账以备税务局来查封。

陈涓在上午完成桥本的工作后，沿着隅田川走向佐佐木公司时，不由地会对两个公司进行了一个横向对比，使得她不由地放慢了去佐佐木公司的脚步。

这一天在她还没有走到佐佐木公司门口时，就遇见了山本。

“你好，今天好像特别的怪，社长像是得了痴呆症一样，一天也不出声，闷头闷脑坐在办公室里，看上去像哪家被抛弃的老头儿一样。我待在房间里没意思，就在这里等你快点儿过来呢。”山本笑眯眯地说，她那双泛着明媚目光的眼睛似乎也在说话一样注视着陈涓。

走进公司，陈涓眼中看到的是她万没想到的光景。佐佐木社长坐在靠窗的办公桌前，一动不动。他的大脑袋和骷髅一样胆怯地缩进那瘦窄的双肩里。

看到陈涓进来，社长一声不吭地站起来，走到门前，又突然退回到陈涓的身边。

“陈涓，我想和你谈一谈。我看我是真的不行了。”说着他叹了口气，顺势拿过陈涓身旁的椅子坐下来。

陈涓大吃一惊，昨天还那么横行霸道的社长，今天怎么就突然变得令人难以置信的懦弱?

“为什么呢?社长你可从来没有这样弱过，难道你真的是得了什么病吗?”陈涓有些担心地望了一下社长。

“陈涓，看来我真的是有些痴呆了，脑袋老是健忘。我就想对你说一句，你一定要答应我！如果我不行了的话，你一定要留在这公司里扶助专务。社长的脸上露出了十分沮丧的灰黄颜色。

陈涓马上明白了，又是专务在搞小动作。最近所有的人都从不同的角度数落着社长的健忘，暗示社长是得了老年性痴呆症，敦促他立即让位。

像一匹猛兽被狩猎者击中一样，社长陷进了一个自责的精神陷阱。

按照人的良知来讲，陈涓同其他的职员一样，从第三者的客观角度上来看会感到这如同一个无形的报应在鞭笞抽打着这个昔日的无情打手一样，觉得这是罪有应得！因为社长本人曾用同样的手段欺凌过那么多善良的职员，今天落得这个下场也是上天的报应。

但是，专务那利欲熏心的面孔和常务时刻瞄准着猎物的贪婪的眼睛，加上夫人那甜美的微笑下掩饰的暗自算计，一连串地浮现在陈涓的眼前。

拱掉了社长，他们这伙人可一箭双雕。一是撤出眼下的进军大陆的工事，这样预定出港的三台大型绣花机又能返回工厂，常务可四平八稳地将整个工厂又攥回到自己手中。专务当社长是指日可待，这样夫人就可以达到“垂帘听政”的目的。

但是，如果公司真的决定撤出中国，陈涓自己今后在佐佐木公司的工作就会被堵死，再没有任何出路了。这对陈涓本身来讲倒是求之不得的。因为自从去桥本公司以后，她似乎找到了自己真正的存在价值。这个公司需要她，她在这里可以领到比佐佐木要多得多的报酬和获得更高的地位。

但是，她自己精心安置的接应佐佐木搬迁工厂的中国人，将会失去这一次就业的机会。不止是一个中国人，而是几百名中国人的饭碗将被砸碎。

想到此，陈涓曾有过的勇气和意志使她振作，使她格外沉着而坚定地暗示自己去完成自己的目标。

“社长，不要糊涂！你不是个男人吗？你的男人的宗旨不是到死都想做强者吗？你说让我去扶植专务，我明明白白地对你讲：社长如果不干了，我一天也不留。你前脚离开公司，我后脚就辞职。这点务请你明白！”陈涓十分有力而干脆地对社长说。

佐佐木猛地一惊，仿若从梦中醒来一样，但只是一个片刻，他像是顾虑什么似的，想说什么又吞吐着没有说出来。

夫人和专务走进来。他们像是本能又像是故意地大声说笑着进来。

陈涓立即从座位上站起来，她有意大声地对社长说：

“社长，我看你不是痴呆症！你是明显的药物反应带来的一时脑恍惚的现象，只要停止服用药就会恢复的。要知道现代医学里像社长这样严重的哮喘病患者，必须使用部分剧性麻药才能够控制。麻药的副作用就是脑恍惚，类似健忘症。请相信我的话！要知道我是医生的女儿。”

在那一瞬间，陈涓看到社长的眼睛又突然迸发出异样的光亮，如同动物一样。

“对！是那样，陈涓，你说得对！我的症状就是药物的反应。什么老年痴呆症，净他妈的放屁！我，谁不知道我，天底下最聪明的人是我，我做出的决定谁也甭想改变。”佐佐木社长兴奋而冲动地边说着边推开门出去了。

社长夫人与专务两人下意识地互相看了一下，走到他们各自的位置上。陈涓看到夫人抱怨、憎恨、怪嗔的眼光瞥向自己，但只是一瞬，夫人又马上恢复了她那平静而甜美的笑容，继续着她的工作。

佐佐木社长就像一个“穿着透明衣服的国王”一样，他的所有都赤裸裸地露在外面。丑的、恶的、粗野的、简单的，他不加掩饰，他也不用去掩饰。因为在这个小小的公司里，他是个统治者。他的五分钟的兴奋可带来社员一个小时的轻松，他的一分钟的暴跳可致社员一天的精神沉重。他的十分钟的不振牵动社员善良的同情。他简直就是一个魔鬼的再现。走进这个公司就如同进入一个魔境，人变得不由己地服从并忍耐这里的一切。

1995年的夏天，桥本社长决定派自己的儿子去中国留学。在青岛大学专攻中文。

桥本的中国工厂看上去一帆风顺。佐佐木的工厂迁移也在顺利地进行。

而日本国内的经济是每况愈下，失业人数几乎已达历史最高记录。就是桥本龙太郎总理的上台也没能挽救日本的经济局势。先是大银行和证券公司的倒闭或是合并，然后是各企业人员缩减。很多的白领阶层转眼成为提前勒令退休人，不得不四处去寻找个体经营的机会，连在哪个大公司做清扫工作，做门卫的都成为他们相互竞争的生存落脚点。日本整个上空笼罩在沉重的灰黑色的雾霭中。

中午十二点的报时挂钟刚刚响起，陈涓提起背包就匆匆地走出桥本公司的大门。

在公司里的职员当中谁胆大，谁敢做主，谁就自然地被拥立为人群的头，这是在日本公司里的女孩子们当中的一个约定俗成的规矩，她们主动接受并服从这种认同。

自然陈涓很快地就被拥立为佐佐木公司和桥本公司职员中的小头头。

今天正赶上佐佐木一家人为纪念老祖宗周年忌日出门了。一个下午成了大家的天下。

今天照例是陈涓成为人堆儿中谈话的主持者。她们围坐在一起听山本在自述：

“我是家里的独生女儿，我的父母结婚近二十年到了四十多岁才有了我，所以他们十分溺爱我。供我进私立的幼儿园、私立的小学、中学、高中到大学。我的父母都是大银行的职员，母亲有了我以后就在家做专职主妇。”她们坐在办公室的会议桌前，陈涓拿出从家带来的饭盒边吃边听山本说。

“也许是因为我从小酷爱文学的关系，脑袋里充满了罗曼蒂克的浪漫色彩。我在小学到初中的时候都是听话的好孩子。但我上了私立女高以后，我自己也不知道为什么变得非常快。在高一时我有了男朋友，不久我们就有了性关系。

而我的突变，让我的父母非常伤心。他们年轻时都是人群中的优秀人物，是被人所羡慕的存在。而我刚刚上高中就开始有了男女关系，他们认为十分丢人。妈妈为此总是叨叨咕咕的，爸爸本来平日就少话，从那以后他就再也不吱声了。而我在心里厌恶他们。我甚至都不愿见到他们。有一天，我终于背着父母和男友从家里跑出去私奔了。

我在青春期时总盼着有人理解我。同时也非常渴望接受异性的理解和爱抚。

由于我从家出走，我父亲从那以后也不大回家了。没过几天，我父亲的工作单位来了电话，通知说：我父亲被诊断患了精神病并被送往医院住院了。

最可怜的是我的母亲。她从来是节省下来每一口东西给我，而我竟把她撇到一边儿了。她一个人守在家里，一天几乎不吃一顿正经饭，连住院的父亲也不去管不去问，一个劲儿地就在家里死等我回去。她说：我相信女儿是我的孩子，她肯定会回来的。而我对发生的这些却一点儿也不知道，还在外面一味地为自己寻找知己呢。

那期间，我与男朋友分手了。我讨厌他那种作为男人的自以为是，事事都要高于女人的心理。之后我连着相处了四五个男朋友都没有成功。我开始自暴自弃起来，我学会了抽烟喝酒。有一天，我偶然跑回家去一看，吓了一大跳。家里简直不像个家。我才意识到我已经不是小孩儿，我的父母岁数已经大了，他们需要我来抚养了。

当我想到我应抚养我的父母时，我的父亲出院了。但我的母亲却像是得了老年痴呆症一样，整天和几岁的孩子一样，甚至连饭都懒得去做了。父亲变得完全像另外一个人一样，对所有的一切都不感兴趣。

对于异性，最初的时候，我同一般的女孩子一样只是单纯地想去找个外貌好的人。大了以后，我的标准变了，我希望对方是个有知识、能够同等待人的人。而且我在想：如果到我岁数太大时还找不到合适的人的话，可能我的标准最后只能降为对对方的经济实力的要求上了。因为只有这一点是最实惠、也是最现实的。”

陈涓十分吃惊地在听山本叙述，她万没想到在这个安静、美丽的女孩子心中会埋藏着这么复杂的心理。

“我有可能还不如你呢？”设计师野口说。

“我在高中时就和我们的老师搞到一起了，我们同居一阵以后，我才发现他精神不正常。因为他总带有一种莫名其妙的战争恐惧感，有时他会在深更半夜时叫醒我并一本正经地对我说明天就要开战了，赶快准备逃难吧，等等。白天他给我们讲课时完全同正常人一样，可是一到晚上他就变得吓人。我决定同他分手，他就跪下来叫我不要离开他。”

“那你现在还和他在一起吗？”

“早就分开了。我现在处的是第三个了。”

“你也从家里出来了吗？”

“上大学之后我就从家里搬出来了。”

“那你怎么生活呢？”

“我和姐姐合伙租公寓。我们一起去做人体摸特，这项工作最赚钱。要是叫我父母知道了不得气死才怪呢。”

陈涓不由地注视了一下靠在窗边坐的设计师长井，她是个少话性格又很古怪的女孩子。她不会主动地同任何人讲话，但她只要一说话就能气死人的噎人。

“长井你没有男朋友吧？”陈涓问。

“没有，从没有处过。”

“如果不是我说话说的太直的话，我敢肯定在我遇到的日本女孩子当中，大概只有你是唯一的一个处女，我说的没错吧？”

长井本来没有血色的脸变得更没个颜色。

“是的。我至今也没有过性体验。不仅在这儿，就在我的大学、高中同学当中，我大概也是唯一没有过性生活的人。”

“不过，从我们做老师的角度来看我却认为你是个好孩子。起码我敢肯定地说你在学校里一定是个优等生，对吧？"

她脸上头一次看到一片红晕出现，红晕一直涌到耳畔，显得她并不那么难看了。

“是的，我的父母就是高中老师。我从小是个好学生。高中、大学全部是推荐上来的。为了上大学我从家乡长崎投奔东京的叔叔一家。但叔叔、婶婶对我太刻薄，三年级以后我搬出来一个人住。直到大学毕业为止都是我父母汇款给我。我没有熟人，也没有朋友，我唯一的朋友就是电脑。每天不停地在网上聊天是我唯一的乐趣。”

陈涓感到在这些年龄在二十一二岁的女孩子的心灵深处都掩盖着一个渴求、一个希望，这种需要就是她们心中的一个呼唤：她们的精神，她们的肉体，她们的性欲，都要求别人理解自己。

她们实在是活得太寂寞了！

尤其在经济高速发展的和平时代，也许更需要人与人之间的竖向联系，更需要人与人之间的心理和精神上的沟通和理解。年轻人的过剩的精力，需要人与人之间的相互摩擦和刺激才会调向正常的发泄。

社长去中国了。他同已往一样是说去一抬腿就走。也巧他去的日子总是选在月末。

月末的日子在小公司来讲是又可怕、又可憎、又来气、又无奈的日子。25 日是每个公司开支的日子，同时也是债主来催款、银行扣款、去客户家索款的日子。而小公司持有的现金比例，往往总是债款大于索款。负责财会出纳的人这会儿真想躲进哪个清静地儿避开债主。

债主不管他平日是多么彬彬有礼、绅士翩翩，到这一天真是原形毕露、凶神恶煞，恨不能将公司里所有的值钱的东西都拿走。

一张布满六七张期票的书面材料，随着嗡嗡作响的传真机动静传进佐佐木公司来。这是一张“米和”网布厂来的要对佐佐木公司进行强制扣款通知书。

“陈涓，马上通知社长，要被强制扣款了，再有几个小时我们公司因为不能兑换期票，账户要被封闭。赶紧问问社长，我们该怎么办?”专务慌了手脚，通知陈涓立即与在中国的佐佐木社长联系。

“告诉专务，他不要动!”社长在中国东北的自家工厂里打来电话。

“我是专务。我们不动，公司被迫破产了怎么办?”专务胆怯的声音显得格外得微弱。

“你他妈的笨蛋啊！我们破产了，米和公司得不到该收款，他倒霉呀!”佐佐木快嘴快舌的大嗓门在电话对面震耳般地响起。

果然，如社长所说，米和网布公司接到银行确认通知电话后，也许是真的怕导致佐佐木公司期票不能兑换，而又改变了强制扣款的做法。

“记住！在我们这个社会里，做买卖的诀窍：向客户要订单时你当孙子，向客户交货时你是爷们；向人借款时你是孙子，被人逼款时你是爷们。”佐佐木社长在他返回日本公司的第一天，大声地而得意地对专务和陈涓说。

“这可叫人不理解了。社长你说的话不是反了吗?”陈涓的脑中立即浮现出当年课本中旧社会里地主残酷地向农民逼债的段落，她怎么也设想不了若是被逼债的杨白劳与逼债的黄世仁颠个做法会是什么样？她禁不住问社长。

“不知道吧？当推销的在向客户要订单时，只要对方的价格行得通，什么其它交货期等条件你都一口答应他。你的腰弯到膝，当三孙子般地求对方，你的目的就是要将订单拉到手。到交货时，对方是成系统的一条龙生产线，你的货耽搁了等于全部耽搁，所以这时你是爷们儿。对方求你按期交货，但又不敢取消下次对你的订单。因为取消掉了便意味着给你订单的人一开始工作有误，他也怕让上司知道啊。

向人借钱也是同样。我提出借给我钱，我能在偿还时用高于银行倍数的利息还你，磕头作揖地求对方借我。并且满口答应一定分期还给他本钱加利息。等到借到手了，我愿意什么时候还就什么时候还，我是爷们。不高兴，强制扣我的全部分期兑换期票，我又没有那么多款放在公司帐户上，最坏就是导致不可兑换。同时银行会提出封闭我的公司。如果那样的话，我将宣告破产，我所有的欠款就可以不用还了。知道吗？这就是日本的法律：一旦宣告破产，一切债务全成零。”

一个本末倒置的商业理论，“正变反”的颠倒的做人心理。这样的做法竟然也行得通？陈涓真是百思而不得其解！

就像日本人对“颜色”的理解和使用一样，叫人难以明白也难以接受。

日本女人喜爱黑色。黑色成了日本女人衡量美和年轻的标准。这种黑色不是一般的黑，是黑里透红的黑。要染成这种黑相当不易，因为要比普通的黑色染料多好几倍才能染出这种透红的黑。这种对黑色的追求，滞留在流行色的时间里是最漫长的，有的人甚至说，黑色在日本是个永远的保留色。

尤其到了1997年到1999年之间，甚至连口唇和指甲色都以“黑红”为最高流行色。她们有个离奇的“美”的理论——敢于穿黑色，是你对自身的美和自身的年轻有绝对自信的表现!你穿的颜色越艳（大红大绿大黄色）越说明你对自身的年龄和美没有信心，因为你在靠色来衬托表现自己。

1996年的冬天，陈涓在直观上感到桥本公司在中国的工厂十分顺利，可以说，比她在三年前接受此项工作时，简直是不可想象地绝对发展起来了。三台平冈机的全部产品已经开始直销日本了。

社长的儿子周三在青岛大学学习看上去也是一帆风顺。

这一天临下班时，桥本社长叫陈涓到小会议室里。

“陈涓，同你商量一件事。我准备将中国的工厂拍卖给瑞士里曼公司。如果成行的话，在下个月你能否和我一道去青岛出差一趟。在那里，里曼公司将与我办接交手续。你看怎么样?”社长一如往常十分沉着也十分温和地对陈涓讲。

“为什么呢?我们在中国不是干得很好吗?为什么还要卖掉呢?”陈涓十分惊讶地问。

“目前的形势不利。为了保住日本的工厂，我一定要舍去一方。”

“既然这样，社长有社长的打算，我也不好插嘴了。去中国出差的事我一定配合就是了。”

稍顿了一小会儿，本社长像是考虑再考虑的样子，终于又开口了。

“赵厂长，在半年以前将我在中国的私人存款九十多万全部挪用，在青岛买了一所他个人所属的私人公寓。”

陈涓大吃一惊。她万万没有想到自己安排的人竟会干出这种事!倘若真的如此那岂不是给自己脸上抹黑吗?

“是真的吗？我不相信赵厂长会干出这种事来?!”

“给你看这张字条。这是我这次去青岛出差时，完全是无意当中查到的坏帐。问赵厂长，他发慌了告诉我这件事。我怕他事后改口，让他当场写下了这字条。”

陈涓看到那的确就是赵厂长的亲笔字，清清楚楚地写下了他私下动用社长私款一事。陈涓惊呆了。

“还有其他事，我不想一一同你细讲了。总之，我已预感到在中国第二次的失败在等着我。我除了甩掉这个工厂已别无出路。这也是我不得已这样决定的。陈涓请你务必理解我的难处。这次我们去中国，我不想与赵厂长再理论此事的是非。这点也请你事先把握好。”

陈涓在走向佐佐木公司的路上，激动的心无论如何平静不下来。她反复自问：为什么？为什么？赵厂长为什么要干这种丢人的事？这不仅意味着赵厂长待不下去，连自己也无颜再在桥本公司干下去了！难道是给他赵厂长的工资低？这绝对不可能！因为给他的工资是和日本完全相同的。这是一般中国人不可想象的几十倍的数字。这个数字甚至比自己身在日本的工资还要高，他又有什么不满足的呢？

究竟原因出在哪儿呢？

在陈涓准备动身去中国前，铃木突然不期来到陈涓家，她带来了两条惊人的消息：一是她决定同当地的一个法国人结婚。二是她家宣告破产，她是来求陈涓的。因为她的家已在一夜之间全被抵押掉，如果债主逼迫父母从原居住处出来的话，连放行李的地方也没有了。她求陈涓能否帮忙将她父母的部分行李寄放一下。

不用说，陈涓虽然毫不犹豫地答应，却不由地深深感慨。

第二天中午，陈涓走进佐佐木公司的大门。

“陈涓，你去中国时能不能帮我弄一本书来?”山本像是哭过，两眼红红地问。

“没问题，只要我能办到的。”陈涓道。她心中想：山本大概又和对象之间发生什么摩擦了吧？据山本讲这次她处的男朋友是《朝日新闻》的记者，前两天她刚把两个人的合影照给陈涓看，看山本当时的那股兴奋劲儿，就能看出她真的从心里喜欢上这个看上去非常成熟的青年。

“关于毛泽东和毛泽东写的书，如果可能的话能否有毛泽东照片?”

“这可是个新鲜事儿。怎么突然想起要看毛泽东的书？不用我去中国买，明天就给你拿来。我家里有好多毛泽东的书。他可是我们生活过的时代里最伟大的人。”

“陈涓，你不要再讲了!”山本稍微支吾了一下，像是在竭力按捺住就要涌出来的泪水一样。

“他嘲笑我，连中国的毛泽东的著书都没看过还能称得上是喜欢文学？真的，我真的不大知道毛泽东，更不用说是看过他的书了。”山本很诚恳地说。

毛泽东，提起他的名字来，就自然地想起那个轰轰烈烈的时代来。

当一个人远观自己的国家时，本能地会以一个赤子之心涌出无限的热爱和怀念。当国家以一个概念给人思索时，他更会将曾有过的个人的苦痛、个人的不幸、个人的艰难、个人的磨难全化为一个“了”字，会在更大的比较当中，放大成一个整体去理解和感受国家这个概念。陈涓就是在这不自觉的比较当中，为自己曾出生并生活在中国国土上而感到幸运，同时对国家的领袖毛泽东深深地崇拜和尊重。

陈涓领着三岁的女儿，陪同桥本社长乘机来到青岛，与瑞士里曼公司签订关于青岛桥本公司转让协议。时值 1996 年的冬天。

瑞士的里曼公司是世界首屈一指的机绣花边公司。不仅销售刺绣花边而且由于它的设计图案是占世界领先和主导地位的，所以它同时每年向全世界推销它的最新设计样。仅刺绣花边的图案年销售额就是四十多亿美元。不用说它的设计件数年达五千件之多，其销售额就更不用提了。

1636 年，瑞士索拉兄弟为了迎合法国上流社会贵妇人对刺绣花边的需求，发明和创造了世界第一台大型机绣花边索拉机。从那时起，里曼的一家就是索拉兄弟的合作对象，成为第一个索拉机器使用厂家。

里曼公司社长是里曼兄弟，他们在亚洲选择的唯一合作对象就是日本桥本花边公司。这一次与桥本公司正式签订合约，将桥本公司在中国青岛的占地四千平方米的工厂和三台平冈绣花机，以 1.4 亿日元转让买下。

在青岛的高级宾馆里，陈涓陪同桥本社长出席了结束成交后的告别宴会。当瑞士里曼公司的兄弟社长为这次的成交提出干杯时，桥本社长突然蒙面哭起来了。他十分感慨在中国辛苦几年建起的这所工厂转眼出手，转眼成为眼前这两位高大的、年轻的、英俊的兄弟俩，欧洲的强人里曼公司所有了。

陈涓被社长的真诚深深地打动。她不由地想起刚来到这块没有人烟的荒凉土地上时，社长曾对自己讲过的充满热情、充满抱负的话：

“看着吧！陈涓，我一定会在中国这块土地上建起世界一流的刺绣工厂。”

陈涓心里感到十分复杂。在她同情桥本社长的同时，又感到很对不起他，在自己国家的土地上，自己竟无意地让人伤害了这么一个诚实而兢兢业业的企业主。她感谢桥本社长的宽容，本来桥本社长是可以通过法律手段起诉赵厂长的，而这样做又势必导致作为介绍者陈涓的出庭。为了不让陈涓有这样的麻烦，桥本选择了退出的决定。

而对于陈涓来说，她是无论如何也不能容忍赵厂长的这种贪污的行为。虽然桥本社长一再嘱咐她不要与赵厂长再理论有关动用社长私人款一事，但陈涓的正义感不允许自己对此事保持缄默。到中国的第二天她就背着桥本社长找到了赵厂长。

“告诉我！你为什么擅自动用社长的私人款？”陈涓直截了当地质问赵厂长。

“对呀！我是动用了。我这都觉得不够。”赵厂长理直气壮地说。

“为什么？你为什么连这么点儿的法律常识都不懂吗？没有经过本人的同意，私自动用个人财产是违法的行为！”陈涓有些气愤。她无论如何不敢相信这就是她在临出国之前教过的学生。

“陈老师，你怎么那么傻呢？他们资本家在剥削我们，凭什么我们白让他们剥削？”赵厂长歪着脖子喊起来。

“无知！无知到白痴的地步！桥本已经对你的劳动给予再合理不过的报酬了！怎么会是剥削呢？你这是无耻！用马列主义的学说为自己的贪污偷窃行径作合理的辩解，太无耻了！”陈涓觉得怒火冲天，她竭力控制自己保持冷静。之后，她甩门而出。

就这样，桥本社长结束了在中国的生产，同时也结束了他对大陆寄托的所有的梦和理想。带来连锁反应的是桥本社长召回了留学中国的儿子周三。

由中国撤回的周三，这次将等待去瑞士留学。这是他自己提出的。在等待去瑞士留学的一个月之前，他在桥本，他父亲的公司里打短工，内容是装卸货物和清点库。而午前的一个小时由陈涓教他用电脑。他们之间已经开始全部用中文讲话了。

不到两年的时间，周三的中国话竟说得这么流利，真叫陈涓吃了一惊！

“周三，你家这么有钱，怎么还要打工呢？并且还是给你的父母打工？”

“哪呀？我在公司里干活只是在还我父母的钱。我去中国留学，事先与父母签订好合约了。就是学费他们先为我垫上，两年之后连本带利息要分期还给他们。这次我去瑞士留学，只是同我的父母签订了另外一个借款合同，也要在两年后分期还给他们。上午我同你学一个小时的电脑，是以我从下午到傍晚这段时间的打工费来交换的。”周三很坦然地对陈涓说。

陈涓面前的社长的儿子，如果不是他自我介绍，你无论如何也不会相信他就是桥本的儿子。看他的打扮，简直就是一个小流氓。

他年龄二十三岁，染着一头金黄色的头发，宽大的牛仔布裤子脏得分不出颜色来，一直拖拉到胯骨处，差点儿露出下部。又长又脏又粗的帆布皮带耷拉到膝盖，上身是小的露出肚脐眼的窄小的长袖衫。

“我们家有四个兄弟，都是差一岁。妈妈规定我们初中毕业以后，谁也不准在家里打电话。若用电话自己去外面用电话卡打。电话卡是我们用自己打短工赚来的钱买的。”说这话的同时，他那满口的烟草酒精的臭气扑鼻而来。

“我们兄弟四个从初中毕业之后就开始打短工。当然都在父亲的公司里做。我因为个子高所以装卸货物，以件计工。我大哥在工厂里操作工装卸布和清扫车间。我二哥负责为这里设计人员烧开水、端茶倒水。我妹妹负责清扫公司的走廊和厕所。

不知你看到了没有？我们家几乎所有的东西，都是在我们没出生之前妈妈家的旧东西。我妈妈至今穿的衣服，还都是她在每年大学的义捐日挑来的人家不要的衣服。

要让我说我最尊重的人是我的父亲。我父亲是妈妈家的倒插门女婿。我的姥爷原来有一个只有二十台电脑缝纫机的小作坊。我父亲在神户工学院毕业之后，一直在野村证券公司工作。偶然的机会他中了一个价值五亿的股，他立即抽出成立了现在我家的这个公司。

我的父亲用不到十年的工夫，将姥爷的工厂扩大成三座大型机绣工厂，有上百名操作工人。但是就这样我父亲还是经常对我们说：连我们家的这个大楼在内财产总价值额有二十多亿。名字虽然是桥本的，其实是属于银行的财产。因为都用来做了公司的融资抵押。如果事业不成功的话，我们将会是一贫如洗的。”

不知是由于周三的中文让陈涓感到亲切，还是周三的讲话内容吸引了陈涓，总之，陈涓不由地认真地注视起眼前的周三。她发现周三本来是个白净而俊气的小伙子。但是，她就是不明白为什么周三一定要将自己打扮成这么流里流气的样子？这难道就是她最难以领会的现代男孩子的流行装束不成？

陈涓不知道。在上世纪七十年代日本中学生里盛行仿美的风气。“性开放是我们那时最时兴的。我虽然考上的是日本最好的男子私立高中，但我一进高中就学会了男男女女之事。不到高二我就退学了。以后我在各处打短工。其间，我抽烟、喝酒、抽白面，什么都干。我感到要是想做我父母那样的人的话，实在是太辛苦、太疲劳、太没有意义了！

两年前，我想到再上学，我提出去中国留学得到了你的帮助。今后，我准备去瑞士留学。结束学业后，我准备先还完父母的借款后再考虑将来要做什么。但有一点，我是绝不接父母的班！也不接家业!”

听了周三的讲话，陈涓不由地在自己的日记中写道：

“这是不可思议的一代人。一言以蔽之：‘超前’代表了他们。

尤其应当注意的是这些少男少女的十四岁到十五岁这个年龄层次。随着现代经济的发展和人类索求的营养素质的‘超’提高，他们的生理发育已远远地‘超’过我们做父母的同年龄时期。加上越来越商品化的社会发展，带来了为适应销售而产生的‘超’刺激的各种宣传工具，电视、小说、电脑、漫画、电子游戏等等，无形中培养了这些还是孩子的他们的‘超前’的性心理的‘超速’发育。

当对这种不平衡的发育感到倦怠时，人的理性被唤起的时候，他们会首先感到的是受伤后不得已要做的社会劳动带来的惆怅、失望、无聊和人生的无意义。

你说是现代化的‘超前超速’更符合人类？还是与自然合理地‘同步行’发展更应属于人类呢?”

1997年初，佐佐木在中国东北的独资工厂终于正式运转了。佐佐木将中国的工厂作为他的人生的最后一赌孤注一掷地投过去了。三台最新式大型瑞士索拉刺绣机的卡嚓卡嚓的响声，重新地燃起佐佐木社长曾有过的狂妄的梦想之火，他兴奋地几乎每个月都穿越在中日航线上。

桥本社长将中国工厂转让出去以后，在年初的开工致辞中，突然对全公司宣布将要进行班子调整，准备由陈涓担任销售管理部的部长工作。

陈涓听此宣布是又惊喜又不安。惊喜社长自中国工厂出事以后，非但没有责怪自己，反倒更加信任自己，她为此感到十分的惊喜。但又想到自己并非日本人，能否领导好这么多的人，这么多的人能否听自己时，她又感到十分的不安。

但转而她又觉得这些顾虑不应属自己。她应自信自己有能力胜任。为什么要怯场呢？

然而想到只靠半天的工作去完成一个部长的职责是根本不可能的。并且佐佐木的中国工厂已进入正常运转的轨道。有自己和没自己已经没有太大的区分了。于是她暗自决定辞去佐佐木公司的工作，在桥本公司专心做部长工作。

当天下午，她向佐佐木社长提出了辞呈。佐佐木社长对陈涓的辞职表现出万分的惊愕。但他作为男子汉的强硬意识又在一瞬间促使他在陈涓面前表示接受和不介意。

傍晚，一个突然的来访者等候着陈涓。

桥本公司的设计师兼计划销售的品川，等候在陈涓回家乘坐的地铁站内。看上去她已经等陈涓有片刻了。

“陈涓，我想和你谈一下，好吗？”

对品川的突然出现，陈涓吓了一跳。

“到底怎么了？你怎么会在这儿等我呢？有什么事？我们慢慢说吧！”陈涓亲切地说，但心里却在纳闷儿：奇怪？上午我们还在一起工作呢？有什么不能在公司说呢？

“陈涓，我直截了当地对你说吧。你也太狡猾了！到公司不到五年，按你每天半天的工作时间来算，你不过才来两年半的时间。你这么快就爬上部长的位置了。你可真能呀！不像我，在这个公司干了十多年了，连婚都没结，连个科长都不是。你看你多行啊，有孩子，有丈夫，社长还那么看重你，我真羡慕你呀！”品川大大的眼睛由于冲动而瞪得更大了，她看上去显得十分的兴奋和激动。

陈涓一愣。但她马上就恢复了平静。如果按她的善良的一面来讲，她可能为品川的话而动心，采取不作声的方式。但她偏偏有着十分要强的一面，她不容许别人对她有丝毫的行为上的蔑视和污辱。她的脸一下失去了平日的笑容可掬，她十分郑重地对品川说道：

“一个人的能力和被器重不是靠时间来衡量的。这点你应该明白！正因为我有能力和才干社长才提拔我。而你？正因为你没有同我有相等的能力和才干，所以不管你干多少年头，只要有我在，社长就一定不会提拔你的！

但是，另一方面，我请你必须认识到：我们实际上属于一个层次的人。也就是说我们都是被雇用者。既然这样我们之间又何必要去互相嫉恨、互相猜忌、互相防范呢？我能使你嫉妒，这点叫我非常非常的遗憾，也非常的伤心。因为我陈涓从来就没有伤害他人的心。

我现在就可以立即回答你：为了你肯这样破开脸找我说这些，为了不愿伤害你，我明天就可以向社长提出不接受这项工作，你可以安心地回家了！”

说完，陈涓头也不回地扬长而去。但她感到自己的心在哭，在流泪。

何必呢？人啊，何必为了一个小小的职位而这样大动干戈呢！值吗？

陈涓想：当你放大眼光，远观自己生活的范畴，你会看到在整个物质世界里，自己连同自己活动的范围，如同人类看地面上爬行的蚂蚁一样，渺小得连肉眼都难以分辨。人啊！为何不珍惜蚂蚁般弱小的有限的生命啊。何必要为荣誉、地位、金钱相争相斗呢？

翌日清晨，陈涓刚刚走进桥本公司的大门，小平一把拽过她来，悄声地说：

“佐佐木社长在楼上和桥本社长打起来了，你还是躲一躲为好。”

陈涓透过小会议室的隐窗，看到佐佐木社长正在激动地大叫着：

“我没有你桥本的假惺惺，你多绅士！你多文明！你多精明啊！我就是个大老粗，但我懂得做人的信用，讲做人的规矩。”他在大会议室的正中，在满室的设计人员面前，指手大骂坐在椭圆会议桌一头的桥本社长。桥本社长的脸显得十分的苍白，他一声不吱，等着佐佐木社长讲完。

设计师们都露出惊讶和恐惧的神情，大家一动也不动，连品川也吓得大张着嘴，瞪起大大的眼睛，一动也不敢动。

待佐佐木停下来，桥本社长开口了，他依然是一字一眼、稳稳当当地说：

“我，只想说，不要看陈涓她是一个外国人就随意剥夺她个人的权利。我们的国家是法制的国家。陈涓她有她的正当权利，她不是你的所属物。她愿意上哪个公司退出哪个公司，是她的自由，不是你我来决定的。这点务请你明白!”

陈涓正像桥本公司里的所有的女设计师一样，都被桥本社长的彬彬有礼的言谈举止所吸引。桥本的书生面孔和他的温和的性格、宽宏大度的作派，使周围人都会自然地信任和尊敬他。

“你他妈的放屁！陈涓就是我的人！是我派她来的，我说了是暂时借给你们公司的。不怪你笑我，我的确是因为没钱付她工资迫不得已才这样做的。现在我来要她了!”

陈涓的心在动摇。

但另一方面她的内心更深处的近乎男性的义气又不停地在

她的内心骚动，既然已答应了品川就不应该改悔！

佐佐木大吵大闹一个上午之后，悻悻而去。

那天下午，陈涓径直回家了，她没有去佐佐木公司。

第二天一早，陈涓向桥本社长提出辞呈。没有任何的解释，也没有任何的理由说明。她直觉上认为对桥本社长不用多言，她相信桥本社长肯定会理解自己的。

桥本社长对陈涓的辞职感到意外和遗憾的同时，他对陈涓说：

“我了解你，你一定有难言之苦。但我可以告诉你：我的公司会随时接受你的，会一直为你保留这个位置的。”

1998 年的 5 月，陈涓返回了佐佐木公司。

野口和山本在一个月之前辞职了。

野口飞向美国去了。她宣称在美国一定能找到更适合她的人群。

山本她准备结婚。结婚的对方是继上次的记者之后的第三位。

山本也果真实现了她的预言，她终于选择了一个比她年长近二十岁的阔佬做了她的丈夫。

佐佐木在迎接陈涓回来的那天，显得又是那样的激动、那样的兴奋、那样的不安、那样的骄傲。他的自信和骄横又重新在他体内燃烧，他又一次认为是自己赢了。

公司里的设计师长井正在恋爱，通过网上聊天，她诚心而真切地热恋上了一个一直在安慰她并且和她交谈的人。她那无色彩无光亮的脸上甚至也放出了烁烁的红光，显出她青春的美丽和健康。

三个月后的一个中午，佐佐木走到正在全身贯注地打着电脑的陈涓身旁，说道：

“陈涓，我早就想同你说一下了。你是一个十足的读书人，你不会理解我们这个世界。可我也要告诉你，在商人的世界里，除了不违法以外，没有所谓的好人与坏人之分。其实桥本社长在中国的事你的好心我明白。但桥本并没有吃亏。你想：他用了一百五十万日元买下了我的三台破平冈机，一转眼在中国摇身变成了个外资企业，中国政府给予了最大的优惠。随着外资企业越来越多地渗入，中国政府好像也到了明白了的时候，桥本他立即决定将工厂以一亿多的价格卖给了瑞士，你算一下除掉他的建厂房等，不超出两千万日元的经费支出，实际上等于他用三台破机器赚了一大把。

而瑞士人也并没有吃亏，瑞士有个规定，凡在国外投资超过一亿的企业将由国家资助部分，并免除其企业在国内的几年的征税。里曼为了逃税也要买下这个工厂。”

陈涓听了，表现得很平静，似乎并没有带来任何反应。

在中国的佐佐木工厂里，几百名来自东北农村的女孩子们成为佐佐木工厂的操作工。她们不用说对机器的操作认识一无所知，城市生活的本身对她们来说几乎为零。这样的工人素质对佐佐木来说真是求之不得的。从零教起可以将他最理想的工人素质原封不动地灌输给工厂里的所有的工人们。

他所要求的工人素质是有疑必问、不懂不准装懂、勤奋好学。

佐佐木的不辞辛苦和苦口婆心的指导方式是他用他真正的火爆脾气和根本不通的语言传输的，虽有翻译，但连翻译也被他的瞬息万变的暴躁性格吓得中途跑掉。就这样他也绝不退步，他在这些老实的姑娘面前跳、喊、叫、摔，以此来抒发他的心向。憨厚的姑娘们被这个暴躁的老头儿弄的不知怎样才好，但又同情他这般年龄还辛苦奔忙工作，因此都以她们的善意加本来的忠厚，用心地去领会他、原谅他、接受他。

自从机器正式运转一年以后，佐佐木的中国工厂的产品每周两次航班定期用集装箱发往日本、中国香港、越南、韩国、中国台湾。

一转眼，陈涓在佐佐木公司一晃又是三年过去了。

设计师长井的脸色又恢复了以前黑黄黑黄的颜色。她告诉陈涓她三年来网上恋爱的结果：她那么苦思冥想的网上男人，竟然是一个五十岁左右的四个孩子的妈妈。

但她自己已经无法摆脱自己的情感纠葛和付出。她依然在深深地爱着“他”。她已经决定在本周内辞职，并且和“他”一起同居，在歌舞伎町（东京娱乐中心地带）开一个夜间酒店。

在佐佐木公司的本社，东京事务所里，就留下陈涓一个外来人和佐佐木一家人了。

佐佐木每个月都频繁地奔忙在成田和北京机场之间。搬迁到东北的三台大型索拉机超速度地运转，真正地实现了佐佐木社长在新年会上的致词：我将三匹铁牛放到中国，在中国的大自然中，让它们成功地喂养我们活在日本的大家口们。

佐佐木得意极了。他得意中国的年轻的女工们为自己带来的巨大财富。得意的同时他又感叹自己的经济付出，因为在这付出里显示出一个无形而巨大的落差：就是日本工厂里的工人与中国女工之间的十倍甚至百倍的工资差。

他决定封掉日本的工厂，另外引进世界一流的微型打样机。因微型打样机里有着世界最先进和最一流的全电脑控制器，既不占厂地又不用太多的技术。他的商业路线定为日本只提供样品，客户订单到手后全部投放到中国工厂去生产。他的决定来得迅速而突然。日本工厂的工人们还没有做出任何思想准备，就在短暂的一天内变成了无业游民。

最后只剩下厂长斋藤。他是佐佐木建厂时投资培训的技术大拿。佐佐木在继续使用斋藤上开始大伤脑筋，继续用斋藤的话，他一个人的工资等于中国工厂上百人的工资。他怎么算怎么觉得不合适。让斋藤跑中国工厂进行技术指导吧，他又觉得似乎没有那个必要了。因为中国工厂的工人硬是背着自己，找来几个农村修理拖拉机的年轻农民，几次都将机器发生的大故障给修好了。瑞士人当初吓唬自己的机器精密度和技术高深的神话被中国工人所称谓的“自立更生”打破了。从那以后他真的不相信连斋藤在内的那些洋技术人员对自己摆出的胜人一筹的说法了。

这一天一早，陈涓照点不误赶到了公司。佐佐木拿起一张传真走到陈涓桌前，

“喂，你看！是斋藤厂长发来的，他自己要求辞职了。”佐佐木递给陈涓一份传真后稍带掩饰一样地瞥了陈涓一眼以后，顺势坐到陈涓身旁的会计的位置上，并拿起账本来翻了翻，陈涓明白这是社长在探视着自己的反映。

“不可能！这绝对不可能!”陈涓在心里想，可是她却一反已往那样直爽出口地寻问。她只是表示领会了。

“斋藤在我的公司里，他一个人的收入就是中国工厂上百人的总收入。这个数字真太惊人了！他自己要求辞职，我留也留不住他，正好我也觉得支付他工资实在头疼!”社长像是自言自语说了一通之后，看陈涓没理睬他，也就知趣地走开了。

中午利用午休时间，陈涓给斋藤打去了电话。

“斋藤，我问你为什么要干这样的傻事呢？你不为别人想也要为你的家人好好想一想吧？为什么要这样草率地决定呢?”陈涓把憋了一肚子的话一股脑全说了出来。

“陈涓，我们在一起工作也有十几年了，你难道还不知道我吗?”斋藤几乎带着哭声在说。

“那是社长通过常务逼着我写的。你想我家里人现在正是需要我的工资的时候，我的儿子刚刚上了大学，我的老婆上个月才动了大手术，不都需要钱吗?我怎么会主动要求辞职呢?陈涓，社长用这个手段解雇了多少人啦?可我无论如何也没有想到今天会轮到我的头上?要知道我从二十三岁起为佐佐木做事，已经干了二十五年啦，一言难尽，一言难尽啊!”斋藤搁下了电话。

斋藤离开了公司。取而代之的是一个被其他公司解雇了的刺绣同行的中年技术工人，这样既可以按新工人的标准支付廉价工资又同样可以使用上一个有丰富经验的能干的工人。

这天，社长是在接到一次莫名其妙的国际长途电话后，突然决定去法国的。在他回来后，公司里佐佐木一家人之间瞬时被一种压抑、沉闷、冷漠的气氛所凝聚、笼罩着。社长夫人那张永远带笑的脸在这段时间里显现出十分的勉强。专务开始频繁地对公司、对外来客户发脾气，只有社长倒像个球一样有意地躲避着什么一样转眼就不知溜到哪里去了。并且社长做出了一个意外的举动，就是他叫来保险公司的人将夫人为他加入的一亿的生命保险给解约了。

这天社长夫人只打了一个照面后就默默地离开了公司。专务也借故去访客户走了。社长像是再也憋不住的样子，故意找个事由蹭到陈涓旁边的位置上，压抑不住兴奋地对陈涓说：

“我真的是太激动了！一想到在天边的哪个角落里，还有一个女人默默地为我生了个孩子，真叫我有种说不出的感动。”

陈涓没明白他说的是什么意思，但又觉得社长的话题来得太奇怪太突然，似乎感到这一家沉闷不快的理由就在社长要讲的话题里。

“陈涓不知你还记得不？1989年那年从吴江抽纱公司来的王佳，想不到吧？她为我生了个孩子，是个女孩子。王佳在那以后跟三个有钱的日本人结了婚，但也真够不幸的啦，她这几个丈夫没一个活下来，每个丈夫都给她留下了不少的财产。在瑞士、法国、纽约都有公寓。”社长说到这儿，故意停了一下，用侧视的目光扫了陈涓一眼，像是在试探陈涓是否倾向自己。

陈涓明白社长是有些意外地发懵了，试图通过外界的反应来唤醒自身的判断。她顺口递上一句：

“有谁能证明那个孩子是你的呢？”

“我也感到蹊跷，前两天，王佳突然给我打来国际长途，都十几年前的事儿了，谁还当码事儿啊？她说当时知道怀孕时，因为不愿给我添麻烦所以没吱声。并一再地说她并不要求我认领孩子，也不会向我要抚养费等等。只是如果我有机会的话能否去看一下孩子，孩子现在已经有十几岁啦。”

“于是王佳叫我和她一同去法国看那孩子。她叫我躲在一个角落里偷着看，我们谁都不能吱声。王佳一个劲儿地对我说那孩子的眼睛和我一模一样，听她那么说我也觉得像是那么一回事儿。陈涓，你说世上还真的有这样的奇事吗？”

陈涓心想还不知你们之间谁骗谁呢？反正你们各有各的小算盘，都是一些相互算计的事，根本也犯不上我去操你们那份子心！

于是，她幸灾乐祸般地大声赞道：“真伟大！一个伟大的女性。一个生动的爱情故事竟在我的身旁发生，真叫人感动万分！”

社长听此露出酸溜溜的苦笑，悻悻而去。

社长待在日本的公司里，越待觉得没劲儿。看来夫人这次是真的火了，这是他们自打结婚以来夫人头一次大动肝火了。她的发火就是不吱声。保持沉默不语是日本女人对待对手最有力的还击手段！公司的工作，家里的活儿，她都照常地做，但唯有一点就是没有话了。这件事，看来对专务这个社长的唯一的儿子也没瞒得住。能瞒住他才怪呢，这次王佳硬是把“认亲”的信先发到家里来了，也正赶上专务那天在家，他理所当然地拆开了信。现在可好了，一天到晚地他反倒像成了个老子一样，粗声粗气地动辄发火。

社长琢磨来琢磨去还是出去躲两天的好，于是他又找了个事由订了去往中国的机票，并声称这次要在工厂待上一段时间。

就在他前脚走的第二天，儿子专务后脚匆匆地由客户那里赶回来。他从夫人那里取来钥匙将所有的印章取走。以后连着一周都是各个佐佐木公司账户的银行来访和签约，专务俨然是社长一样地坐在社长的位置上，一动不动地接待着银行的来客。社长夫人被专务几次叫来做连带保证人。她的脸上再也找不到昔日的永远甜美的微笑了。

两周以后，社长风尘仆仆地由中国回来。他以为同以往一样，由中国带来的更多的新闻和更新奇的感受，一定又会使全公司和全家族沸腾、兴奋起来。结果他看到的恰恰是他最不愿设想也最不愿去考虑的一个事实，他的社长职务被儿子专务给夺去了。就在他去中国的这两周内发生的。

他不愿看到妻子那勉强作笑的表情。他看到桌子上妻子放的一张证明信，那是他从前顺口答应过以妻子命名的专利书，妻子竟神速地办好了放在那里。那可是自己辛苦四十几年的结晶，文胸用“型号绣花”专利。其利润绝不低于那份加在自己身上的生命保险。他知道她是个绝顶聪明的女人，她是天生知道自卫的女人。妻子在不相信社长的同时更不会相信儿子，因为她做母亲的知道儿子和她自己一样是极自私又极懂得自我保护的。

他有些后悔自己的老来冲动和老来多情。王佳和自己虽有过情事，但那不过是自己曾有过的情史中的小小一篇。怎好和与自己风雨同舟的妻子相比呢？妻子之所以能够应允、默许儿子夺了自己的位置，正是因为自己将她最后的一个算盘砸了——抽掉那笔一亿生命保险，迫使她感到了危机，即：有一天财产有可能会落在一个不明不白的女人身上。我敢肯定如果不是这样的话，她是绝对不会协同儿子去这来做的。归来说去还是我自身糊涂啊！

其实那个在法国的女孩子到底是不是自己的孩子？这好像并不重要！这次送给王佳她们娘儿俩的，位于东京市内的那所公寓已足以了结了和王佳的一切瓜葛。

但他无论如何也不能容忍儿子那幼稚、愚蠢、贪婪、专横的样子！想到几十年来的辛苦有可能就毁在儿子手中，他就觉得痛苦不堪、难以忍受！他想：不行！绝对不行！我绝不能将自己交给那个臭小子！今后，今后我在这个家在公司我算是什么啦？我突然一钱不值了！要让儿子去养我？做梦！我真后悔怎么走之前没将所有的印章关到我的保险箱里呢？不！不！晚了，说什么都晚了！

刹那间他感到自己像是坠入了一个鬼门关，突然进退两难。他又感到自己像是掉进了一个无底的深洞，没有光亮、没有出路。他感到似乎所有的人其实都在向自己抛来谋杀的绳套，令他恐怖地窒息、透不过气来！

三天以后，佐佐木社长死了。

没有留下一句遗言就死了。死因是突然的脑出血导致心肌梗死。

陈涓是在当晚接到夫人的电话后匆匆地赶到公司附近那所医院的。

在空无一人的这间病房里，一席洁白的床单蒙在佐佐木社长的身上。陈涓这才发现社长竟是这么弱小，这么枯萎，这么似人似鬼得可怕！

陈涓从医院出来，路经白天的公司小巷去往车站了。

此时，虽然已是夜半近十二点，但是小巷依旧还笼罩在光亮、安静和沉默的运转中。仔细看去就可以知道各个公司里，人们还在紧张而繁忙地工作。陈涓匆匆乘上已是最后一班的电车回家了。

清　子

雪纷纷，夜寒寒。

外面的世界是漆黑一团，唯有冻得邦硬的雪地上发出烁烁银色的亮光，这种亮光像是来自一个莫名的世界，仔细看上去是银光里裹包着青铮铮、白里泛着蓝光的亮。看了竟叫人有种说不出的寂寞、恐惧和空凉。然而，一转眼到了天亮，明媚的晨阳刚一探头，大自然的一切在阳光的照耀下，冰融雪化，显现出大自然本来的缤纷多彩的光亮。这五彩的光亮像是将大地上的一切恶的、丑的、龌龊的全部抹消，试图让还有着烂漫童心的人们对世界重新燃起新的希望，新的憧憬和新的幻想。

1926 年的北朝鲜清津市。

日本军国主义强行签订了《日韩合并》条约，在日本政府的策动下，成千上万的日本普通老百姓被移民进入朝鲜半岛。到这一年为止，日本人入驻这个岛国已有十多年光景。大大小小的日本学校校舍，小学的、中学的、高中的，幢幢黄色的钢筋水泥建筑物如同模式一样的火柴盒，穿插坐落在具有古老风格的高丽学校校舍的中间。到了冬天，这里的日本女校的学生们全都统一地换上冬天的校服。校服是一身深蓝色的毛呢裙服，到膝盖长的深蓝色的裙子加上海军式上衣，脚上套着厚厚的白色长统袜，再配上黑色的鸭舌皮鞋，在这冰天雪地的世界里，女学生的这身打扮倒也显得格外的娇弱、单薄、可爱。

但对于刚满八岁的清子来说，每天要穿学校发的制服，并且一定要穿上那条配套的裙子，别提该有多难过了。关键是太冷，尤其是她的那双落下病的膝盖！坐在课堂里她不由地将双手放在冻透了的膝盖上揉了又揉。膝盖冰凉冰凉的，像坚不可摧的硬石块一样，但这石块又会在刹那间发出一股难以忍受的酸痛，闪电般地波及全身，令她猛然间全身哆嗦起来。

说起这双病了的膝盖，还是在清子六岁那年得的。清子喜欢玩球，她爸爸就给她买了一个红色的好看的大大的皮球。那是个冬天，清子拿着爸爸买来的球高兴地在院子里的雪地上拍着玩儿。谁想到脚下猛地一下打滑，踏在球上的脚突然落空跌倒了，一个瞬间左腿像折断了一样疼得死去活来。爸爸非常后悔给女儿买球。左膝盖连续几天红肿发炎，为了治清子的伤腿，父母不知花了多少钱。后来左腿虽幸免没被切断但却落下了个严重的关节炎。

已数不清有多少次了，她真想下个决心找个理由叫父母写张请假条，说是发烧或拉肚子什么的，好得到老师的允许暂时不用穿裙子了，哪怕就是换上一天的裤子也比现在这样活遭罪的强。但她无论如何又张不开口叫父母撒谎写条子。于是她只有忍耐，只有硬挺，硬让那钻心刺骨的关节痛折腾得要死要活、疲累不堪。

一到放学回家，她第一件事就是躲进自己的房间里。坐在大大的绵垫子上，绵垫子是铺在木板地上的，然后将双腿一下子伸进带火炉的地桌底下，让那温暖的热气好好烘烤抚摸一下冻得像与世隔绝了一样的双腿。

刚刚坐下来暖腿，她就机灵地觉察到一楼大门像是被人轻轻地打开了一样，接着就是一阵压低急喘的呼吸声随着快速的脚步声，悄悄地延伸到二楼自己的房门前来了。于是清子习惯似的马上站起来推开了自己房间的门。

“小冈本对吧？知道是你，进来吧。”

进到房间里来的男孩子，脸“哗”地一下子红了，低着头一声也不吱，悄悄地走到房间靠左侧的书架上抽出昨天没读完的小人书《小正探险记》，拿着书钻进地桌的对面。

紧接着，清子对着敞开的房门冲着一楼厨房间尖着嗓门喊到：

“妈妈！小冈本来了！”

“喏！给你，看这本新出的，二哥昨晚买的。”

清子把一本崭新的探险小人书递给钻进四方桌对面的小冈本。

妈妈转眼之间上楼来了。妈妈端着茶盘，里面放满了热乎乎的白米饭和菜，外加一些小点心。

“孩子，饿了吧？”妈妈将盘子放在两个孩子伸进腿的四方地桌上，并且抬起右手来摸了一下小冈本的乌黑的头发。

池下妈妈特别心疼这个她一小奶大的孩子。小冈本比女儿清子只小不到两个月。但他一生下来他的亲妈就没奶，所以只好求池下妈妈帮着奶他了。池下妈妈看在老冈本和丈夫是朋友的面子上，二话没说，奶清子的同时也奶了小冈本。

谁知这个小冈本还真是个苦命的孩子。在他刚满五岁的那年，他的亲妈就突然病故了。那年正好赶上他的爸爸炒股票赚钱正红火的时候，于是他爸爸就接二连三大把大把地甩钱，结了一次又一次的婚，也离了一次又一次的婚，反反复复的。在小冈本八岁的这一年，他爸爸已经离了六次结了七次婚。也就是说从那时候起，小冈本就真的成了个没娘的孩子。虽说他是个有钱人家的大少爷，可就是没人管也没人问的。如果不是池下妈妈拿他当成自己的儿子一样看的话，他真的每天连个落脚地，吃口热乎饭的窝儿都没有了。

清子的父亲池下出身日本福井县三方郡。那里自古以来就是日本著名的旅游胜地。靠着日本海又山峦偎抱，巍峨的山峰形成天然的奇景并带给港湾特有的平静和绮丽。因为是政府指定的特殊风景保护区，所以当地人口都要受到限制和约束。不管是哪家（不分贫富）只能留下长男在家，其他人必须出去讨生。也许是狭窄的土地制约着人们要自觉平生之故吧，池下家的妈妈结婚十几年没有生育，因此就领养了一个儿子。谁知领养儿子第二年以后就有了身孕，这就是清子的父亲。也就是说实际上清子的父亲是池下家唯一的亲生儿子。但池下家的老人忠厚老实，怕外人说冷遇了领养的儿子，因此就让亲生的儿子出外维生，而领养的儿子却留下来继承丰厚的家产。那时候，正赶上日俄战争结束带来的“日韩合并”，政府鼓吹年轻人到朝鲜半岛去开创新天地，于是池下就怀着满腔热血搭上了驶往朝鲜半岛的轮船，来到了清津。在这里他开办了自己的建筑公司，没干几年，事业干得红红火火的，成立了当地数一数二的建筑公司。攒下了足够的家业后，他就回到老家将从小要好的“青梅竹马”接到清津，结了婚成了家。

池下家有三个儿子和一个姑娘。排行老三的姑娘清子和小冈本年龄不差上下又是同吃一个妈妈的奶长大的，两个人好得像是双胞胎一样。小冈本每天只要一下课就钻进池下家，并且径直钻进清子的房间里，直到天黑池下妈妈催他回家为止。

清子虽说才八岁，却是个天资很高的秀丽的女孩，从小不识自通。家里的生活相当富有。父亲池下经营着上百人的建筑公司，雇了好几个仆人，门面红火得锃亮。别看家里的父母并不是读大书的人，而清子偏偏从小酷爱读书。池下妈妈是个受了传统明治时代（1868 年—1912 年）教育的人，对唯一的女儿清子的活动，严格地局限在学校与家的这个范围圈中，不准她与外界有任何的瓜葛和接触。对这点清子从不反抗也不拒绝，她顺从而老老实实地按着妈妈的规定去做。两个哥哥和她相差的年龄相加起来有十岁多，因年龄差的关系，大哥们也就自然很心疼和爱护这个妹妹。知道清子爱看书，于是他们就和爸爸一样，只要在街上看到有新书出来，就一定顺带着给清子买回来。所以，清子的书总是源源不断。可以说市面上有的书清子的书架上几乎都有。虽然她的年龄并不大，但她却已经开始读成集的大书。在学校里她的成绩也从来都是数一数二的。

可是，就在一年以前池下听信了买卖人的劝诱，做了一次冒险的海上交易，谁知却彻底地上了当受了骗！刚刚借到手的大型轮船才出海不久就赶上巨型台风，轮船被全部吞没了，公司因此险些彻底破产。家里不用说雇用仆人，连经营都是危在旦夕。好在池下家里还留着十几幢的二层小楼房，靠着出租房屋，还多少靠着这个长流水的细收入去维持一家的生活，并同时偿付轮船的债款。

看清子在班里学习成绩好，老师就经常指名叫她去帮助一些家庭生活优越但学习成绩又极糟糕的学生，给这些学生补补课什么的。

叫清子去给同学补课这件事的本身，倒叫她觉得不是什么了不起的事。可偏偏要去给补课的同学家就在一片墓地的旁边，并且一定要穿过墓地才能到那个同学家。这对清子来讲简直是要了命一样的可怕。但一想到是老师指派的，有着一种优等生的骄傲促使她去，但从另一方面来说，得知父亲的那条倒霉的轮船的债主就是她要给补课的这家的主人，她想即便就是不想去也得强硬着头皮去，因为她实在是不想为此而得罪了这家人。

赶上这天傍晚那会儿，小小年纪的她刚好完成了补课从同学家出来，一眼就看到门前小路上冻得棒硬的发着烁烁寒光的积雪，不由地倒抽了一口冷气。小路直通墓地旁边的大路，她边心惊胆战地踏着积雪往前走，边小心翼翼地回头看了一下。

身后是灰蒙蒙的一片，像是在云里雾间她发现了跟在她身后紧追慢赶的小冈本。

小冈本正喘着大气跟在清子身后，看到清子冷不丁地突然回头看着自己，有些不好意思地撅起了嘴，嘟嘟哝哝地小声说：

“是我，一直等着呢。”边说边又将头使劲地埋进领窝里拖沓拖沓地向清子跑了过来。

“冷不？要不你先跑回去，我在后面跟着。”清子停下脚步对男孩说。

小冈本也停下了脚步，但他却一声也不吭只是默默地摇了摇头。

“那我还是讲故事吧，我们一边走，一边听我讲故事，好吗?”清子建议。没等小冈本回答，清子就开始了她的故事。她的故事不重样，有情有节，小冈本对清子这点真是佩服得五体投地。

清子九岁那年，正赶上大年除夕。妈妈掰着手指算了又算手头上的有数的几个钱。拮据了整整一年，为了还那艘一转眼成了四零八散破板条子轮船的债款，一家人几乎每天都在勒肚子过日子。

这余下的款虽说只需半年就能还清，可池下妈妈怎么琢磨怎么觉得一天也不愿再拖下去。她是真真难过丈夫的血汗就这样被债务绞干榨尽。她真恨不得将全部的家当顶出去也不将这个该死的债务拖沓下去。

今年的这个除夕，到底过还是不过？池下妈妈在犹豫在算计着。她琢磨着，就算是抽出过年的经费来，剩下的款真的也并不多了，就是说如果这个月不支付的话，其实也就意味着相对再向后拖一个月的款。但如果不过这个除夕的话，就可以按预定日期还清这笔债。如果那样的话又怎样去和孩子们解释这事呢？自己是从心里不忍看到三个儿子和唯一的女儿的那双双期待的眼睛。

池下像是一眼就看透了妻子的心思一样。这天，他二话没说，收了工后没回家，就拿着年底的工钱径直去了商店街，买回来大口袋的打糕、鲜鱼、啤酒、鲜菜和水果等。他不能看到妻子因自己的失手连个年都过不上。怎么也得让妻子和儿女们在年末“打牙祭”一下，过个好年。

看到丈夫买回来这么多的食品，池下妈妈心里热乎起来了，同时那平常的热乎心眼儿也涌上来了。她立即张张罗罗地叫来了自己家的所有的房客们，叫大家一同聚在池下家来共庆大年三十。这些房客里有一半是孩子们学校的老师，这些老师们又都是由日本文部省派来的教员。而另一半的房客大多是在附近打工的小木匠和商人们，他们多是朝鲜人和中国人。当然池下妈妈没忘了将小冈本也叫来了。

这天晚上，大家聚在一起吃着池下妈妈做的一手好菜，热热闹闹地在酒肉菜肴中送走除夕，迎来了新的一年。

当大家都还在闹闹哄哄地庆贺时，清子却隐约地感到了左膝盖发出的刺心般的疼痛，于是她悄悄地离开了人群回到了自己的房间。当她钻进热乎乎的小四方地桌里，拿起旁边垫子上放的《少女》杂志刚要读时，忽然听到楼下传来惊人的大动静，给她吓了一大跳，她放下书急急忙忙地打着双赤脚跑下了楼。

清子赤着双脚呆怔怔地站在楼梯口，愣了。她看见一个陌生的彪形巨汉嘴中叼着个雪茄，满嘴喷溅着大口的唾沫，连鞋也没有脱，叉着腰挺着大肚子，站在家里客厅的中央，大声地叫骂着：

“你他妈的！你们也要过年？池下！你他妈的有钱能买打糕怎么不还钱?”

清子做梦也没有想到，刚才还是热热闹闹的充溢着十分平和幸福的新年气氛的房间，转眼间会变得这样七零八散、狼狈不堪。房间中央悬挂的地炉的四周，到处都是被巨汉踢散的搪瓷盆碗，到处是溅出来的打糕和红小豆粥。

她看到自己的父母正跪在大汉的面前，脑袋深深地埋在双膝间一动也不动。两个哥哥和弟弟惊恐地躲在房客们的身后。小冈本也不知什么时候不见了。而满屋子的人都被惊得说不出话来，房间里已是鸦雀无声。

突然间，一个声音铮铮地响起：

“无耻！你也算是个人?”

只见房客吉久老师边大声地叫喊着边猛地冲出人群，一个箭步地走到了彪形大汉的面前。

所有在场的人，连那个巨形大汉，连清子在内都惊愕得目瞪口呆！他们不知老师会干什么？也不知老师能做什么？

“为了你那个蠢姑娘，清子每天冒着风寒没黑没白地去你们家补课，她要过你们的钱了吗？要还？你先把欠清子的学费还了！听着没有？怎么，你连个屁都不敢放了?!

谁都没有想到吉久老师会在这个时候突然出场，更没有想到吉久老师竟会这样勇敢并振振有词地说话！在场的每个人的心里都禁不住被吉久老师的这个出乎意外的怒喊惊住，忍不住叫好。这间不大不小的房间竟在这一瞬沉进一个无言的死海中。

吉久老师是个年轻气盛的清津公立女校的国语老师，同时他也是清子的班主任老师。从日本调到清津工作以来，他就一直和学校的其他老师一样住在清子家的公寓里，成了池下家的房客。

“朋友们！我呼吁：如果你们有良心的话，如果你们有那么一点正义的话，请你们解开你们的钱囊拿出一些钱来帮帮池下！我们为的是赶快让这个没有人味儿的东西从这个房间里早点儿滚蛋！”

吉久老师的声音因激动变得有些沙哑。他边大声地说着边打开自己的钱包，将手中所有的钱全都掏出来。

房间里义愤填膺的房客们全都纷纷相应。一转眼的工夫，吉久老师的手中就捧满了大把的钞票。吉久老师和一些房客将筹集到的钞票清点了以后，拿到巨汉面前，大声地说：

“拿去，点一下！记住，今后池下不欠你的啦！点完后，请你立即从这个房间乖乖地滚出去！”

眼下的这一切对清子来说，仿佛像一场暴风骤雨，来得如此迅速，消失得又如此突然。她的整个心整个精神为此而震动而摇撼，使她久久不能平静。

这个世界本来对她来说，原本和书上的一样是充满了瑰丽的色彩，充满了理想的风光。可这一切竟会在一个瞬间来了一个翻天覆地的改变。在这突然的改变中，世间的所有竟变得如此复杂难懂，如此可怕而黑暗。

无疑，她从心里疼爱父母，更是从心里爱怜父亲。在她的记忆中，父亲沉默寡言，永远是除了干活儿就是干活儿，并且是没日没夜地干。她从心里憎恨那个逼父母债的人。如果知道自己辅导的同学的爸爸会是这样的人，她绝不会去教那个同学的。她真正地佩服和感谢吉久老师！她头一次感到老师是这样的伟大，这样的勇敢，这样的了不起！

也就在此时，离池下家不远的隔壁，冈本家的大宅里却是另一种场面。

在奶白色天然大理石镶壁的洋式大客厅里，冈本正与清津市上流社会的人们频频碰杯。他们大谈时事，大论特论着政界财界的风云人物。在柔和而轻飘荡漾的西洋乐中，几对妖艳的伴侣们在舞池内悠然起舞，好不风光!

这个冈本，十几年以前由每日新闻总社任命为驻朝鲜每日新闻分社社长时，也不过三十刚刚出头。那时的他身带仅五元钱孑然一身来到了这个相隔近咫的异国他乡，他踌躇满志试图大干一场事业。也就是在乘坐赴往朝鲜半岛的轮船上，他与只身来朝鲜闯荡的池下偶然相遇，并结下了莫逆之交。

凭着他在早稻田大学经济系四年学习奋斗得到的知识，他在这个大千世界里靠证券，买空卖空，一帆风顺。没用上很长的时间，他就成为清津首屈一指的富翁。

这个冈本生意上虽是春风抚阳、金光灿烂，可个人生活却是不顺中的不顺。妻子撇给他唯一的儿子后便早早地西行了。之后，他连着续了七个老婆，六个都索了高额离婚费另寻主去了。今天留在身边的这个，看上去也是在窥视着良机等待奔走他人。

冈本清醒的时候比谁都精，可他偏偏就弱在这个花天酒地里，几杯酒就把他灌得稀汤烂水的。在醉得一塌糊涂时，真是让他做什么他没有不答应的。就是让他签个大款合同，他也会豪爽地大大方方地按上私章。每当他酒醒之后，又是没完没了的后悔。可没有多久他又会在春风得意中忘了伤痛，重复以前的行为，反反复复。

这天他正晕晕乎乎在淑女绅士当中时，只看他那唯一的儿子慌慌张张大喘吁吁地跑回家来。并且，在大厅广众下"噗嗵"一下跪倒在自己的膝下。同时，儿子用那还是奶气的声音大声地对他说：

“父亲！求求你啦，救救池下伯伯！救救清子姐姐！救救清子一家！”

冈本被儿子弄了个不明不白的。慌忙拽起儿子，吩咐身旁的佣人带上儿子和自己上了二楼，听儿子前前后后地叙述了一番。

这会儿，已是接近拂晓之际。清子还在厨房间帮妈妈打扫、洗刷一堆堆的残骸。房客们都在兴奋和愤恨的宣泄后先后离开了池下家。池下爸爸也由于过分的疲劳和冲击离开客厅回房间休息去了。儿子们也由于惊恐和后怕回到他们各自的房间休息去了。

“当！当！当！”有人在轻轻地敲门。清子吓得赶紧匆匆忙忙地跑去开门。

当清子小心翼翼地打开门时，看到了门前雪地上站着的冈本父子两人。

开门看到清子，冈本黑里透红的脸上一下闪烁出兴奋的光亮。他顺手拍了拍身旁儿子那单薄的肩膀，露出快心的笑容。同时他那洪亮的声音在池下家的门前响起：

“清子！好姑娘，今天吓坏了吧？不要怕！天塌下来还有你冈本叔叔顶着呢。孩子，快点长大，大了做我的儿媳妇吧！有你这样的好姑娘，叔叔真是一百个放心！”

听冈本这样冷不丁地一说，清子着实吓了一跳。还没等她完全寻思过来，一股莫名的羞怯使她感到十分的难为情，脸突然涨得通红。

马上，冈本板正了脸，对清子身后急急忙忙迎出来的池下妈妈说：

“我给你们拜个早年啦！小小的意思，给清子姑娘做套新衣服用吧！”说着，他掏出一个小红包塞进了池下妈妈的围裙口袋里，然后带着小冈本转身回家了。

池下妈妈和清子又返回了厨房间，继续她们的打扫清洗工作。直到天大亮她们娘俩才好不容易将房间收拾停当。池下妈妈走上二楼准备叫醒丈夫起床，这时她才想起冈本送来的小红包一事。于是，她拿出小红包打开来看，才发现冈本在小包里放的是一张支票，上面写的是她从没见到过的大数金额。池下妈妈看了发慌，赶忙叫起了池下爸爸。

手中捧着这张大数额的冈本的支票，池下夫妇两个是又惊讶又感慨。他们惊讶他们会在这山穷水尽的家难面前竟会得到朋友如此的厚助。他们感慨，感慨冈本的大勇大义和豪侠慷慨。

当听到父母在午饭桌上，向四个孩子们讲了冈本拿来支票的事时，九岁的清子心里却模模糊糊地感到在内心深处，有一种陌生而新鲜的东西在诞生。那是在自己与小冈本之间，一种迷蒙的感觉。像是责任像是义务，又像是一种神秘的友爱联系在他们之间。

当生活被局限于固定的模式中时，人们总会在不自觉地顺其而行的同时，忘记和摈弃掉作为个人应有的对生活的思考，而将日复一日的生活中出现的所有归结于无人知晓的命运安排。

循环往复的生活在流水般平淡而有序的节奏中悄悄而平缓地滑行、流逝。大人们为生活奔波、劳累、苦作，倍觉每日的时间如度年般的艰辛又缓慢，而孩子们的世界却被一个个不断涌进的新奇替换、更新、蜕变，却觉得时间如箭似的迅速、飞快。

十年的光阴，一转眼过去。

这一天，清子坐在自己房间里的写字台前，捧着书在看。那是二哥之前给她买来的新书，看着看着她不由地搁下书，揉揉疲劳的双眼，起身走到靠窗户右边墙角的梳妆台前。梳妆台的镜子里出现的她是个窈窕淑女。乌黑油亮的天然卷发紧束一把盘在脑后，敞开的前额环绕着椭圆的发迹，在奶油般白皙滑润的瓜子脸上，镶嵌着弯弯的柳叶细眉，衬托着一对明媚而黑亮的凤尾眼睛。如同象牙雕塑的高高的鼻梁下，微抿着婴孩儿一样脆红而带有曲线的嘴唇。她的嘴是闭着的，但看上去像是在笑，在甜甜地自我陶醉般地微笑着一样。

她天生高贵、文雅、美丽而恬静。

再有一个月就要女高毕业了。这意味着她要结束学业，学习家政；意味着她要结婚要生儿育女，要成为女人成为妻子成为母亲。这是世世代代沿袭而来的习惯和规矩，如同铜墙铁壁一样不可推翻不可抵抗。她不怀疑，也从没有想去探试或猜测，她不知道是应该接受那个就要展现的世界还是应该逃之夭夭去找个清闲和更自由的地方。

她素来是个十分听话的女孩儿。而且，也许在小小的年纪时历经了家里的风波之故，她早谙世事，很早便知道了去体贴和孝敬父母。她的孝敬的准则首先是听从父母。而每天能够得到父母的表扬就像老师判了高分一样叫她感到喜悦、兴奋和满足。

除此之外，她的天命似乎就是读书。她几乎泛读了世界文学名著的大部。她喜欢托尔斯泰的《安娜·卡列妮娜》，但更喜欢夏洛蒂《简·爱》书中的女主人公。总之，也不知什么时候起她开始特别地喜欢和关注起那些有着独立创新精神的、有勇气有魄力的革命女性。

完全出于一种本能，不知不觉中，她在心里塑造了一个属于她自己的世界，并清楚地划分出两个不同的自己。读书是其中一个自己。这是一个与现实的自己完全分离开的自己。读书的自己，会因为作者的充满浪漫和造反精神的破天荒地的故事而感到同情、连想甚至是同想。而一旦放下书返回到现实的自己时，她又会重新成为一个听父母话，深居闺房，不出香门一步的墨守成规的姑娘。

小冈本一如既往，放学回来就一头扎进池下家，直到晚上池下妈妈催他回家为止。

清子视小冈本好像是空气与水的关系一样，从没有多想些什么，也没有要想过什么。反倒是小冈本偶然没有按点儿来家里时，不自觉地会有些担心，免不了一时着急下楼到家里大门前的那颗大杉树下张望一下。这棵大杉树是爸爸为纪念在这里安家落户栽下的，如今已经长成参天大树。可往往是没等清子在大杉树下站上一小会儿，小冈本的身影就在路口上出现了。这样，一切也就按步就班，同平日里一样小冈本走了来，来了走的。

这一天是休息日，小冈本在上午十点多就来了。相互间随便地打了个招呼后，小冈本就照样地在靠门左侧的书架上选出书后，在写字台一端坐下来。

但今天，清子忽然感到坐在写字台对面的小冈本和往常有些不同，于是她不由地放下手中正读的书。

小冈本坐下后心中还是觉得不安，手中虽捧着书却是欲读不能读，不自觉沉浸在自己的念头中，眼睛也不由地凝视着对面的清子的方向，有些发呆。

突然间清子投来疑惑的目光，他又在一瞬间感到难堪，竟羞怯得满脸通红，不由地一下子低下了头。

“怎么啦？今天你好像有什么事？肯定是！到底有什么事啦？说一下，不好吗？”清子问。

与此同时，清子突然感到自己头一次会这样近，会这样仔细地注意到了小冈本。小冈本，眼前的他，什么时候起竟真的变成了一个大小伙子！身高几乎同大哥一样，有一米八〇好几。唇上出现黑绒绒一片的胡须，浓重的剑眉在两双大大的眼睛上方。白里透红的面颊和浓密硬挺的乌发透出书生青年的阳刚稚气。她有些怀疑，难道眼前的小冈本真的就是那个当年老爱跟在自己身后的那个老老实实的小男孩儿吗？小男孩的他又是在什么时候起变成了这样一个英俊青年的呢？

清子想到这些的同时，一阵心底的波动悠然荡起，这是一个从没有体会过的波动。波动形成一股巨大的暖流在瞬间竟冲刷泼洗全身的每个角落。她感到脸上有些发烧，手心脚心也如同被烈火燃烧了一样炽热火烫。眼睛在热火的燃烧中发出炽烈的光亮，这光亮形成一个完美的七色光环圈绕在小冈本的四周。在这多彩的世界面前她感到踌躇感到茫然又感到些许的兴奋。

"我……"冈本欲开口又马上闭上了嘴，并下意识地用上唇紧紧地咬住了下唇。

"你怎么又开始磨人了？到底怎么啦？"清子真的有些急了。前两个月小冈本的第七个妈妈卷走家中存折金银首饰私奔的事，也是像挤牙膏似的，问小冈本一点儿他说一点儿。要是他不想说的话，在一开始就别说！可他偏偏又想要跟清子说。清子真是拿他一点儿也没办法。

"我……"

他顿了一下，低着头一个劲儿地搓手。清子顺着小冈本的眼神头一次注意到他的手。他的手大而宽，白净而修长。不由让人感觉到一个雄性具有的宽厚包容和温情。清子感到在自己内心深处，瞬间有一个闪电般的欲动，这欲动如同放电一样传达至四肢的每个末梢，触动着自己的肢体运动。她真的想亲手去触摸一下眼前小冈本那双宽大而白净的大手。

“我明天一大早要出发回日本。我，我被早稻田大学录取了。明天，明天我将回国上大学。”

小冈本眼睛也没有敢抬起。他没有足够的勇气正对眼前的清子，只是低声地、一字一眼地说。

清子一愣，这是她完全没有想到的。不！不是没有想到，在小冈本报考时她就知道了，那也是他们在一起共同商量过的。如果更确切地说，直到方才为止，她并没有将报考大学离开现在的国家返回祖国当作一个现实来考虑。当这一切成为事实时，她又真的感到不知如何是好。她欲说又停下半晌说不出话来，还没待她反过劲来，小冈本突然一下子站起来，冲着清子深深地鞠了一躬。

“清子姐，多保重！”说完，小冈本头也没抬地下楼，开门走了。

清子将双手按在胸前，下意识地去安抚自己的心。就是在这一刻，清子才猛然间感到了生命的界限。她感到自己是真的成了大人，再不是孩子了。明天，自己的明天究竟在哪里？明天的生活，明天的自己将会是怎样？十八岁，十八岁的自己，迎来的将是一个什么样的生命的转折点，她在拼命地琢磨着。

与小冈本之间，似乎从小他们之间就有着无言的契合和默默的等待。这无论是清子还是小冈本，他们相互之间贯穿的生命线好像早已将他们维系在一起一样，对这一点他们坚信并毫不怀疑。

小冈本走了。回日本上大学了。从此以后他的信件就像他以往来去的足迹一样，每天不间断地出现在清子的房间里。而清子每天给小冈本写信，就像以往的清淡而自然的话题一样坦坦地铺开展现。

暑假里小冈本从日本回来探亲。临走的那天他又来到了清子家。坐了半晌之后，池下妈妈催促他回家赶快准备回日本的东西。清子送小冈本来到了大门前的大杉树下，小冈本有些依依不舍地回头望了一望跟在身后的清子，然后低下头从左前襟上摘下来校徽，停下脚步。

“把我的校徽留给你，做个纪念，好吗?”

“好哇！别那样心事重重的，好像有什么天大的事儿等着似的。”清子微笑着说，像是在宽慰着小冈本一样，她接过小冈本递给她的校徽。之后她十分坦然又十分平静地向离她远去的小冈本摆手致意。

返回房间里，清子将小冈本的校徽用带蕾丝的手绢郑重地包好后，放到梳妆台的中间抽屉里。这样，她每天早晚都能看到它了。

小冈本很快返回了学校。但不到一个月的时间里，世界局势发生了巨大的变化。中日战争爆发了。

时局越来越紧张。小冈本的大学生活的头三年与战争岁月相重叠，寒假和暑假学校搞军训都没给学生放，小冈本也没有任何机会回到朝鲜来。这个暑假是小冈本大学毕业前的最后一个暑假，但也就在这时，学校强行命令毕业班的全体学生集体参军并被编入野战部队。这支由大学生组编的野战部队，刚刚踏上中国南京战场的土地，就遇到猛烈的炮火轰击，小冈本和数十名大学生不幸被炮弹击中当场阵亡。当时的小冈本不过刚满二十一岁。

小冈本阵亡在中国南京战场的噩耗传来，给守候在家的清子带来无以言状的悲哀和痛苦。她简直无法接受这个晴天霹雳！小冈本的音容笑貌还像昨天一样历历在目活灵活现，她甚至大声咒念上帝为什么对自己对小冈本这样不公平！她无法继续打发掉留下的悲哀时光，更不知今后的自己将怎样度过没有小冈本的漫长的岁月。

为抵消掉小冈本的突然离世带给她的空前的哀伤，她更是发奋地读书。在饱和一个读书的自己的同时，她宁愿在一个无限的疲惫不堪中消灭原来的自己。

就在小冈本阵亡后的半年左右，有一天，池下一家人突然知道了一个惊人的消息：冈本因经受不了失去独生子的重击，已经得了重度的老年痴呆症，虽然他年龄还不满六十岁。

这一天，冈本穿着一条裤叉，在寒风刺骨的冬日里，“咚！咚！咚！”敲响了池下家的大门。

听到惊人般急促的敲门声，池下妈妈抢先打开了大门。看到了在冰天雪地当中，赤裸着上身光穿着一条短裤的老冈本。

“天啊！冈本，你这到底是怎么啦？”池下妈妈被老冈本的样子惊吓住，竟腿一下发软一屁股坐在门槛上。

“妈妈！妈妈！吃饭，我要吃饭！我还没吃饭呢？”老冈本吐着含糊不清的话，一个劲儿地往池下家里闯。

此时，池下爸爸和家里人听到动静都蜂拥到门前，冈本家里的那个唯一留下的老仆人也匆匆忙忙地赶到。

“池下，真真抱歉！真给你们家带来麻烦了。对不起！实在对不起！”老仆人一个劲儿地给池下赔礼道歉，并上前拽住了老冈本。

“战争！都怪这战争不好！造孽呀，战争是在给我们老百姓造孽呀。我们当家的，从他儿子战死以后，就一天不如一天的，糊里糊涂乱七八糟地过日子。刚才明明才吃完饭他硬说没吃，真是没法子！没法子啊！”老仆人边用围裙擦着泪水边将老冈本连拖带拽地搀回去了。

看着老冈本变成这个样子，池下边搀起坐在地下的妻子边叹到：“这是什么世道？就苦了我们做百姓的。什么时候政府能为我们这些老百姓想一想啊?”

没有多久，老冈本被日本政府遣送返回了日本，并被送进了老人院。在那之后不久，老冈本就带着谁也无法祢补的痛苦离开了人间。他那阔气一时的乳白色的小洋楼也被日本政府拍卖掉，转眼成了一个外国领事馆的宅地。

也不知过了有多长的时间，生活才开始慢慢地逐渐恢复了以往的平静和有序。清子除了每天帮助父亲做些财会计算工作以外，她还是一如既往地读书，拼命地读书。读书使她进入到一个超现实的境界中。在这个超现实的自由自在的世界里，她可以尽情地驰骋在想象的空间里，无边无际地游荡，尽燃青春的火焰，以此来忘掉真实的生活所带来的种种的忧伤和悲哀、孤寂和思念。

但生活的程序不会因为她自身的克制而停止而消失。不得已的她在父母的包办下进入到另一个人生的必然的程序当中。

两年以后，清子坐在这间不是她的娘家，应该称是她的婆家的房间里。

她结婚了。是所谓门当户对的介绍婚姻，是不情愿又是不得已的。因为这一切都是世世代代沿袭而来的规矩。她不愿违背父母的意愿更不愿不听从父母的所言。

直到结婚的当天晚上，她头一次看到了这个应当称作是她丈夫的男人。

他叫福田。说起福田一家的势力，正如清津市的头号大银行老板说的：如果福田家抽掉银行帐户的话，我的银行第二天就将倒产。

福田家是一个大财阀。而清子的丈夫虽然在他下面有几个妹妹，但他是长子又是独子，按照日本战前的规矩来讲这便意味着她的丈夫是全部家产的唯一继承人。

这个家果真是富丽堂皇，光是佣人就有几十人，更别说门府占有的土地面积了，真叫世人刮目相看。

福田是个典型的纨绔子弟。他自小生活在奢侈腐化游手好闲的环境里，他不知自己的亲生母亲是谁，在他不知世事的年纪起就开始了花天酒地淫乱无道的操行。

他，中等身材，有着一张漂亮的麦黑色的脸。大大的深陷的眼睛埋在浓密的睫毛和眉宇下。在他那标准的东方美男子的脸上，明显地表露出高傲的冷漠和做主子的专横。当小他四岁的清子在他的眼前出现的那一刻起，他便自觉地感到了强烈的震动：眼前的美丽的姑娘，难道她会是我的妻子？她那清澈的双眼透露出的纯洁无垢，已经展示出她是乌七八糟世界里的出水芙蓉，让他自惭形秽。他接受不了与清子的巨大差异。本能的嫉妒和劣等感混合交织，在福田的内心强烈地作祟，促使他在与清子过了一个新婚初夜之后，就离开了清子的房间，从此飘荡在外，挥霍无度，再也没有回家来。

偏偏就是这一夜的新婚生活，清子有了身孕。并且她十分顺利地生下了一个健康的男孩子。就在分娩之后的第二天，她再也受不了福田的这种浪荡不羁和不负责任。她放下正哺乳的婴孩，挣扎着从产床上爬起来，穿过了福田大宅的一间间大厅，鲜血顺着她的脚步不断地流淌，好不容易在后花园的洋楼里找到了她的丈夫。此时的福田正浸泡在一个霓虹灯笼罩下的，充溢着怪离异香浓味的洋式大浴缸里。浴缸的水面飘荡着朵朵鲜红的玫瑰花，有几个裸女正在为福田按摩洗浴。

拉开雕花玻璃的浴室门，见福田此景，清子下意识用力咬紧了嘴唇。她接过仆人递给她的蒲团，端端正正地放在浴室门口的正中，然后她规规矩矩地跪下，深深地埋下头鞠了一躬。此刻，她感到身体的鲜血在不停地涌出，如同内心愤怒的火焰一样染红了蒲团，染红了身旁的大片地板。

“福田！丈夫，我希望你看在你的妻子的面上，看在你那刚刚出生的儿子面上，立即收敛！马上回家。”她用颤抖而响亮的声音一字一句地对着浴缸内的福田说。

此时的福田先是一楞。但很快他内心的清高和孤傲立即沁满他那大大的深陷的双眼，他闭上了眼睛连睁都不愿睁开一下，用那长长的纤细的左手对着清子轻轻而懒散地挥了一下，随后是他周围的裸女们发出的尖尖的、刺耳的、嘲讽一样的大笑。

这阵阵钻心扎耳的笑声，在清子的耳中演化成一群妖魔般的鬼哭狼嚎。如果不是还有本能在控制自己的话，清子简直就要疯了：这也是人？连亲生的儿子连新妻都不屑一顾的人，对他还有什么期盼和等待？还可能有圆满的生活？还可能有同生同死的同床梦？他纯粹是个流氓！周围是一帮娼妇！

但，一个声音似乎又在她的耳旁悄悄而谆谆地告诫着她：忍吧！认了！这一切都归结于命运！归结于无人知晓的上帝的安排！

当清子拖着蹒跚的脚步好不容易摸回自己的房间，看到露出襁褓的刚刚出生的儿子的脸上，那小小的唇好像在吸出母奶一样发出轻轻的吧嚓吧嚓的声音，一个活生生的生命突然像是给内在的自己一个不能压抑不能克制的激动、愤慨和不平。一个真正的自己在痛苦的漩涡中挣扎着呐喊着，既然不被爱为什么还要强求去爱！砸碎一切桎梏，撕下一个装饰的华贵的自己。她再也忍受不了！她毅然抱起了孩子，拖着一个刚刚分娩后的身体，踏着冰凉的冬雪回到了自己的娘家。

在那间那么熟悉的女儿房里，梳妆台的抽屉里依旧摆着那枚用蕾丝手绢裹包的早稻田大学的校徽。她想小冈本，多么想同小冈本再说上一句话哪怕就是一句。那天，也就是在那一天，小冈本由日本回来，在家门前的大杉树下留给了自己这枚校徽作纪念，当时的她还在笑小冈本有些过于心事重重。谁知就这样，小冈本再也没有回来，并且他是永远地不再回来了。

清子拿起那枚校徽按在胸前，不由地失声大哭起来。她悄悄地下了楼来到娘家门前的那棵大衫树下，这里是她过去一直送别小冈本的地方，也是他们最后分手的地方。她将校徽拿出来埋在大杉树下，并合起双手默默地对着大杉树说：永远成为我与小冈本的见证吧！永远！

同时，她感到了内心的自己，已经随着四处响起的炮火在崩溃、在哭泣、在分解、在撕裂。

两个月以后，清子在大哥的陪伴下抱着儿子又返回了福田的家。

战争从来是残酷无情的。

战争如同一个无形的炸弹，在将一个封闭的古老王国摧毁的同时，也给生命一个重新创生的机会。

1945 年，战火不断地向邻近国家蔓延，不到数月的时间，其烽火已燃烧到朝鲜半岛。七月日本制铁清津钢厂遭到轰炸，战争的矛头已准确无疑地指向清津。

清子在福田的大豪邸里孤独地守着她那将近三岁的儿子，过着寡淡而无意义、琐碎而千篇一律的每一天。福田从结婚初夜之后就再也没有回来过。清子本来生性清高习惯了沉浸在自己的世界里，所以对眼前的一切本能地淡漠，强制自己慢慢地习惯这种生活模式。虽然每天在三餐和打扫房间的时间里有几个仆人来，但清子与她们除了礼节性的交往外始终没有任何语言，除了儿子这里几乎没有生息，没有人来打扰她也没有人来烦她。清子本身不多事也不愿去管事。她想：反正既然命运安排我该如此的话，一切就随其自然吧！我和儿子有块生存的土地和空间就可以了。厉害的婆婆正是一手当家之时，正巴不得有清子这样的儿媳，既不与自己相争又无心去搅和家庭俗事，所以每天三餐给清子娘儿俩安排好，也就不再过问了。

中日战争的炮火以风驰电掣的速度全面延伸到朝鲜半岛来。朝鲜半岛的人民在金日成等革命领袖的带领下，开始了全国范围内大规模的抗日运动。清津市的反对外来侵略者的火焰开始熊熊燃烧起来。

有一天，将近三年多没回过家的福田突然风尘仆仆地赶回来了。他那当初闪光耀眼的麦黑色的脸，布满了几天没刮的连腮胡须，蓬头垢面的像从哪个山庄跑来的老农一样。尽管这样，他站在清子面前时还是照旧地耀武扬威地大声嚷着叫着，让清子立即收拾行装带上孩子一同出去逃难。

孩子紧紧地拉着清子的衣襟，清子背着大包小裹跟在福田的后面慌慌张张地走出福田大宅。清子此时才发现外面的世界早已是混乱一片。蜂拥的逃难大军正源源不断地在大路上挺进，吵闹喧嚣呵斥的声音与隆隆的马车战车混合充斥在昔日安宁的小城上空。蔚蓝的天空瞬时乌云盖顶，大地上蠕动着成千上万的被灰尘笼罩的人群。

他们一家三口不由分说地涌进逃难大军的行列中，与滚动的人群没日没夜地向前方走去，没黑没白地移动。

八月九日，苏联红军打进朝鲜半岛。自 1910 年签订《日韩合并》以来，受到日本殖民主义者三十六年统治的朝鲜半岛的老百姓起来造反了。他们愤怒地将来自侵略国的日本人，大高利贷者的豪邸烧毁，并将其全家杀光。那个高利贷者就是当年借给池下爸爸轮船的债主。

日本女高的吉久老师，当年清子的班主任老师，首当其冲，率领学生集体反战，被日本军警扣押遣返日本并被投入监狱。

清子的三个兄弟都被先后征兵走了。

大哥身高 183cm，由于个子太高，军队里没有合适的现用军服，因为被一个鲁莽的长官当场从军队赶出。他在匆匆逃往回家的路上被家里原来的一个朝鲜人房客搭救，那人让他换上朝鲜服，并帮他搭上赴日的轮船返回了日本本土。

二哥由于高度近视没被部队接受，随着公司的留守人员一同返回了日本。

小弟弟才十六岁就被征兵走了。还没上战场就当了苏联红军的俘虏，并被流放到西伯利亚去了。在流放地，一个年轻的负责体检的苏军女医生，十分同情这个会说一两句俄语的傻气的日本男孩儿。于是，将他的体温计倒甩，谎报他是结核病患者将他遣返回日本。

已是七十年高的池下老夫妇，带着四个孙子和怀着身孕的大儿媳妇逃难。由于平常待当地的工人情同手足，因此得到了朝鲜人冒着生命危险的保护，顺利地坐上了回国的轮船。

清子一家三口人随着逃难大军不知走了多少天，也不知逃过多少个生死炮火线，好不容易越过图门江涌进了中国的领土上。也就是在这一天，1945 年 8 月 15 日，日本宣告投降。清子和福田带着孩子同这支逃难大军一起被送进辽宁省义县国际红十字组织的难民营里。

被用来临时做难民营的地方，据说曾是这里一所女中的校舍。

在这所拥挤不堪的难民营中，每个教室每间房子都挤满了人。水泥地上紧巴巴地并排放着一条条床垫，每条床垫就是一家的居住点。大家脚碰脚头碰头地混住在一起。大大的房间里只有一盏昏暗的灯泡像只萤火虫高高地悬挂在正空，孩子的哭声，老人、病人的呻吟声，男人的喝叱声，充斥在堆积的狼狈不堪的人群和恶臭满盈的房间中。

清子借助昏黄的灯光，将搭在儿子额头上的那块肮脏的小湿毛巾替下来，放在炮弹壳盛的水中，拧一下又放回到孩子的额头上。接着她又试图将福田额头上的毛巾也换下来。就在她的手碰到福田额头的那一瞬，福田极其厌恶似的一手将额头上的毛巾撇出去好远。清子默不作声抽回手，四面环顾一下小心地站起来，悄悄地拾起毛巾扔进盛水的弹壳里。

难民营里流行脑炎，福田与儿子都被传染上了。连着几天发着莫名的高烧。

福田忽地又睁开他那糊满黄眼屎的血丝眼睛，一动不动地盯住着清子：

“放上！把毛巾放上！”他大声地带着鄙夷的命令口气命令着。

此时的福田再也控制不住了。就像他在与清子的新婚之夜一样，他接受不了一个这样纯洁无垢的女人！他从小不知道谁是自己的亲生母亲。在金钱堆积的花天酒地的生活里，不谙世事未成年的时候，他已被那些花楼女人们教唆了。成年之后金钱为他的人生开了绿灯，名流的高中大学他一路顺风地走过来。在出身书香门第的少爷们面前他曾感到自愧不如，想到过要重新做人。但是一旦回到家回到他那金钱浇筑的宅院，他又像被蜘蛛网粘住一样身不由己。当清子纯洁无瑕地出现在他身旁时，这种不由己变成了自卑和嫉恨，加上生性懦弱也就更加速了他的自我摧毁。他的内心不容忍在清子的怀瑾握瑜的高贵前，自己龌龊的存在。更不用说，眼前的清子是那样健康完美，仿佛是在嘲弄疾患的自己一样。这一切更使福田的心扭曲、抽搐、反抗。

见福田这样蛮横不讲道理，清子紧紧地闭着嘴，默默地依从了。福田一个大翻身转过去。谁知就是他的这个大翻身，鲁莽而沉重地压着了身后睡觉的儿子的手，儿子立刻发出了哼哼的哭声，于是清子又立刻小心翼翼地将孩子的手从福田的背后一点点地拽出来。

同时，当她的眼中看到福田那张被病被怒所扭歪的肮脏的面孔时，当她的耳中听到福田那充满蔑视、充满侮辱的声音时，清子的心在猛烈地颤抖，在痛苦地痉挛。一股不可抗拒的愤怒如同火山下的岩浆在屏住着呼吸，等待着一个空前的大爆发。

内在的精神痛苦折磨着清子：侮辱人！凭什么侮辱这样无辜的人！为什么我会同这样的人成为夫妻？现在的我甚至都不能容忍感觉到他的呼吸和他的存在。不错！是他把我推进了夫妻之门，从那一刻起我如同置身老林一样迷失了方向。以后，我顺着他的藤一点一点地走出来。当我理清一切时我才真的明白了，面前其实有着千万条藤，这万千藤不应是禁锢和被禁锢的藤。

正像安娜·卡列尼娜宁肯走向自绝也绝不屈从传统一样，埋藏在清子生命底层的动力开始了活动。

在混混沌沌的思索中，疲倦的清子蜷蛐着身体横亘在孩子的脚下睡着了。

清子睡得很沉很沉，似乎睡了并没有多大一会儿，她突然感到膝盖一阵剧烈的疼痛，让她难以忍受。猛一睁眼她看到福田摆出一副怒不可遏的面孔正用脚使劲儿地踢着她的膝盖。

“快起来！快起来！”福田在大声地喊着，口中发出高烧患者特有的臭气。

清子懵了！她简直不敢相信眼前踢她的人竟是她的丈夫。她有生以来还从来没有人碰过她一下，她感到心在发抖。

“去！赶快起来。别磨蹭！打扮一下。看着没？多去陪陪管难民营的那些当兵的，弄回点儿吃的，再弄回点儿药来！”他气喘喘吁吁并有气无力地命令着清子。

听此，清子有些怀疑自己的耳朵。她真难以相信眼前说出这种粗俗话的竟是自己的孩子的父亲。

“听着没有？别白瞎了你的脸蛋儿！拽住点儿当兵里的大官儿，弄些好药回来。”福田嘟嘟囔囔地又加上一句，停顿了一下，向清子扫来一眼既窝囊又卑劣的目光。

清子感到自己的心凉了，死了。在那一瞬间，理智已冷静地告诉她：福田其实一开始就没有将自己当作妻子。从一开始他心目中就根本没有妻子。他能够在逃难前赶回来并不是为了妻子而是为了儿子！不是爱儿子因为他根本没有爱，是因为儿子作为一个继承者的符号迫得他回来。如果对他抱有期待就等于自我欺骗，因为在福田的内心除了他自己以外本来谁也不存在。

她有些激动又有些伤心，为了掩饰这一切她先是默默地揉了揉膝盖，然后将盖在孩子身上的军毯掖了又掖就站起身来，用双手将纷乱的头发用力地拧成一个团儿扣盘在脑后，匆匆地用弹壳里的肮脏不堪的水在脸上洗了一把以后，连瞥都不瞥福田一眼就走出教室。

在通往学校大门的光亮处，清子看到一队队身着军服的士兵不停地走过去。

清子脑袋里一片空白，不知道应当找谁和应当怎样去做什么。昨天，在福田家的豪华大邸中，高大的围墙已无形中将她与外面的世界隔断。压抑已久的内心的痛苦不断地鞭挞她的自尊，委屈、受辱的眼泪串珠般地不断顺着她的面颊流淌。她想离开难民营，想从福田这里逃开。虽然她在心里不断地为自己的所有在做着无尽的辩解和诉说，但同时，在内心深处有一个模糊的期盼隐隐约约闪现，具体是什么她也讲不清，但在朦胧中这种期盼和等待似乎在不断生成、放大。

她就像一只惊恐的小鸟，被粗鲁的男人踢醒，又在耻辱和恐惧中，走出教室，向难民营的大门毫无目标地走去。在这一刻，她真想一下子飞出这个充溢着恶臭的窝，永不回头！

外面是晴朗的天。阳光强烈而明媚地照耀着整个世界。清子站在难民营门前，她身着深蓝底儿、白竖条的紧腿紧袖的自由装，这套服装是母亲为她亲手织布和缝制的。母亲对送给她这套衣服的二哥捎话说：一旦发生什么大事时，千万记住不要穿裙子！现在的她不由地眯起她那黑黑的、弯弯的、迷人的眼睛。用手遮住炫目的光亮，定睛瞅一下外面的大世界。

在灰土飞扬喧嚣紧张的沸腾当中，人们川流不息比肩接踵地奔跑忙碌着。到处是伤病员、士兵、救护人员和逃难的人们。难民营对面是一座坚固的图书馆建筑物，建筑物的大铁门前有棵巨大的槐树，槐树下端的树干上绑着一面白底红十字的旗，像是临时医院。离槐树不远处站着守卫的士兵。军人、医生、护士抬着伤病员不断地走进走出。于是，清子本能而机械地走向那里。

清子走到医院的门前，门卫的犀利的双眼和长枪像是对准自己一样令她不由得胆战心惊。她徘徊再三想进去又犹豫不敢进去，于是她索性站在医院的大铁门前毫无目标地等待。看着人来人往，在那里不知所措地等待着。

一群人簇拥着一个年轻而气派的军医长官从医院里走出来，门卫对着军官敬了个军礼并大声地问候：

“院长，你好！”

军官象征性地回了一个军礼，军官看上去十分英俊，随着簇拥的人群走出铁门。

本能，清子完全出于本能，她一个箭步跑上前去，拨开簇拥的人群大胆地冲到这名年轻军官的面前，用手拽住院长比比划划地说："救救我的孩子！救救我的孩子！"

她不知军官听懂了没有？但她拼命地尽自己的全力在央求着、诉说着。

警卫此时突然发现了清子，立即一步冲上前试图抱住清子的双肩。

军官叫普昌，虽年仅二十四岁，但他已是国民党第四野战军部队军医院院长。他对清子突然的举动感到一惊，不由地停住了脚步，同时用手挡住警卫的举动并示意警卫退下。他的性格决定他要认真地听清子讲。他不懂清子的话，但从清子焦急的面孔上他明白了她的意思。也就是在他拼命地去理解清子的意思的同时，在一个微妙的瞬间，他的视觉焦点与清子神奇地合二为一。一股不可抗拒的力量使他对眼前的这个少妇产生了莫名的兴趣，这促使他不由己地跟随着少妇一同向对面的难民营走去。

清子永远也不会想到自己的命运就在这短暂的一刻得到了实质上的永远改变。并且在那以后发生的事情又是如此的奇特、如此的迅速、如此的必然。

清子带着普昌给福田和孩子看病，清子去医院取药。看病、取药，普昌巡诊，打点滴开药，一去一来，来来去去。清子的脚步在医院和难民营之间频繁而不间断地悄悄响起，她那丰满而婀娜多姿的身影也叫卫兵们渐渐熟悉起来。

清子的脸上开始泛起兴奋和愉悦的绯红，她的眼睛开始闪烁出炽热的光亮，显得她如同一个美丽的画中人姗姗走向人群。她非但不感到疲劳，反倒感到一种无形的吸引力紧紧地拉住了自己，让她不自觉靠近。有时她会感到自己像是突然被卷进一个激情的旋涡，不停地被旋转，不能自拔地被巨流推动向前。

孩子恢复了健康，开始每天活蹦乱跳地跟在她的身后进出医院。

福田也从脑炎中解脱出来，渐渐地恢复了体力。

这一天，清子还是照旧去了医院，为儿子和福田取药。但是当清子返回到难民营时却意外地发现福田带着孩子不见了。

清子有些发慌，慌张中带有害怕、恐惧和不安。在不安之中却又埋着一种奇妙的感觉，这是一个未可知的冲动和兴奋，是针对一个早应该预料而没有计划的结果的发生。

清子慌乱地顺着难民营的四周来来回回地呼喊着、寻找着、奔跑着。

此时的她感到脑子里一片混乱、一片苍白。

她挪动着紊乱的脚步无意识地疯狂般地奔跑着。她的脑海里出现了儿子，想到儿子的那双胆怯、神经质的大大的眼睛，就好像那双眼睛里现在正浸满着汪汪的泪水在怯懦地盯住自己，在召唤着自己，在牵动着自己，不！哪怕我有千百个想离开福田想离开难民营的念头，但我绝不想扔下我的儿子！儿子是我生命的一部分！正像孩子不能没有妈，当妈的也不能没有孩子。她的双腿已麻木了，但她照旧疯狂地向前跑去，她撕破喉咙般大声地呼唤着儿子的名字，她不能没有儿子！

一瞬间，在疯狂地寻找儿子的身后明明白白地又浮现出了福田的身影。那是福田的一双充满着鄙夷、嫉恨、无能又猥亵的眼神，她突然又感到这双眼神从来没有间断地盯着自己，像毒箭一样直射心中，使她癫狂使她悲哀使她再也没有勇气去寻找失踪的他们。

她的双腿开始变得沉重。她不禁停下脚步，抚摸了一下浮肿起来的双膝，依偎在眼前的老槐树下。也不知跑了多少个来回她又回到了难民营对面的医院前，医院前的这棵老槐树下。

夕阳，逐渐消失在大朵的、灰茫茫的云雾中。淡黄而圆圆的月亮像一面金色的镜子反射人间，带来安详和平静。白天一片哄然吵闹的路面上已悄无声息，只偶然地传来伤员的呻吟和孩子们的一两声哭声。

清子在老槐树下靠了好久好久。脑袋和全身像麻木了一般僵直硬挺。她不知自己在想着什么，也不知应想什么和做什么。眼前只觉得一片空白，空白的连点儿痕迹也没有。在空白的边缘像有道射进来的光亮，那光亮似乎有着不可抗拒的力量在吸引着她靠近，吸引着她接受。突然，她像是猛地从梦中醒来一样，转身径直地向医院的方向走去。

普昌巡视完整个病房，回到自己的房间脱下白大衣正准备坐下写日志，忽然，他听到门响。打开门，一眼看到了满面泪痕又神情恍惚的清子，不用说他一切都明白了。他将清子让进房间，然后将门关上后，走向清子，将清子紧紧地搂在怀里，好像在用他的全部心身去安抚去温暖一颗受伤的心。他将脸靠到清子的耳旁，轻轻地说：我们结婚吧！

清子感到如同一片火在全身心燃烧，她将头牢牢地偎在院长的胸前，一动不动。模糊中她感到院长的大大的手在抚摸着自己的背抚摸着自己的脖颈，她感到全身都融化了，融化在一片灼热的火海中。在这熊熊燃烧的烈火中，她忘记了流动的时间，忘记了大天大地，忘记了悲哀和痛苦。她感到世上的一切都在滚烫的燃烧中消失得一干二净无影无踪，只留下灼热的情愫。她不由地用左手指伸向院长的嘴，她想要触摸这一切看看到底是不是真的。清子手上的金属硬物好像是碰到院长的唇，那是左手中指上带着的福田家送来的结婚戒指，一个金黄色的、硕大的金戒指。普昌本能地松开清子，抬起手把住清子的左手看了一下，然后慢慢地十分小心地摘下了清子左手食指上那颗硕大的金戒指。

普昌手中拿着那颗硕大的金戒指，走到身后的窗前，打开窗户。夜已深，外面是黑洞洞的深不可测的黑暗的世界，在这无底的黑暗中隐约地可听见遥远的一两声枪声。普昌用力地将那个硕大的金戒指撇向这无底黑洞。之后他默默地对着黑洞——那里曾是昨日的战场——无声地行了一个军礼，稍许停留后他转过身来又将清子紧紧地拥抱。

这一天的夜晚是这样的安宁、这样的平和、这样的令人心醉的甜蜜。

清子和普昌在部队医院里举行了一个十分简单的结婚仪式。

今天，清子坐在这间她已经逐渐熟悉起来的房间里。这儿是军队医院所在地的一套房间，她坐在靠墙角一端的沙发上，沙发是草绿色皮革的，上面套着洁白的蕾丝沙发套。一缕强烈的阳光透过洁白的沙窗帘柔和而温暖的光线铺满整个房间。一尘不染的四壁，洁白的床单，墙角落里的小桌子白色台布上摆放着一盆花，那是一盆君子兰，现在正是鲜花盛开的季节。金黄吐红的花瓣映错在阳光中，显得那样娇柔、多姿、阳刚、美丽。

一顶校官的军帽端端正正地挂在进门右侧墙壁上，好像在清子头一次走进这间房子时，普昌的军帽就板上钉钉地进门顺手挂在这里。

有人在敲门，是警卫员。看他那敦厚的唇，羞涩的眼，就像个没有长大的男孩子。

“太太，这是您的早点。不知还有什么吩咐?”警卫员涨红着脸问，并老老实实地挺立在进门的右侧。

清子摇摇头。她听不懂他的话但她明白他的意思。

普昌从里间走出来。

他的身份是国民党第四野战军医院少校军医。当我们正式注意到他时，就可看出普昌实际上非常年轻，有二十三四岁的样子。在他那端正而英俊的四方大脸上，浓重的两道剑眉下是一双相当有神的黑亮的大眼睛。如果不是他的敦厚的方口显得过于温和的话，他简直就是一个标准而地道的法官相。

“长官，您早!”卫兵对着普昌打了个军礼，然后顺手拿过普昌的军包，普昌拿起挂在墙上的那顶军帽走到清子的身旁。

“有什么事叫他就可以了。”他边用手指了一下警卫，边告诉清子。

清子点点头。

普昌十分麻利而迅速地出去了。

清子简直就不敢相信！几个星期前还在难民营中的自己今天会坐在这里？虽然远处时不时地传来炮声和冷枪声，但就是这样，与那吵吵嚷嚷又拥挤不堪、肮脏透顶的难民营相比，这里简直就是天堂。这个军队大院就像一个与战争无缘的世外桃源一样，安静、干净而和平。

她不敢相信！她真的与那个她恨又不敢恨的福田永远地分开永远地无缘了。她怕！怕福田有一天还会突然出现。她担心！担心那双傲慢、蔑视、侮辱人的眼睛像把无形的箭时刻在瞄准着自己瞄准着普昌，这所有的一切就像一张无形的网无形的陷阱在那里张大着口等着她跳进去一样，令她常常想起就不由地心惊胆战毛骨悚然。

自己的内心并不平静。她在想：与福田的五年的夫妻生活究竟意味着什么？福田对我来说究竟是一个什么样的存在？无疑从福田一开始对我的侮辱轻视，就已经向我显示：我的存在不过是养儿育女的工具。而我自身的天真和无知，在历经漫长的忍耐后，才醒悟，丈夫家庭夫妻，并不是一个永不可摧的组织。也许有一天人们会说：清子作为一个有夫之妇不应再去寻找和接受爱。那么，就是说作为丈夫的可以为了自己的生存任意出卖妻子肉体，丈夫可随意谩骂无视凌辱妻子，而因为是妻子就必须要忍耐？不！那是历史中要求的女人。我，清子，根本没有任何必要去做形象和标记的存在！我是一个活生生的有血有肉的知识女性。我要求着我一定要成为一个内在和外表统一起来的女人。不需要掩饰，不需要虚伪，更不需要做充斥荒唐的门当户对的牺牲品。

清子成了部队医院院长的夫人。成了一个普通的中国人的妻子。

她和普昌之间没有相同的语言。清子不懂中文，而普昌更不懂日文。可他们却相通了。就是这样简单，好像生活本来就是这样安排本来应该如此一样地开始了。

当这天清子还是坐在墙角的那个沙发上，在暖洋洋的日光照耀下，慢慢地进入了一个甜蜜的梦乡中。也就是在这时，一阵急促的敲门声使她从梦里突然惊醒。

打开门一看，是警卫员领来了一帮老太太，老太太们看上去都是最典型的中国农村劳动妇女，穿着黑色和灰色的手工大襟衣服，后脑袋上梳着疙瘩球。放大的小脚上穿着手工做的三角开口黑布鞋。老太太们的身后还跟着进来了一群战士。

他们一进屋，连同警卫员一起扑通跪倒在清子的面前。

“太太，求求您啦。”他们不约而同地对着清子磕起头来。

清子大吃一惊！九岁时家里曾发生过的高利贷逼债的场面

好像突然再现一样，她的双腿禁不住猛烈发抖起来，心砰砰砰地跳个不停，禁不住大声地用发颤的声音说到：

“求求你们，求求你们！不要这样，不要这样！有什么话尽管对我讲，不好吗？”边指指划划地解释着。

警卫先站起来，边搀起身旁的一个老太太。老太太满面泪水哽噎着说：

“太太，求求您家的长官，叫他们放了俺的儿子吧！”边拍着身边的警卫，看来她是警卫的母亲。

在警卫员母亲身旁的又一名老太太，突然拽过身旁的士兵，解开他的衣服前襟，能看到里面被鲜血沁透，伤痕累累的。

“看看我的儿子！他还不满十六岁，就被国民党兵抓去当壮丁了。看这浑身被打得没一处好地方！俺家没有钱不能把孩儿赎回来。只看太太面善，帮帮俺们的忙！”说着，老太太和警卫连同这一群人又跪下，又开始不停地磕头。

清子急匆匆地扶起她们，并点头说已经明白是怎么回事了。表示自己会尽全力去帮助他们。

老太太临走前感动地上前来一下子把住清子的双手，抖索着继续说：

“俺们问了几个当官的，他们不管我们不说还把我们给撵出来了。好不容易听说院长夫人是日本人俺们就来了。果真是对了！日本鬼子可恶，可坏了！可日本娘们温柔着呢，心可善着呢，看您可不真的就是那样。”

晚上，普昌回家一眼就看出了清子满脸焦虑，急忙担心地问清子究竟发生了什么事情。清子将白天里警卫员的母亲和那些老太太来家里的事，一五一十地、用尽她的所有的表达能力述说着、解释着，并再三地恳求普昌一定要帮帮他们。

两天之后，也是在接近中午时分时，一群人又敲开了清子的房门。这回全是农民打扮的小伙子和前几天来的老太太们。

“全亏夫人帮忙！谢谢您的当家的。没有院长的帮忙俺这孩子咋会脱下军装？俺们永生永世忘不了您。您是世上顶好的人！”带头的老太太含着眼泪说。清子认出她是警卫的妈妈，她身旁的正是脱了军装换上农民装的警卫。这回儿清子才真的看出警卫员原来就是一个毛头孩子。然后这群人又是一阵磕头，这次他们是带着深厚的感谢之情，高高兴兴地告辞走了。

清子不完全明白是怎么一回事。但有一点她十分清楚，她亲手帮助了人，这些看上去是极穷的人。是她帮助他们脱下了军装和他们的母亲们团圆。同时，她也感到了一种很甜很甜的成就感，那就是她重新认识到了一个人，普昌，也就是今天自己的丈夫，他和自己同样有颗同情人的善良心。

她感觉到一条无形的生命线已将她与普昌紧紧地结合到了一起。

清子与普昌的大儿子诞生了，是在普昌的手术台上由丈夫手下的护士长接生的。

从 1945 年日本宣布投降以后，以毛泽东为首的八路军和以蒋介石为首的国民党开始了激烈的国内战争。1948 年的辽沈战役已奠定了共产党夺取全国胜利的基础。

前线的时局越来越紧张。普昌几乎每天都通宵达旦地工作在前线手术台上。对他来说工作、手术已经没有时间上的计算。不分白天、黑夜，除了伤员就是伤员，他自身也是将治病、开刀、动手术、救人当作自己的天命一样完成。他几乎不回家，但他不忘记叮嘱警卫要照顾好清子。

陪伴清子的是儿子和几个轮流值班的警卫。

“太太，今天我教你做山东菜怎么样？”

这次的警卫员比以前的岁数要大得多。他做饭做得非常好，常教清子做饭。

“唉，但不要勉强啊。昨天你教的我还没完全记住呢。”

清子笑眯眯地回答。

警卫员听了清子的回答，点点头。他对清子的中国话一半听得懂一半只是猜。

“普院长对我说要给太太多调些花样，那我就多教你一些种类的好啦。说起山东菜有个特点就是辛辣味儿非常强，主要是在爆锅时用花椒和大料。并且做炖肉非常好吃，用炖锅将肉放到里面，对上大料、酱油、白糖、酒，一炖大半天，稀软稀软的可好吃啦！”

清子边用围裙擦着湿漉漉的手边说：

“想起来都感到可笑！我和普昌结婚的时候连火柴都不会擦。”

说到一半她不由地停下。她突然感到自己变了：以前的那个从不爱说话，从来是心惊胆战地注意周围，极力迎合周围的自己，曾几何时像只快乐的小鸟一样走进鸟群，叽叽喳喳地知道抒发自己啦。

真的，清子感到从未有过的精神上的轻松。每天眼看着儿子长大，儿子有着和普昌一模一样的面孔。大大的黑眼睛，红红的小四方嘴，乌黑的卷发。每当她看上孩子一眼就总忍不住要搂起儿子来亲了又亲。当孩子那稚嫩的皮肤和急促的喘息贴近自己的面颊时，她感到了人生最大的幸福和圆满。孩子可以让她忘掉所有的不快，忘掉所有的不幸。

在清子的清瘦苍白的面颊上又开始出现了淡淡的绯红，她那脆红的带有曲线的嘴，半笑半抿更给人醉意般的妩媚和眷爱，加上她那高大而丰满的少妇特有的体态更使她显得格外的高贵恬静、端庄美丽。

自儿子出生以来，清子变了。她不再像以前那样害怕，那样恐惧，总是惟恐有一天福田会出现在眼前夺走她现在的一切。她感到在儿子诞生的同时，一个新型的清子也在生成，她感到以前的所有好像一下子全部消失，并且是消失得干干净净。

蓝似碧玉的天空上，金灿灿的太阳温柔而无私地将光芒全部撒向人间。大地的所有在阳光的照耀下，呈现出千姿百态，光彩夺目的样子。

普昌的家里，不停地传来婴孩儿的笑声和清子的缠绵的低声细语。警卫员教会了清子做饭、做菜。她沉浸在这干净、和平、整齐、有序的环境中，全心尽力去倾注她的做人妻和为人母的爱和情。在慢慢流淌的时间中，对至今不知去向的老父母的牵挂有时会给她带来多多少少的不安和焦虑，但由此又自然地使她联想起福田，想起她与福田的儿子。大儿子的那双胆怯、忧郁而神经质的大眼睛，就如同一个灰色的影子笼罩住她的所有的念头，使她又回到悲哀、寂寞、空旷的思念和自责当中。于是，她索性干脆不去想。好在这里每天的异国语言、异国人的生活，为她的这种本能的回避创造了最好的客观条件。

将近秋冬之际，突然连着下了几天的暴雨，对于这个季节的东北来说，这种天气现象是历史罕见的。电闪雷鸣，大地河川在沸腾在吼叫，仿佛在向世界预告着一个翻天覆地的变化就要来到。

在城市的附近突然开始响起猛烈的枪炮交战声，其中夹杂着人们的吵嚷和混乱的脚步声，这种喧嚣持续到后半夜之后，是死一般的宁静。在这宁静的黑夜中，城市中的所有的人都在睁大了不眠的眼睛，惊恐地警惕着窥视着意外的发生。

几天以后，清子抱着她的刚满六个月的儿子，懵里懵懂地和国民党部队大院里的所有家属们，在一队解放军士兵持枪的护送下，经历了几天的长途列车的颠簸，来到了东北笔架山劳改农场。

清子不懂人们在讲什么。但有一点她明白，她和丈夫连同孩子以及周围生活群的人们都成了解放军的俘虏。

生活一改原貌。

这里是冰天雪地。蓝天似乎冻成灰白，太阳似乎冰成淡黄，阳光虽然和煦如旧但并不温暖。树梢连同周围的房屋、山巅、大地都被裹抱在冷冰冰的雪的世界中，像封冻了一般。

位于农场中心处有一幢大大的平房，用来作大会议室和俱乐部活动的。这座平房是用红砖和黄泥垒起来的，可以说在农场的建筑物中这是最结实的，因为其他的平房几乎都是光用土坯子垒起来的。

这支近百名被押解的国民党俘虏的队伍在抵达这里的第二天，农场的大喇叭开始响起：集合全体职工和民工到大俱乐部里开会。

稀稀拉拉堆聚一起的职工和民工及家属们集合在俱乐部里，嗑着瓜子说着家常话，闹闹吵吵一团。

在俱乐部的后面，排列着一排排的土坯垒的房屋，房屋几乎一半堆在泥土当中像是马上就要倒塌了一样。俘虏们按家庭分别住在每间平房里。除了前面俱乐部以外，这里没有路灯。当夜幕降临时，这里是一片黑暗。尤其在大雪纷飞的日子里，每家的屋顶上都积满了雪，发出了青白锃蓝的光亮，在月光下形成一个个带有光环的雪馒头。环绕四周的大小山峦形成森严壁垒的屏障，寂寞空旷又恐惧的氛围在荡漾，看上去这里就像是一个活生生的墓地。

白天在解放军战士的监视下俘虏们在近处的山洞挖煤，每周六回到农场和家属团圆。女俘虏们在农场里参加政治学习并学做农活和手工活儿。

这天，清子身着厚厚的黄色棉军装，搂着孩子坐在炕头的一端。孩子发着高烧，身体由于发烧时不时地痉挛和抽动。尽管如此他那大大的眼睛里却顽强地闪烁着黑色深邃的眸光，一眨一眨地好像在安慰着妈妈。

但是，有时由于某种偶然和巧合而产生的事件，会悄然无声地走近并突然闯进毫无准备的普通人的生活之中，像是必然一样到来。

也就在儿子高烧的这天，劳改农场施行注射大脑炎预防针，护士们挨家挨户地查访。轮到清子的住处了，不大会说中国话的清子竭尽她的全力向护士们解释孩子正在发着高烧，然而护士却连体温计也不试就给儿子注射了预防针。

当普昌在第二天团圆日返回自己家时，看到的是清子在微弱的蜡烛下抱着儿子，儿子此时已是奄奄一息，清子呆怔怔地坐着一动不动。当普昌用手轻轻地拍了一下清子的肩膀时，清子开始放声大哭并大声地喊起来：

“她们杀了我的儿子！是她们杀了我的儿子！”

这里，除了丈夫，周围的世界全都封冻在寒冷的冰雪中。清子发疯似的不断地喊叫着，在这广大的夜雪的空间里，除了远处深山里时时传来老狼孤独的长啸外，没有任何有机生物去理会清子的哭诉。

他们夫妻抱着儿子紧紧地相偎着，眼看着那小小生命的烛火一点点地消失，一点点地泯灭。

那双同普昌一模一样的大大的眼睛，闪烁着聪明光亮的黑黑的大瞳孔，在慢慢地放大，松弛无力的眼皮机械而本能地慢慢合上。

八个月的儿子带走了清子的无限悔恨无限痛苦和无限的爱。她怔怔地看着丈夫将儿子的全身轻轻擦洗了一遍以后，又抱起那小小的身体亲了又亲，然后用白布轻轻地裹包起来，放进亲手制作的小小的木棺中，合上盖，钉牢固后抬走了。

夜入深，蜡烛灭，世界坠入一个无底的黑洞中。

清子双眼注视着天棚一动不动，在天棚上她分明看到儿子的那双沉默的大眼，那双大大的黑眼睛像是在哭、像是在哀求。

清子的心在痛苦地抽动，她禁不住对着天棚的儿子说：儿子，我的儿子，你就这么简单地没了，就这样轻而易举地死了。你的死是被妈妈的无知给葬送掉的，知道吗？儿子，你知道吗？妈妈曾经抛弃过一个儿子，今天妈妈又亲手杀死了自己的儿子。是啊，那个福田，妈妈的以前的丈夫，他一定会在背地里大声地讥笑我，清子本来就是世上最愚蠢最无能的女人。

清子像被一条蟒蛇缠身般痛苦地碾转在苦思苦虑当中。茫然中她悄悄地坐起来，借着脚下墙角的小小的窗口射进的月光，本能地将手伸向窗口上放的小筐，那里有她做针线活儿用的剪刀。她顺势拿出了小筐中的剪刀，想一下了结自己的生命。但却不小心碰到小筐前的报纸包的小包。

小包里放着一个芋头，那是普昌在每天的伙食里为清子留下并带回来的，说吃芋头好下奶。为了儿子为了清子，丈夫将芋头省下不吃，想到这，清子不禁一阵心酸。看一眼身旁的丈夫，月光中映衬出普昌的埋在满腮胡须中的脸，在发出轻轻的鼾声。他的脸近来开始浮肿并泛着苍白的青光。清子不由地心一动：普昌，他为了什么？为了我他拯救了福田和大儿子的生命，又为了我和儿子他宁肯饥肠辘辘带回来那一口的芋头。我死了，对普昌岂不是太残忍？太残酷？想此她不由地哭起来，拿着剪刀的手不禁松开。

普昌在沉睡当中，忽然感觉到清子的哭声。于是他也起身来，一手放在清子的肩上，一手放在清子的手上说：

“记住！我是医生，不问政治是靠技术吃饭的。无论在哪个时代哪个社会都离不开医生的。相信我！等从农场出去的那天，和我一道回广东老家去，我们会过上好日子的。我一定会让你去学医，不要太难过了。”并顺手将剪刀从清子的手中拿下，塞进自己的枕头下。

1948年，在荒无人烟的北大荒的黑色土地上，堆起了一个小小的坟冢，埋着清子和普昌的大儿子。

儿子死了。仿佛同时也在暗示着清子，生命锁相连的另外一个世界的儿子，她与福田的儿子。这一切的发生是报应、是惩罚。儿子那双胆怯、忧郁而神经质的眼睛，始终在悄悄地跟踪着自己，盯着自己，使她不安、使她惆怅、使她牵肠挂肚地思念。

不久冰融雪化，大自然坦诚地裸露出它原有的色彩来。这里本是大片黑色土地的荒原，除了远处山间时而传来动物的长鸣以外，这里简直就是一片无人知晓的荒凉的土地。宽广无际的大地上零星可见的几棵干老的树，在枯萎的草地上半死不活地、摇摇摆摆地伫立着。这里的天空显得特别的宽广，但又是这样低沉的，压人心肺般的沉重。

普昌和俘虏们照旧在煤矿里挖煤。每到周六回到农场和清子团聚。

这一天，全体俘虏和家属们被集合到大俱乐部开会学习。在清一色穿着黄军装整齐排列坐着的队伍里，能看到清子的身影。

一个身着解放军干部服装，带着眼镜的中年男子，悄悄地走到清子的身后。用手轻轻地拍了一下清子的肩膀，说：

“清子同志，能不能出来一下。”

男人悄悄地暗示着清子从人堆里出来，走到房子的背后，回避开所有人的视线后，男人对清子开口了：

“我是日本人，我知道你也是日本人。再有几天我就要回国了。我要对你说，单就你被拘留在此这件事，是违背国际法的，你完全可以通过起诉获得自由回自己的国家。但是需要你自己同意申请和申诉，因为你是战俘的妻子，所以有些难以辩解清楚的理由。如果你愿意的话，我可以作为你的代理人，为你申请回日本。关键就看你肯不肯同你的丈夫分手?”男人用地道的日语十分亲切地说，并顺势将眼镜往上推了一下。

清子心中猛然波动起来。她想哭，想放声地大哭。站在眼前的是自己国家的人。在此时她才意识到自己如同失落山沟里的一支羔羊，孤单、寂寞、悲凉、无助。她想马上答应他带自己回国。她已无法计算出离开自己的家人，离开自己的语言群有多久了，她甚至无法克制地立即回想起过去。但她内心深处仍有犹豫。她在自问：难道这就意味着唯有与丈夫分开才是回国的代价？难道我回国意味着将与福田恢复以前的关系？不！那根本不可能，那不是一个本来的我自己。

她沉默了。

“我要回国了，在我回国之前无论如何需要你告诉我你的答案。我会尽全力帮助你的。”中年人悄悄地说完之马上就走开了。

清子返回学习小组里，但她只觉得脑里一片混乱。

恰巧也在这一天，劳改农场部队医院的院长罗大夫也来到了国民党俘虏队伍中。罗大夫是原国民党正规军医院的上校军医，随部队起义集体加入了八路军，并且他很快就加入了中国共产党。今天他是接受了农场王团长的嘱托来这里找一个人。

王团长亲闻国民党野战部队医院的院长普昌，毕业于云南军医学院，有着一手相当出色的内外科手术技术。在俘虏群被遣送来的当天王团长就获悉了这个消息，他很快就委托人去找了普昌，但却被固执的普昌拒绝了。在以后的信息中，他又得知普昌的妻子是日本人，于是他就找到了曾在日本流过学的罗大夫来俘虏营开导普昌加入解放军。

清子由学习班回到家，看到丈夫正与一个陌生的解放军军官在谈话。来人仪表堂堂，身高一米八多，从他整齐摆放在门口的鞋的动作，不难看出他是个受过相当好的教育的知识分子。

罗大夫此时已注意到清子走进来，于是他立刻改换一口非常流利的日语与清子打了招呼。

一整天脑袋被搞得晕晕沉沉的清子，被罗大夫的突然问候惊住，她有些懵了，方才为止还在为那个意外的日本中年男子的话烦恼着，怎么又冒出来一个日本人？她不由地立即问道：

“你？难道你也是日本人？”

罗大夫彬彬有礼地回答：

“小生原来在日本就读过高中和大学。”

“噢，能不能告诉我你是哪所大学毕业的？”清子边倒茶边小心地问。

“东京帝国大学医学部。”说完，罗大夫很有礼节地点了一下头，示意后，立刻转过身去又继续与普昌长谈。

普昌，他早在学生时代就出名。一是他聪明超人、成绩优秀。二是他有着一副英俊的相貌，又是大学里出色的足球选手，惹得好多女孩子在校时起就不断地托人向他求婚。

他本来可以像父亲一样从事法官工作，但从小看到母亲病体缠身的痛苦，便立志从医。又因父亲的接二连三的续妾接弦使得他强烈地反抗父亲。他不懂政治，投考云南军医学院只因这所大学属于国家一流大学，更重要的是学费是公费。为了拒绝父亲的资助，这所大学对他来讲是唯一的选择。加入国民党部队只是出于一个偶然。毕业那年，听说和自己都是家乡广东梅县出身的叶剑英在共产党部队里当大官，他和毕业生们决定一起投奔叶剑英，并且一起奔延安去了。谁知在赴往延安的途中遭遇到炮火的猛烈轰炸。在躲避战火时遇到了国民党野战部队。正巧这只野战部队的师长也是广东梅县人，立即全部收留了这群学生。普昌便成为国民党野战部队医院里最年轻的少校军医院长。

他生性相当固执，认准了一个理儿就一走到底。自从做了共产党的俘虏以后，他就下决心脱下戎装带上清子将来衣锦还乡，从乡医。他厌恶透了战争，厌恶透了战场上的人与人之间的相互残杀。

罗大夫的循循诱导丝毫没有打动普昌。

他送走了失望的罗大夫。

晚上，清子对普昌讲述了白天里共产党部队里的那个日本人对自己不期来访一事。这件事可叫他如同陷进一个沸腾欲燃的火锅里一样，激动而碾转不眠。他禁不住从床上下来，在外间的地中央走来走去。

普昌，他从小洁身自好。在没有结识清子之前，他从没有接触过异性。他不能容忍一个男人随意糟蹋女人。正像他不容忍自己的父亲，在病体缠身的母亲之外，搞了一个又一个的女人，领回来一个又一个的私生子。他的记忆中永远不会忘记母亲背地里哭泣的痛苦的身影。

正因为如此，当他偶遇清子时，他被清子的美丽吸引住的同时，更难以忘记清子那副被痛苦、侮辱、忍耐和折磨带来的憔悴伤心的表情。他在清子那强笑的眼睛里看到对人的渴望、求助、哀怨。当他与清子结合的那天起，他就发誓要保护她到底。

而那位不知名的日本人的来访，提出清子如果同意与丈夫分开就可以返回自己国家的建议，简直是在公然践踏和侮辱普昌作为男人的自尊和尊严！

他，绝不容许，也绝不答应！

未等拂晓到来，普昌就来到解放军医院罗院长的住处，并在罗大夫的带领下来到解放四团王团长处，自愿加入了解放军。成为解放四团部队总医院的副院长。

而清子也从那时候起正式加入了解放军文工团，和普昌一同再次走进部队。

1949 年全国统一，中华人民共和国诞生了。

中国整个大地都在震撼，为实现共产主义的伟大目标，举国上下大搞社会主义建设，全国人民都为国家的复兴热火朝天地大干，百姓为国的热情在不断地沸腾、燃烧。

1953 年东北笔架山解放四团的王团长带领着部队集体复原。在这只部队里有着一支强有力的医疗小组，其中有罗大夫、普大夫等数名技术精湛的医生，他们服从上级建设东北中心重点城市的命令，集体转业来到了黑龙江省省会哈尔滨市。

这几名大夫当中最年轻的是普大夫。他们都是由原来的国民党部队投降或起义后加入了解放军的。

王团长转业哈尔滨后任黑龙江省土地利用管理局的局长。他唯独将普昌留在了自己的身旁，作为他的私人保健医和省里大学医院的院长。

在哈尔滨市的道里、道外、南岗三大重点区交叉点上，横亘着一条幽静的小路。稍带斜坡的路面上披满了欧洲风格的鹅卵石，小路的两旁依偎着古老的槐树、杨树、榆树。树的背后是一幢幢别具风格的苏式红色小平房和日式堡垒样子的灰色、黄色小楼房。

守在这条小路的道口的是阿什河街七十一号，一个有着三十几户居民的机关职工大院。

大院的门口，坐落着一个坚固的日式二层小黄楼。王局长的一家连同服务人员、司机、保姆等都住在这里。

如同大院的后门卫一样，也坐落着一个更大规模的日式二层小黄楼。

小黄楼一层住有三户人家，房子又高大又宽敞，并都带有不大不小的院子。普昌就住在靠右边的最大的这一户。

光阴似箭，转眼几年过去，在生活完全安定下来的1956年的这段时间里，有一天，普昌对清子说："你去医大读书吧，我抽空时可以陪你去上学，这样你既可以学中国话又可以学医了。"

此时的清子已是四个孩子的妈妈了。一听丈夫叫她去上学，真是喜出望外："天啊！你还记得让我去读书？那可是天大的好事，我说什么也得去。更不用说还是医学，那可真是我梦中都想学的。"

不用说，大儿子死在北大荒，清子内心深处觉得非常对不住那孩子！她知道儿子死的最大原因在于自己不会说中国话和不懂医术，为此她想起就叹气想起就掉泪。她的所有的不安都让普昌感到心疼和不安，正好赶上国家补充培养医生力量，他也就为清子安排了这次再深造的机会。

清子真的成了一个大忙人。不久她又参加了工作，这样她边上大学的同时边开始在黑龙江省美术馆上班了。

省美术馆里，此时不断有以各种名目调进来上任的画家。

苏立就是其中的一个。他的名声在中国美术油画界里是数得着的。

他彬彬有礼而斯文少语。在那紧锁的浓眉下有着一双十分深沉的眼睛。

当清子第一次被介绍给苏立时，他们相互握了手。当她的手与苏立的一双冰凉而发抖、纤细的手相接触的那一瞬，她就觉得他是一个相当神经质的人。

以后，清子每天看到他除了礼节性地点一下头以外，从不同他讲话。但她隐约感到自他来到这个画室以来，一双眼睛总像在盯着自己。出于本能她曾寻找过这双眼睛，可当她将目光落到苏立身上时，他又会一如往常将头紧缩在瘦削的肩膀里，埋头自己手下的工作。

他的苍白的脸上露出浅浅的绯红，显得他异常的忧郁和懦弱。

农展馆的李馆长是两个孩子的妈妈，她是由部队专业来的知识分子干部。她干脆利落，说话同男人一样大声大气。画画时她习惯两手各持一把大画笔来画，馆里的职员们背地里都叫她双枪老太婆。

当她出现在清子的面前时，清子心中不由地把自己与她对比：我与她的年龄几乎相仿，而我却有过一段不堪回想的过去，一个充满痛苦磨折的经历。我曾经那么卑微地生活过，我曾必须依从莫名其妙的传统，与一个从没见过面的人生活一起，我要无条件地服从他，我没有任何自己生活的空间和说话的权力。可她，眼前的馆长，她与男人们不仅平起平坐，她还可以大声地与人论争，大声地命令和指挥别人。

我和她差在什么地方？除了国籍不同以外，其实我和她是一样的。

同一个画室里的丁毅，是建国以来首届鲁美学院（前身是1938年创立的延安鲁迅艺术学校）毕业生。她中等略高的身材，齐肩黑亮的短发，方圆型黑里透红的脸上一双十分美丽的大眼里闪动着聪明而智慧、勇敢而无畏的目光。丁毅在校期间就画的有了点儿名气，她在连环画报的连载画《牵牛花》赢得了相当的读者，一举成名。毕业之后在农展馆工作的同时，又在美协担任工作，兼画几本连环画，很受读者和社会好评。她为人直爽侠气，容不得半点虚假阿谀。大家都称她为“革命美人”。清子这年三十八岁，正好比丁毅大三岁，她性格恬静温柔，个子又高，皮肤白净又有着一副美丽的面孔，馆里的职员都称清子为“东洋美人”。丁毅是三个孩子的妈妈，而清子是四个孩子的妈妈，两个人虽说都是做母亲的但又都好学能干，说话投机，一见面就像有过世交一样，好得无话不谈。

为了在国庆节推上农业大展，丁毅等画家忙得不可开交。报社的记者们也前后呼应地经常来到农展馆，拍摄长短镜头，访问报道。平日里安静的连掉地上一根针都能听到的农展馆，转眼变得像个热闹的菜市场一样，闹闹吵吵地没个安静地儿。

清子可以说有生以来，第一次这样主动地、靠着自己的意愿走进了人群。学生时代，她都一贯在女子学校里读书。如果小冈本不是早早地阵亡在战场上的话，小冈本有可能成为清子有生以来唯一结识过的异性。她本能而自觉地将自己封闭。后来是战争让她夫离子散，一个又一个的突如其来的变故，把她身不由己地推进了一个完全陌生的世界和陌生的人群中。她只知道随着人群走，迎合变化，去重新塑造自己。

来到哈尔滨这个陌生的城市当中，她觉得自己如同一粒沙，被一股巨浪掀翻入海，随波逐流。甜酸苦辣，七品皆具，无所不有。但无论发生什么，在普昌与她的家庭保持在一个和谐安定的基数下，对周围人群的新鲜感和人群赋予她的魅力始终在敦促着她保持乐观、容忍和顽强的心态。她在美术馆里虽然默默无闻，但她勤奋好学又努力工作，得到大家一致的好评。

北国哈尔滨的春天总是姗姗来迟。位于南岗区的中心是南岗区大喇嘛台，是俄罗斯人建的大教堂。大教堂像个高大威严的宪兵伸出四条宽广的大路通向哈尔滨的各个要道。在要道两旁坐落着忠实的小狗一样的俄式风格的小平房。沿着路畔是排排柳树耷拉着冗长的树梢，懒懒地摆动着。

二十世纪五十年代，哈尔滨人为响应政府的“除四害”号召，将所有空中飞鸟捕杀干净。

每当春风拍打着柳树，飞土暴扬，没有小鸟的树梢发出“啾——啾——”的呼哨，长远而悠久地叫着，好像在为那些被捕杀掉的麻雀哀鸣一样。

这一天，为准备国庆展览的工作，清子和往常一样早早地来到了美术馆。刚刚走进办公室就看到了隔壁的丁毅，看来她来得更早，正在埋头画着画。

“早啊！丁毅。”

清子对着隔壁打了一下招呼就走进了自己的办公房间。

丁毅抬起头看到清子，立即放下笔，拿起桌上的茶杯来到清子的位置。

“清子，喝茶不?”她停顿了一下，抽出清子旁边的椅子，坐下。

“清子，你听我说！你说这日子还有个过不？我们家老赵的妈从山东来了。以前呀，是有过那话，老赵对我说：就妈一个人待在乡下怪寂寞的，把老太太接到家里一起过的话，又能给我们带孩子又能照顾老人，这不是一举两得吗？我一听那样说也就同意啦。谁知道老太太这么快，上周就来了。”丁毅说到这，喝了杯茶水。

“真够羡慕你的啦。看我们家的四个孩子整天都在幼儿园，一个星期就周六晚上回来，到了周一早上又得送回幼儿园去。一年到头都是集体生活。”清子笑眯眯地说，那双好看的眼睛像是在说话一样。

“看你多自在呀！清子，光你们两口子的日子多好啊。我可没那份福气！老太太来了以后我们家的日子真是没个过。先说的是老太太的小脚，那个味儿，酸得不得了。一到晚上进屋就是她的味儿。再说了，我们家老赵是个独子，老太太从小就跟着这么个儿子，现在可好整天跟在儿子身旁一直到睡觉为止。你说愁不愁？亏着老太太不识字还帮了我，我和老赵之间有了什么事，就写在条上，互相递着看一下也就明白了。”丁毅那双大大的眼睛开始瞪得圆圆的。

“那有什么不好的？对老太太来说儿子是她永远也长不大的孩子。不管怎样人家老太太每天给你料理家务做饭够你享受的了，知足些！你不看看我，我们家，老普的双亲在战争中都故去了，我的父母至今也不知是死是活的？我和老普在一起生活没什么说的，就是一想起自己的父母就觉得不孝。”

说到这儿，清子的眼睛里不禁涌上大滴的泪水，随之一声长长的叹息。

丁毅禁不住小心地瞥了一下清子，赶紧说：

“我说清子呀，求求你啦，别伤心了！好吗？咱们的话就到此为止好不好。我是最不愿看你不高兴的。把心放宽些！老人家肯定是好好地在哪儿活着呢。我为你祝福不好吗？”说着，丁毅拿起自己的茶杯站起来，回到自己的房间去了。

清子这回儿刚拿起画笔要动手画时，就听见隔壁房间里突然传来丁毅的尖利的吵声：

“是不是你干的？跟谁来那一套！少对我来那些不正经的！”同时，听见“砰”的一声，是玻璃瓶砸碎摔地的声音。

因为正是大忙国庆典礼展览的时候，此时房间里挤满了人。大家一下子将目光全集中到丁毅的身上。

清子听着吓得赶紧放下画笔，匆匆忙忙地向隔壁房间跑去。

报社刘记者正满面通红地打扫着地上的玻璃碎块儿。清子走上前，顺手拿过刘记者手中的笤帚来。

“清子，你不要动！让他扫，叫他自作自受！”丁毅眼睛瞪的吓人的大。清子有些犹豫。

“你说你这个刘记者，跟我来什么浪漫？我有丈夫的人，你又有老婆的人，用得着你给我献什么玫瑰花？还来什么小资产阶级的情情调调的，真够叫人烦的！”

丁毅激动地大声对清子说，周围的人都表示出愤慨的神色，大家眼神又都射向刘记者。

刘记者真羞愧地恨不能钻进地窟窿里一样，畏缩在一旁，再三地赔礼道歉。

“少跟我来这套！欺负谁呀？拿我丁毅当什么人啦？少来你那套小资产阶级情调！你以为资产阶级的爱情啦、花啦，对我们革命知识分子行得通？那你可是打错了算盘！”丁毅义正严词地用手指着刘记者的鼻子教训着。

哈尔滨报社的刘记者，在报界是个知名人物。一是他人长得确实很帅，又是有了名的风流倜傥的人物；二是他的摄像技术还真的有两下子，省画报的封面好多都是用他的作品的。虽然他有妻室但他一来这里就喜欢上了丁毅。为表示自己，今天一大早，也不知从哪儿特意买来一个上好的玻璃花瓶，里面插了一大堆的鲜花，悄悄地摆在丁毅桌上了。可丁毅没理他那套不说还把他的花瓶给摔了。

清子刚要打扫，就觉得身后像被谁拍打了一下，于是她马上一回头，一看是馆长李兰。

“清子，不用忙乎！让小刘自己打扫去！”李馆长是一脸的严肃。她本来是从没有笑脸的，这下变得更加严峻的样子。紧接着她又对刘记者说：

“小刘，等收拾完了上我的办公室来一下！”

说完李兰馆长扬长而去。

听李馆长这么说，房间里顿时变得鸦雀无声。刘记者走到清子面前拿过来笤帚和撮子，清子顺势回到自己的房间去了。马上，房间里的其他画师都佯装什么也不知道的样子继续工作。而丁毅好像感到有些不是滋味，故意走到窗户边盯着外面一动也不动。她也没想到就这么巧偏让馆长碰上了，谁不明白被馆长叫到办公室去肯定没好事。

傍晚，快要落山的太阳映照在路面的鹅卵石上，映衬出空中满布的灰尘，显得天是又灰又暗。

结束工作的清子在回家的路上，发现苏立站在前面的电线杆下。有几个月了，开始时看到苏立站在电线杆下，清子相信苏立说的是偶然遇上的话。但以后每隔三差五地老在同一个电线杆下碰到他，也就不觉得是偶然了。

“今天可不是碰巧了吧？”清子先发制人地打了个招呼。

苏立那张白净的书生脸顿时涨得通红，顺手将白边眼镜往上推了一下，张口说：

“看着了吧？今天早上丁毅的事儿。中国女人就是这样凶得不得了！其实说老实话刘记者并没有什么坏的意图，不过是爱慕她献给她一把花做个表示，也并没有什么不可的。何必那样小题大做呢？人家看你好才送花给你的，有什么不好的呢？再说啦，都是知识分子，总要给个面子吧。”

苏立邀清子和他一边走一边说。

停了一会儿，看着清子只是笑眯眯地不作声，苏立又开口说：

“清子，其实我也是这样。我不过是想同你说说话，其他我根本就不想，也根本不敢想！”

苏立比清子大四五岁，可说起话来就像个热血青年一样，慷慨激昂。

“清子，你不想听一听我的结婚生活吗？我刚大学毕业那年，家父就急忙把我叫回家去了。等我刚一进屋，父亲就对我说：喏！看一下那就是你的媳妇。说是我媳妇其实她在半年以前就嫁到我家里来了，早已和家里的一个成员一样了。”

清子着急要回家做饭，但又看苏立讲的那样有兴致，也就不好打断只好耐着性子听苏立往下讲。

“说是自己的媳妇，那总得想了解一下吧。可你知道吗？甭提啦。她会抽大烟袋儿锅，边抽还边能将那唾液噗哧一下喷出两米多远去。并且她还是半大的脚，比起一般的人来说，光大脚趾头留下，剩下的几个脚趾头全都窝折了一半，就是那种缠过脚又放开了的那种。年龄比我大将近十岁，对我从不敢直视。甭说笑脸啦，整天耷拉着眼睛，吓得哆哆嗦嗦的样子。我问她，为什么嫁到我家来？她说父亲病瘫了家里没人干活，没法养活一家大小的。于是她父亲就把她卖给我爹了。知道吗？她是我父亲为我买来的媳妇。她这一辈子连自己为谁活着都不知道。反正是你说什么她就按着你说的去做。清子，你说！你能和这种人过吗？我可真的是连一天都不愿和她待在一起。那时的我，下了班是真的不愿回家。真的不愿看到她的那张脸。正好那时候我也被打成了右派给下放了。我呢？也就把上海的房子连同老爹给我留下的钱都给她了，并且我对她说了，我再也不回这个家了，随便你自己活着吧。就这样我出来了。”

讲到这儿，苏立停下脚步，摘下眼镜来擦了一下。清子也跟着停下了脚步。这时，清子看的出来在苏立的眼睛里，充满了忧郁、哀伤和多情的眼光。

站在那里，苏立低垂下眼帘小声地说：

“我的一生就这样简单就这样草率，看到了吧？我是真的从心里羡慕清子的丈夫。我也是真的从心里感谢你能听我说。”之后，他眼睛也没抬，转过身去匆匆地走了。

清子目送着苏立走了，她能看出苏立边走边在擦拭着泪水。她似乎感到自己其实已经读懂了苏立的内心，读懂了苏立的要求和苏立的渴望。她站了片刻后，看了一下手表急急忙忙地回家去了。

当清子紧赶慢赶地回家后，刚一进门厅就发现了一双黑布白边的布鞋，整整齐齐地摆放在门口，不用说有这种规规矩矩做法的只有罗大夫一个人。自打到了哈尔滨以后，从农场复原回来的战友们就像不谋而合一样，每年过春节时一定各家走一圈，挨个儿拜年。而今天，并非新年又不是什么假期，罗大夫能来实在叫清子感到一惊。

听到清子开门的动静，普昌急急地从里间房屋出来，将大门上锁后，对清子小声地说：

“把门关严了！哪儿也不要出去，有重要的事要和你说。”

这么紧张的气氛还是头一回，让清子感到心中有些砰砰跳的紧张，于是她先上厨房间里将茶水冲好后，拿到了客厅里。

罗大夫看到清子先寒暄了一阵，然后拿着茶杯用十分严肃的神情对清子说：

“清子同志，今晚是为了你来的，我有件非常重要的事要对你说。”

罗大夫说到这儿停顿了一下，又开口：

“清子，你的双亲还活着。他们已回到了日本，他们每天都在找你呢。”

听到这儿，清子不知道罗大夫还在讲什么，她只感觉到太阳像是从西边出来一样，一切是真还是假分不出来。清子一下子竟什么也说不出来，只是呆了。她心里一下子像翻腾的火山：父母？我的父母还活着？在那么残酷的战争中他们都死里逃生地活下来了？不！这一定是梦，是普昌安慰我的一场梦。

普昌看清子不吱声发楞的样子，于是将手伸出来轻轻地拍了一下清子的肩膀，说：

“清子，别不吱声，快谢谢罗大夫！他讲的都是真的。”

罗大夫拿起烟来抽了一口，稍沉静一会儿，开口说：

“你们要记住这件事千万不能对任何人说！我家的儿子背着我们两口子玩收音机，也不知怎么一下子播到日本对外 NHK 广播电台频道上。正好播音员在反反复复地播出寻人启事，我听到了。‘池下清子，池下清子’，这不是普昌的妻子清子的名字？开始我还有些怀疑，究竟是真的还是假的？觉得有些蹊跷，于是，我就叫妻子看着门给我放哨，我连着听了两周。果真没错！是清子。是清子的父亲寻找女儿的启事。启事中说清子的父亲从北朝鲜撤回日本后，每天都在找女儿。老父亲说他相信女儿一定活着，一定要找到。他已经连续十年播放找女儿的启事，光这播送费用老人就不知花掉了多少钱？真是可怜天下父母心！想到不管是哪个国家的人，我们做父母的心情都是一样的，我就坐立不安，想着快些通知你们。”

听到此，普昌激动地再也忍不住了，说：

“罗大夫！我真的不知怎样感谢你才好。我代表清子由衷地感谢你!”

清子在旁边只是默默地听，一声也不吱。但她的内心却如翻江倒海一样辗转不宁。

她不知道自己在想什么？也不知应当想什么？过去，一个不得不忘记的过去，一个痛苦而充满着童年梦的过去，怎么都会在一瞬间成为一个鲜明的影子？而在一道淡淡的帷幕下，那双忧郁、胆小而神经质的儿子的眼睛在悄悄地注视着自己。她不敢去触碰，不敢去惊扰，如同不敢去正视一个伤疤一样。

可以说国家的界限对清子来说，如同生命的分界线一样至关重大。正是因为偶然闯入异国才使她的命运有了根本上的改变。

严格地说，清子的故乡应当是在北朝鲜。她出生在那里，那里有过她的梦，她的情，她的根。但是在实际上，她却又是一个地道的日本人。除了初中、高中毕业时两次象征性的毕业旅游来过日本以外，她对日本这片土地完全是陌生的。

1957年的春天，清子身背襁褓中的小女儿，带上了大大小小的中国礼物。这些礼物都是普昌筹集来的。普昌想要个面子，他宁肯把所有的家当都拿出来，也不愿让人说清子中国丈夫的闲话。他从十六岁离开家乡时，老母给了他三个金条说是应急时用。几十年来这三个金条跟随着他闯过了战火燃烧和烽烟缭绕的岁月，就是再艰难他也没有舍得去用。今天他将这三个金条也塞到清子给父母的见面礼中了。

冗长的船旅生活，成了清子对自己曾有过的一切的反思和总结的最好的时间段。回想过去的一切，好似梦一场。梦的剧场里早已没有国家的界限，有的只是实实在在的人群中的我的所有真实。

晚饭后，清子背着小女儿走上甲板。看着宽广无比的日本海在夕阳的照耀下，沉浸在一片平滑如镜的氛围中。在蔚紫的海洋的水平线上，她似乎看到了一个消失的过去的自己浮现在水面，那是一个伤心的、哀痛的、寂寞的、孤独的、纤弱的自己：

“回想过去，我觉得我自己如同一个壳内待孵的雏鸟一样。雏鸟害怕外面的世界，时常用那初探世事的触角，尝试着壳外的世界，但都被无情的世间阻挡，触角退避并畏缩进壳内。表面上看，我有着众人赞美的闪光夺目的靓丽，岂知壳内的我却被痛苦磨折到扭曲、痉挛、窒息。如果不是由于那场毁灭人类的战争的话，或许我永远只停留在壳内，任触角的退化，任自然肉体的老衰，并在一个无奈的认同中走到人生的尽头。”

“我曾憎恨过人，憎恨过包括生我育我的人（因为他们包办了我的婚姻），但我却始终不敢对外去发泄这种‘恨’。如果不是在‘宿命论’上不自觉地将所有的‘恨’作了一个了结的话，也许至今我会永远也不原谅任何人。

是人的求生的本能，是战争，将我推出，在一个大千世界里重新开始塑造一个新的自己。

无可置疑今天的我已焕然一新。

远观过去生活的天地，竟是如此渺小。我忍不住苦笑，为什么那时我不敢面对真实的自己。我嘲笑自己，为什么不去争斗不去争取？我蔑视自己，为什么没有勇气去维护真实的自己。

一双眼睛，一双忧郁的、胆怯而又神经质的眼睛，十几年来一直忽隐忽现的那双眼睛又在我的眼前出现。那是我与福田的儿子的眼睛。

儿子，那是儿子的眼睛。

儿子在昏迷高烧中醒来，看到昼夜一直厮守在身旁的母亲，和母亲身旁多了一个紧张认真地为他和父亲精心治疗的陌生男人——身着白衣，头带军帽的普大夫时，立时流露出一种男孩子本能的抵抗，惊奇而生疏、恐惧而憎恨的念头。于是，他害怕了，他生怕有人会将他的母亲夺走，虽然他根本就不爱他的父亲。但就是这样他也不愿意自己这个与生俱来的小窝被破坏。男孩子的恶作剧使他也夸大了以后在父亲面前对普大夫的描述。然后，然后便是福田因为妒意带走了儿子。再往下，结局就是最好的答案了。

如果我没猜错的话，儿子，福田能够带走我儿子，兴许也是暗藏着儿子的幼小的抵抗和报复的胜利了。

现在他们父子两个也许都活着，兴许也都在日本？

我，应怎样去向父母解释呢？”

清子陷进一个自问自答又无法去解释的困境。她很清楚分离了十几年的父母，他们今日已是风烛残年，他们历经沧桑、含辛茹苦煎熬到今日，他们已无力再去承受打击和惊扰。

在扰人心烦的乱思乱想中，在没完没了的解释和被解释当中，轮船靠岸了。

日本舞鹤海港。

碧蓝的海水，港头上穿插排列的白色黄色灰色建筑物，翠绿的树木背后是像蓝色宝石一般清澈的蓝天。清爽的空气中夹杂着淡淡的海咸味儿，鸟儿群叽叽喳喳地与相迎的人们争先恐后地欢快地叫着。在迎客的栈桥上，可看见大哥和弟弟一同穿着一身洁白的西服等待着清子的到来。

对着这如画的一尘不染的世界，清子不由地感动并深深地呼了一口气，对着怀中的小女儿说：

“孩子，妈妈回来了。这儿才是妈妈的国家呀。”

看到了父母，看到了满屋的侄儿和兄弟及亲朋好友们。

时间是公平的，清子看到时间的流逝清晰地刻在每个人的脸上、头发上、额头上。

父亲，衰老的父亲竟已经全聋了。看到清子，她的父亲像一个孩子一样快乐地、憨厚地一笑，然后将那硕大的脑袋深深地埋在宽大骨框的肩膀里，跪在清子的身旁像个守护神一样一动也不动。他那双大大的手，依然是那样粗糙、干裂、紫红得发亮。在清子的记忆中，父亲永远是在干活，他的话永远是最少的。

母亲，年迈的母亲，她的腰几乎已弯到膝盖，双腿更瘸了。她的满脸的皱纹和一头的银发，已告诉了清子母亲经历了怎样的辛劳和苦楚。当老母看到清子的小女儿她再也忍不住了，开始唠唠叨叨地埋怨起来：

“都是你们这些孩子扯住的！要是没有你们，清子就再也不用回中国了。”老母亲边嘀咕着边心疼地将一粒糖块儿塞进了孩子的嘴里。

大哥先开了口：“我们回到日本后首先去找了老二，可是没有想到好不容易得到他的下落时，才知道你二哥因老婆和公司里的专务私奔了，一气之下在一年以前自杀死了。”大哥说到这儿不由地顿了下来，下意识地用手帕擦了一下眼睛。

清子记得小时候二哥是最心疼自己的，每次上街只要有点零钱一定给自己买来新上市的书。大哥早早地独立开了个照相馆，所以他一直是像父亲一样呵护着自己的弟弟妹妹们。

沉默了一小会儿，清子的弟弟又开口了：“我回到日本，第一个先跑到福田的老家，看到福田带着儿子在家，我就破口大骂他：混帐！没良心的东西，凭什么将我的姐姐扔在中国不管了？为什么把我姐姐给抛弃了？”

说到这儿，突然间老父亲边手抚摸着清子的小女儿的脚丫，像是自言自语地说："我的好孩儿！你的爸爸还有哥哥和姐姐们，都在家等着你们的妈妈回去！孩儿，爷爷可不愿意你们的爸爸像爷爷一样整天地盼呀盼地，盼成了老姥爷了，对不？这事谁也不赖！没有战争，谁愿和亲人分开？是不是呀？你的妈妈能活着回来爷爷就满意了，就足够了！对不？好孩儿。"

听着老父有意无意的暗示，大哥和弟弟不由地相互看了一下，他们领会了老人的暗示心意，之后他们都避开了清子的婚事，再也没有提起。

后来停留在日本的八个月当中，对福田的事情谁都再也没有提起过，也没有再述说、询问和打听了。亲人想见，团聚离合，战争的残酷已将最好的答案告诉了人们。

以后的日子里，清子除了白天里陪父母和嫂子做家务以外，几乎每晚都是通宵达旦地用手针缝制了足够父母穿上几年的内衣内裤和寿衣。每一针、每一线中都饱含她的祝愿和祈求。想到回中国以后，可能以后再也见不到父母了，她就忍不住泪流满面。

也就在清子返回中国的半年之后，八十三岁的老父亲去世了。一年以后，老母亲像是故意跟随老父走一样，也在老父故去的同一天离开了人世。

冬去春来，一年又一年的时光在繁忙中如流水般过去。

普昌每天工作忙得不可开交。大学里的老师、学生、老师们的家属、家属们的亲戚、学生的亲戚，真是一个接一个，也不知曾几何时都成了普昌的常顾患者。

就连他们一家住的这个机关大院里，机关大院坐落的这条街上的老老小小的熟人、熟人的熟人，又是一个昼夜接着一个，不分昼夜、不分节假休息日地来到普昌家问诊。

普昌本人对此不但没有任何反感，反倒像个不知疲倦的信徒，忠实而虔诚地、毫无保留地履行他的责任和义务，行使他自认为的最神圣又高尚的医术。他将他的全部精力和智慧毫不保留地给了他的患者。

清子在这一年也被当选为全省的群英劳模。当她身佩大红花走上主席台领奖时，她的手几乎在抖。当颁发奖状时，颁奖的人对着麦克响亮地说：

“清子，是我们有史以来第一个获得此奖的外国人。”全会场爆发出轰鸣的掌声。清子感到由衷的幸福和自豪。

在会场里清子看到丁毅的身影，因在全省各地办展览的关系，她与清子有段时间没有见面了，听到群英代表中有清子的名字，她就在会场内到处找清子。在这幢全省唯一的宏伟的苏式建筑物的大礼堂里，在云集的人群中能找到清子实在不容易。看到清子从领奖台上下来，她二话没说挽起清子的胳膊就走。直接拉到会场的一个角落的小茶几旁，坐下。

刚坐下，丁毅的爽快的亮嗓门就响起来了：

“恭喜你呀！我说清子，没看着吗？全农展馆就你一个人当选上了，你可真能!”

清子接过丁毅递过来的果汁，笑容可掬地说：

“我说，革命同志！别老拿我开玩笑了。”

“就是吗？真的，我是从心里赞扬你的。不过，你看到了吧？在大厅里文教系统的榜上你们家的普昌又是一等功，真叫人服了！你说这附近的大夫也不光就你们家的普大夫一个，可就普大夫行。没人不找他看病，就说这十里街坊的几乎没有不让你们家老普看过病的。这当老百姓的看大夫，一个是看医术再就是看人品，你说呢?”

丁毅讲到这儿，突然像想起什么似的，突然很神秘似地压低嗓门小声说：

“清子，你还记得不？当年那个报社的大名鼎鼎的刘记者？”

清子一听，立刻噗哧一声笑出来：“当然记得了。不是当初给你献花的那位吗？闹得沸沸扬扬的，谁还能忘吗？”

“李馆长当时把刘记者的事给通报到省里去了。讲话了，刘记者怎么也得落个处分什么的吧？可你知道吗？人家刘记者能着呢。不是他能是他老婆能。别看他老婆比他大八岁，人是又黑又瘦的跟个蜡烛似的特干瘪，但那可是有了名的大交际花，省里的大小头目没有她不知道的。不是通报了吗？反倒有名了，他老婆一下子把刘记者调到省里最大的照相馆去当了个一把手，你说能不能？”

“呵！那可真够了不起了！还真想看一看刘记者的老婆是个什么样的人呢。”

清子虽口中与丁毅相呼应着，但不知为什么心里头却为刘记者的事感到安慰和踏实。好像看着一个做事悬悬乎乎的毛孩子总算有了个落脚地一样的感觉。

“还有一件事，清子，不知你还记得不？当时在馆里干打杂的，由上海下放来的那个画家，叫苏立，戴着白边眼镜的，脑袋一天到晚乱糟糟的那位？”

听此，清子的心不由地咯噔了一下。苏立？他，他又会怎样啦？

“不知道吧？馆里对他进行外调，才知道他是大资本家出身，是属于剥削阶级家庭的，当然是我们的敌人了！刚解放那会儿，他的父亲为他在乡下买了个媳妇，苏立以后和他媳妇在一起生活。你说，苏立能够和这样的老婆在一起生活，本身就是赞成剥削阶级的做法。并且苏立对组织上始终瞒着这件事，没讲过。这种行为本身就是欺骗组织！所以，他现在不知道被弄到哪个山沟里去了。”

丁毅的声调变得异常平静地说。

然而，清子可不一样。听丁毅在讲苏立的事，心里反倒有种对丁毅的抱怨：何必这样幸灾乐祸呢？

同时，对苏立，在心里总感到有些内疚。尤其是一听苏立现在的遭遇，心情更是骤然黯淡下来，并且情不自禁地十分难过起来：要是知道苏立今天会如此，当时我为什么不更多地听听他讲话？为什么不更多地理解他？如果我那样做了的话兴许还能为他解脱一些……

紧张而繁忙的时光流水似箭地过去。

当今天清子反顾自己时，才发现不知从什么时候起，生活里已经没有了一个可以让她静静地、慢慢地去思考的空间。她自觉在一个潜移默化的变化中，自己完全变了。她从心里喜欢这个变化中的自己。

1966 年的夏天不知不觉地来到。

此时的清子，在中国这块土地上已经度过了近三十年。幼时的生活和青年时期有过的一切，在她的身上只成了一个过去的影子和历史的记录。她在中国的时间，已远远地超过了日本给她的教育和生长的时间。

在一个潜移默化的变化当中，人们除了在户口本上能够看到她是一个地道的日本人以外，她与中国人几乎没有任何区别。她真的成了一个中国人。

她的脸上那双曾叫人眷念迷恋的弯弯的黑眼睛，曾几何时已被搭旯的眼皮遮盖。疲惫而辛劳的皱纹爬满了双颊，丰满的身段已被变形的关节丑化。唯有她的笑容可掬和鞠躬行礼像是她的标志一样，无论她走到哪里都会给人留下很深的印象。

哈尔滨市南岗区的中心地带是以秋林百货商店为主的地域，横穿这中心地带的是具有北方性格的开敞坦荡的大直街。在大直街的右侧的一个方位上，并排坐落着高大壮丽的北方大厦和坚实而壮观的化工局大厦。而在这两座大厦的斜对面，是一个街道大集体办的服装工厂。工厂以它那东倒西歪的破烂不堪的怪态，畸形而丑陋地排列在大直街上。

当五点三十分的厂铃响起五分钟之后，一堆灰白色的身影如同炉内的灰渣一样“轰”地喷泄而出。她们一身一头的棉絮，如同蜘蛛网盖着的一个个小甲虫。她们是服装工厂的女工。她们哈哈大笑着，笑声中夹杂着污秽而下流的吵骂声，并毫无掩饰地毫无遮盖地在这条安静而高雅的街市中心处骤然响起。当惊讶的市民们将鄙夷的目光射向她们时，她们又一个个俨然自嘲的小丑一样得意地、更加大胆而放肆地继续着她们的奏乐。

清子也在这些人群当中。

她的左手是跛脚李嫂，边走边挽着清子的胳膊。在她的右手走的是胖大李。她们和周围的人一样，憋了一天的话好不容易在这会儿全抖落出来。反正从工厂到家门口她们还要一同走上将近三十分钟的路。

“清子啊，上回你家老头儿给我那二姑娘看病看得真好！你看能不能再给我那大姑娘看一看病，行不?”大胖李着急地对清子说。

“没问题。这礼拜老普回来，你就带孩子来吧。”清子毫不犹豫地答道。

“清子，你儿子怎么样了？去农村都多少年了？还经常来信吗?”跛脚李嫂问。

“算起来去兵团已经有五年了。经常来信，干得还挺好。入了党还当上了排长，领着一大帮子的人，干得还挺红火的。想当初我儿子如果不是你儿子给帮的忙，指不住现在还在家当盲流呢?”清子下意识地抽出手来，拍了一下小个子跛脚李嫂的瘦小的肩膀。

“文化大革命”那会儿，清子的大儿子虽然只是高一的学生，但他首当其冲地加入了红卫兵的行列。并且，很快就成为当时炮轰赵去非的造反团红联组织的头头。谁知没出几个月，形势大变。捍联总上台，红联组织的人员一夜之间都被通缉成了反革命分子。

儿子被捕了。

就在儿子被抓走的当天，清子急得跟工厂的姐妹们讲了儿子的事。正好跛脚李嫂的儿子是上了台的红卫兵头头，李嫂主动提出帮助清子的儿子。果然不出所料，李嫂答应的当天晚上儿子就被释放出来了。正好赶上知识青年上山下乡的运动，于是儿子也就报了名赴往黑龙江省生产建设兵团去了。

“你们说，现在的干部可真不像话。腐败的人是真腐败”。清子说。

两个女儿昨天由讷河工地回来以后，也不知从哪儿拿回来那么多的脏衣服，进门起就不停地洗起衣服来了。就两天的工夫洗衣服竟用去了将近二十多条肥皂。用去的肥皂多不说更重要的是两个女儿的身体。她们明明是在下面工地干活儿干得相当劳累的了，本应回家来好好休息的。可这不说是休息简直是在拼命。问女儿是给谁洗的?女儿说是工厂的上级局长的秘书的。女儿想靠推荐上大学，工厂给推荐上了，可就是局里有人在卡着。

“怎么的啦?清子你不是挺革命的吗?什么时候起也开始识破红尘啦?”大胖李说的同时和跛脚李嫂一起发出爽快的大笑，笑声很快散落在这支吵闹的队伍里。

“我是说真格的。我姑娘在山沟里干了四年，三千多人的工人中，就我的两个姑娘是女的，剩下都是男的。两个人成天爬四十八米高的脚手杆子，卧地沟几米深的地方作业，连着几年都是局劳模不说，老二还入了党，又是突击队队长，工会主席。”清子十分感叹地说着。

“那清子的姑娘可真不简单！一个外国人的孩子，又跟那么多的男的去争，可真够不容易的啦。这你不用说我是最明白的啦。”跛脚李嫂插上嘴。

“你们听我说呀。这不？有三千多名职工大的公司今年头一次下来招生的指标，才一个名额。我那老二没说的第一个就给推荐上了。可一到局里就给走后门的顶掉了。你说缺德不缺德，孩子他爸的患者给介绍了局长的秘书，说是挺能的，能帮上忙。这可好。那个女秘书脏得不行，连自己的裤叉都拿来让我姑娘洗，你们说这还像话吗？”清子十分气愤地说。

“你姑娘的单位是哪个局的？指不住我们家的老头子能帮上忙呢？”大胖李更加拽紧清子的胳膊说。

“咱们工厂斜对面的那个大灰楼，化工局的。”

“咳！清子，你怎么不早吱声呢？”大胖李打断清子的话。接着又快嘴快舌地说。

“我们家的老头子就在化工局人事科，我们家的还不大不小的是个科长。这不？正对路了。你把你姑娘的名字具体单位告诉我，我跟孩子她爸讲一下不就结啦。告诉你姑娘，再不要给什么秘书洗衣服了。凭什么一点儿忙没帮上的，还让人家伺候？”大胖李一口气地说下来。

“对！对！正对上了，让这些占着茅坑不拉屎的牛鬼蛇神赶紧都滚蛋！”还没等跛脚李嫂说完，她们三人就不由地手挽手的相互靠的更近，大跨步地向前走去。

晚上，家里除了大儿子以外，一家人都凑齐了准备一起吃晚饭。两个女儿从工地回来串休也不停歇，将家里的角角落落擦得一尘不染又将院子里的树木花草打扫得干干净净。清子和小女儿在厨房里紧着忙乎做饭菜。

这会儿，邻居大门口住的王团长家把门的来了，自从王团长的一家被遣送新疆建设兵团以后，他家用的电话自然成了这所大院的公用电话，而把门的老头自然也就成了大家的勤务员一样。老头喊道：

“普大夫，你们家来长途了！像是你们家的老大来的。”

普昌先跑去接过来电话，果真是儿子从北大荒来的。声音显得又嘈杂又远。

“爸爸！你听着点儿，好好听！你儿子上大学了，你儿子上的是北京清华大学。”听此，普昌有些怀疑自己的耳朵？儿子真的是上了清华大学吗？这难道是真的吗？不仅仅是大学而且是全国最一流的大学，他简直不相信这一切是真的，他拿着电话筒站在那里一动也不动。

“妈妈！我哥哥考上清华大学了。”直到大女儿对急急忙忙赶来的清子大声地说时，普昌这才好不容易醒过味儿来一样。

普昌猛地感到世界曾几何时变得如此绚丽多彩！如此光彩夺目！他，又可以像个正常人一样扬眉吐气地活着，又可以兢兢业业地投入到医学事业里，想到此他竟感觉到自己的未来似乎也有了希望、有了光明、有了前景。

三天以后，儿子背着大包裹从北大荒赶回来了。

晚上一家人围坐在一起听儿子讲上大学的来龙去脉：

“连队里下了推荐上大学的指标，我被推上了。但今年推荐上还要在全团参加全国统考。我很侥幸。考试结果一公布我的数学成绩在全国范围内列入第一名。北航老师透露按我的成绩就“文革”以前也是确保无疑进清华大学的。”

一家人都瞪大眼睛听儿子讲入学的经过，大女儿将每个人的杯子都倒满了茶水。

“谁想到，在这最关键的时候也不知从哪儿冲出个‘程咬金’来。他是辽宁省出身的一个造反派叫‘张铁生’，硬是交出来一张白卷，名曰：我的一张白卷。结果又来了一个来自中央的以排山倒海之势赞扬革命小将的举动，将考试一举都给推翻了。”

“那后来呢？”二女儿不由地插嘴问。

“我想这下可玩完了。一切在一瞬间全变成泡影了，上什么大学？气得我在团部的广场转了一整天，不知干什么才好。正悔气的时候，突然有个人拍了我肩膀一下，叫我：狗子，你不是普大夫的儿子吗？我一看，下了一大跳，你们猜，是谁？是杜师傅。”

“杜师傅是谁？”普昌忍不住问。

“爸爸，你大概早就把人家给忘了，可人家却还记得你呢？他就是原来给王团长家开车的司机。他说他的三个孩子加上老婆，丈人，老丈母娘，住在哈尔滨时多亏普大夫给看病，真的救了一家人，这恩可不能忘。紧着把我拉到他家去坐。后来一问才知道杜师傅自从王团长走后一直在兵团给司令员开车。他问我为什么到团部里来，我就讲了考大学的事。他立刻对我说这事没错包我身上，凭什么考上了还不让上大学？我求司令办就是了。第二天一早他就打发我回连队取行李。这不？我就这样上了清华大学。”

历史是公正的，老百姓也是公正的。

有人在敲门。

清子的家以前是不分节假日，每天都是门庭若市的。病人不管你休息还是放假白天还是黑夜的，有了病就来敲普昌家的门。再说，谁都知道普昌的医术在全省有名，加上老婆又是日本人待人和善。没个架子不说还爱同情人，每次看完病还倒贴些个东西，将衣服裤子毛衣的送给患者。所以也就东传西传的，谁都知道有这个普大夫，有了病就往普大夫家跑。

但自从“文化大革命”普昌被下放以后，家里一下子冷清下来。敲门的动静从此与老普家再也无缘了。

听到敲门声，两个大女儿都下工地去了外地，平常里就清子和小女儿在家，清子稍有些胆儿突地打开了门，一看是三个陌生人。两男一女，都是中年人。

“你们是?”清子有些纳闷。

“不知你们家是不是姓普?叫普昌。”来人说。看上去他们象是从挺老远的县城来的。

清子将三个陌生人让进外间大房间里坐下，11 岁的小女儿闻动静从自己的房间出来，担心地一起进到大房间里来，在靠门口的椅子上坐下来。三个客人中的一个年纪较大的先张开口了：“对不起！你是不是就是清子?”

清子点了一下头，边倒上了茶。小女儿在旁边紧张地注视着客人。

“真的?是真的吗?”另外的两个人掩饰不住惊讶地脱口而说。

清子笑眯眯地说：“我怎么会骗你们呢?”

“俺总算是看到你啦。先叫俺们给你拜一下吧。深鞠躬！我们向你深鞠躬！你可是俺们村的大贵人啦。”

小女儿在旁边听了顿时瞪大了眼睛。

年纪稍大的人站起来，拽着另外的两个人一道给清子鞠了一个大躬，并双手一拱，然后坐下。小女儿在旁不由地噗哧一下笑了出来，除了自己的妈妈她还从来没见过一个中国人大鞠躬过。年纪大的客人沾了一口茶，又继续说起来：

“俺们是来搞外调的。原来俺们村出来的大老刘，原先就是当过你的东家普院长的警卫的。当初俺们村叫你们的军队抓去好多当兵的。亏着你这个日本老婆心眼好，叫你的东家托人将大老刘和俺们村的壮丁都给放了。俺娘老夸你是贵人，俺大哥也是亏着让你们给放出来的。”

“大老刘入了党要提拔县干部，提到抓壮丁这码子事，需要外调属实。俺呢？又是负责人事的，一小老听俺娘念叨着你。这不，俺就趁这外调的机会来啦。俺娘讲普院长的日本老婆是个打灯笼难寻的大美人。不光是漂亮，心眼子可善啦。这不果不然真是那码子事。”

小女儿听了有些入神，她从没见过农民，她觉得他们真像电影《地道战》里的农民一样憨厚诚实。

清子听到这话脸不由地红起来。她想起来，想起她与老普刚结婚不久，住在国民党部队医院时，警卫员带着她的母亲来找的事情。

“我们村的老人都把你给传神了。”其中女的开口插上一句。

“给！这是俺娘叫俺给你和普院长捎来的。”年纪大的边说边把一个大帆布包提到桌子上，里面装了满满的蘑菇、木耳，还有两双手工纳底儿做的针脚密密麻麻、结结实实的黑色大绒布面、白布底儿的棉布鞋。

这天晚上，是月底的最后一天，也是老普从拉林回来的日子。老普从拉林农村坐上三个多小时的长途汽车，再搭乘上一个多小时的火车这才到了哈尔滨。晚上，小女儿拉着爬犁在火车站前来接普昌。当刺耳的车笛长鸣后，只见普昌呼哧带喘地扛着大包小裹的从月台上走了下来。

清子在自己家的小院门口迎着了普昌和拉着爬犁的小女儿，普昌和小女儿将带回来的包裹一个个地拖进了家里的走廊。清子趁着普昌歇息时，将原来警卫员的来访事顺带对普昌讲了。普昌听了很感意外不由地感慨地说：

“还是农民好哇！他们知道报恩啊！”

小女儿在旁顺势插了一句：

“爸爸，农民可憨厚了。”

普昌和小女儿将行李卸完了以后，小女儿摘下羊毛围脖脱下棉衣棉裤，换上家里的服装后，坐到外间大房子沙发旁的细长木椅子上，清子端出来茉莉花茶给普昌和小女儿。

小女儿对坐在沙发上休息的普昌说：

“爸爸，你可真能！每次都能拿回来这么多好吃的。你看我们同学家，家里连个油星儿都见不着。不用说吃肉啦，连买块儿豆腐都要一大早起来排队去。他们的父母也都是机关干部。”

“我的孩子，不是你爸爸能，是那些农民能。中国有八亿人口其中六亿人口是农民，如果不是去了农村，爸爸连做梦也不会想到我们已建国将近二十年了，偌大的农村整个一个公社里竟连一个医生都没有，不用说基本药物就连常备药都没有。就在这样恶劣的环境当中，农民竟然会不向国家吭一声就那样忍耐过来了。中国的农民是真伟大！他们诚实忠厚善良，爸爸对这点非常感慨。每次爸爸要返回哈尔滨时，他们只要一听说就东奔西忙地给爸爸准备上这么多的东西来。看那个，那是房东老大爷拿来的大半个猪，还有东头住的寡妇李嫂特意攒下来的一大堆鸡蛋，西庄的老刘拿来了大块的奶油和奶酪，还有这么多的东北好大米。爸爸真的不知怎样感谢这些人才好。”

小女儿听了点点头。

说到这儿，普昌拿起茶杯来喝了一口，沉默片刻。好像是联想起清子说的过去的警卫员来外调的事，又十分深情地说：

“中国的农民是多么单纯又多么善良！起码他们不忘恩这点最让人感动。”之后他深深地叹了一口气，站起来，到澡间去洗澡了。

清子看着普昌伤感的样子，什么也没有回答，但她心里却十分领会到普昌的那份辛酸。

从她与老普结婚以来，老普几乎从没有在家轻松过一天。无论是过去还是现在。他的人生使命好像就是给患者看病。从早忙到黑，一年四季没有过休息。就是夜半也常常是被患者的家属叫醒，匆匆就诊。

老普是将自己的全身心投入到工作当中。从来到哈尔滨的几十年当中，他已连续几次荣获了特等功和一等功。在他的管理区域和义务管理范围中，没有出现一名因流行病而死亡的患者。由于他的医术精湛和他的忘我的工作态度，迎来了领导和同志们对他的一致好评。

就是这样的老普，“文化大革命”中却被他曾拼命抢救过来的患者——大学里造反团的头头（一个过去的普通的老师）打得头破血流。并且用铁棒硬将老普的右耳给打聋了。

耳朵对一个医生来讲是至关重要而不可缺少的，老普又是将自己的医生职业看成是至高无上的存在。失去右耳听力的老普的内心痛苦，没有人比清子更理解、更清楚、更心疼。

“世上还是好人多啊！”清子走进澡间边给普昌拿去洗换的衣服边安慰着老普。

清子在心中默默地念叨着：世上的事如同有晴有阴的天空一样，没有绝对的幸运也没有绝对的不幸，终有一天幸福会到来的。她学会了下意识地不给自己任何沮丧的暗示心理。她自我形成的哲理在告诉她：对人来说难道还有比战争更残忍、更无情、更不幸的吗？从战争过来的自己，曾脚踏在生与死的边缘线上。今日的烦恼与之相比，不过是了了无几的小。更何况人的一切与这千变万化的大千世界相比，都会化为一个‘了’字，化为一个‘无’字。她敦促自己，等待，等待，只要我有颗对人的宽容和期待的心，肯定有一天我会得到我应得的一切的。

1974年，清子的二女儿在化工局胖子李的丈夫的监督下，顺利地通过推荐上了哈尔滨建筑工程学院。

正当儿子和二女儿先后大学毕业那年，又赶上了1977年全国公开考试上大学的年头，大女儿和三女儿同时都被大学录取了。

就是这样，清子和普昌的四个孩子，在短短的三年间全部进了国家重点大学。并且，清子也通过公开招聘登上了大学讲台，成了一名大学讲师。

在东北的一所著名大学的阶梯教室的讲台上，清子开始了她的讲授。

当洋溢着热情、充满着希望的学生们沉浸在清子那绵绵细语、平易近人的讲授当中时，谁会想到这位白发苍苍又透露着秀丽端庄风采的老师曾经是一名战俘、是一名画工、是一名服装工人。

当学生们用那一双双渴求知识的目光望向清子时，清子不由地问自己：我果真坐在这高等学府的讲台上？难道这些学生真的需要我吗？

她开始了忘我地工作。她醉心于教育事业，她将自己的全部心血都扑向学生。为了解答学生的一个小小的提问，她可以通宵达旦地翻阅各类有关资料，找到满意的答案。

依窗伏案，苦读精念，使清子感到满足和轻松。望着在绿荫下的整齐而洁净的校舍，看着那些快乐而认真的学生们，过去的我和现在的我搀和在一起，与曾有过的闪念和没能实现的梦混合再现，形成一个朦朦胧胧的似乎成形的清子自己对人生的解释：如果将人生作为一个数学的公式来看，我认为自己不过是在计算过程中小位数多了一些，导致计算步骤繁琐了些。但从人追求结果的角度来看，如果结果是令人满意的话，那么过程也就微不足道了。何况，来中国与老普的结合完全是在我的选择和决定下完成的。之后的一切过程是在自我认可的前提下产生的，那么也就根本不存在所谓的苦痛和折磨。更何况所有一切的产生和完成都是我与老普共同进行、共同接受、共同完成的。就这点我也可以对自己说，我在中国生活得很成功，也很满足，也很得意。

当她回到原点上回头看自己，才惊讶地发现过去的一切竟若过眼烟云，留下的只是一个记忆一个遗憾和一个历史的真实。

在二十世纪末期，世界性的经济大革命的风浪瞬间席卷全球。活跃在各个大学讲坛上的清子的儿女们也争先恐后地闯进这股风浪中。

儿子先行一步去了日本。接着女儿们也携家带子走了。

儿女和弟弟在催促清子和丈夫去日本。

清子舍不得离开中国这块土地。舍不得离开她奋斗而来的一席讲坛。想到要与她生活了四十几年的土地告别，她痛感自身价值的自我抛弃的遗憾和伤感。但她又无法去抵挡对儿女们的日益深刻挂念。

受老普的影响，她也开始不自觉地将自己放置在保护孩子和扶持孩子的位置上。在他们的眼中，孩子永远是孩子。但却忘记了孩子与自己已同步进入了一个阶段性的年轮。

老普犹豫了几周之后，有一天，他郑重其事地叫清子来到外间大沙发上坐下，对清子说："走吧！为了孩子我们也一同去日本吧。"

他交给清子一个精致的小盒。

"喏！我一辈子什么也没有给过你，我办了提前离休，用离休钱给你买了一件礼物。在去日本前我送给你。"

多少年来，除了工作、学习之外就是孩子、家务。清子和老普还很少这样面对面地讲过什么。听老普这样说，清子她还真的感到有些羞怯，她的脸上不由地泛起了淡淡的红晕。

"都老夫老妻的还讲什么送礼物不礼物的？"

她拿起了小盒，打开，里面是一个硕大的金戒指。她心里不由地咯噔一下，这使她想起福田家曾送给她的戒指，也是老普在与她结合的那天抛向战场去的那枚结婚戒指。

她感到揪心般的辛酸，不由地在心里说：老普呀老普！为什么这样看待我？我是真的喜欢上你才和你走到一起的啊。

但不知为什么？今天的她，无论如何羞口说出那种卿卿我我的软话来。

清子莞尔一笑，在她那已布满皱纹的脸上，唯有那优美的嘴唇线条向人们显示着她年轻时的丽容。但笑的同时，她的心为老普的一片痴情而感动地在哭。她像掩饰着自己一样顺手将小盒包在手绢里，站起来，放到靠墙角茶几上自己随身用的布包里。

"好了！我就把你给的礼物放在贴身处，好吗？"

"我们夫妻我们一家不管走到哪里，一定总要在一起。这也许就是人生的最大幸福！"老普微笑着喃喃地说着。脸上露出安心的神情来，在这安心当中隐约地透露出朦胧的忧郁的神情。

1988年，他们来到了日本。来到了清子的故乡。一个清子的名义上的故乡，日本。

儿女们工作都很顺利。

两年以后，也正是在他们来日本的同一个夏日里，火热的太阳燃烧在夏日碧蓝的空中，老普没有任何先兆地突然倒下。去医院，作了各种检查，住院，前后不到三个星期老普就去世了。

人走了。清子头一次感到了寂寞、孤单和从没有过的惆怅。

她有些后悔来日本。正因为来日本，一个经济外观显示出的时差和一个同行相比下的落差，带给老普心理上的强烈反差和不平衡，对他形成致命的打击，加上他本来就有的敏感内向的性格，都在无形中扼杀了老普。

清子感觉自己老了。感情越来越脆弱，总之，只要一坐下眼前就出现了老普。老普怎么就这么快地没有了，她无论如何不敢相信这个事实。

明明老普每天早晨还在迈着轻松的脚步走下楼，沿着鲜花盛开的小公园慢脚小跑。他那从来响亮的嗓门好像还在门口响起，逢到此时，自己吓得慌慌张张地跑出来，告诉他小点儿声音，免得这里的人们老说中国人的闲话。

老普死了。他就那么简单、那么痛快、那么悄悄地没有了。清子似乎看到在那个极乐世界里，老普在四处游荡。也许，他头一次这样轻松地坐下，问一下，一切是为了什么？

房间里这样的清静，清静地令人心烦，清静地令人焦躁不安。

孩子们各有各的家，各有各的孩子，也各有各的烦恼和操劳。正如同当年父母对自己的无奈一样，自己今天也在无奈地看着自己的儿女。

她突然才意识到自己对老普并不知道很多，她甚至都不知道老普在哈尔滨时工作了四十几年的大学在什么地方？她只记得老普每天早上六点钟出门，骑着那辆叮当响的自行车，不管是炎炎烈日照空的夏日，还是冰封三尺寒冷的冬日，他从不休息，从不延误时间，每天早六点晚八点骑着那台从没有换新过的自行车，来往在家与大学之间。

她与老普在中国生活了大半辈子，竟从没有同老普回过一次他的老家。

在她与老普来日以后，共同渡过了两年时光的住宅里，她几乎闭门不出。她觉得出去也没有多大的兴致。

时间在慢慢地流动，在慢慢流动的时间里清子在慢慢地回顾自己，回顾和老普曾有过的家。

可是奇怪的是，当她将回想的念头再往前延伸时，有过的一切竟如过眼烟云，忘记得一干二净，没留下一点儿的痕迹。

在记忆的最遥远的天边，出现的是可怜的小冈本。之后是那双胆小而忧郁、神经质的、与福田生的大儿子的眼睛。但奇怪的是这双眼睛竟与那泛着黑亮眸光的死在北大荒的儿子的眼睛混合重叠在一起，模模糊糊当中竟分不出谁是谁来？

一转眼老普故去已有三年了。在这三年中家里发生了惊天动地的变化：大儿子和大女儿都先后成立了公司，成了不大不小公司的经理，指挥着上百名职员活跃在中日两国之间。二女儿和小女儿各发挥其能，分别成为一级建筑师和公司部长在日本中坚企业中成为技术强干的领导班子成员。

四个儿女在日本这块土地上绽开着朵朵精英花，叫清子感到无限的宽慰和幸福。

这一天，四个儿女为纪念老普去世三周年，带来各家的孩子们聚集在清子的住处。

安静的房舍又开始洋溢起热闹的气氛。清子笑眯眯地坐在沙发上，看着女儿们在厨房里忙乎着。孙子孙女们一个个在房间里跑来跑去，她尽享着作为一个老人的天伦之乐。

大女儿端着碗筷走进房间，来到清子的身旁，说：

“妈妈，你知道吗？我这次到中国去得到一个大发现。妈妈，你猜是什么？”

清子轻轻地摇了一下头。

“我原来的大学同学，数学系的小关一直想到日本来，叫我给她当经济担保人。妈妈，你记得不？就是原先经常到我们家来的那个大高个子的女孩儿。你猜！她的妈妈是谁？她妈妈就是当年省农展馆的李馆长。”

清子真的有些吃惊。她怎么会忘记呢？

“是吗？李馆长，我当然记得了，她是全馆权最大的，这还能忘了吗？”

“小关这次和她妈妈一道来宾馆找我，很随意地提起来的。她妈妈邀我能不能一道去参观在北京举行的全国一流美展，说是受上海美院院长苏立的邀请来的。我当时一听苏立就楞了，那不是妈妈一小时经常给我们讲起的那个买媳妇，后来被下放到山沟去的苏叔叔吗？我一说，小关的妈妈马上就说你是不是清子的女儿呀？我就是农展馆的李馆长呀。我们真有缘份，一定向你的妈妈问个好。妈妈，你知道吗？我们中国是夫妻结婚不改姓，如果不是这次的巧合，我怎么也不会想到小关的妈妈就是李馆长啊。”

清子听了眼睛里露出了一个十分怀念的眼神，不由地点点头，笑了。

“我还向李馆长问起了丁阿姨，她怎么样啦？李阿姨对我说：好吗？你丁阿姨早就扔掉画笔了。当年把她赶到乡下后她就发誓再也不画了。现在她倒是当上个好奶奶了。没办法！她就是这样倔脾气的人。”

女儿说完马上转身去了厨房。

清子不由地拉开窗户，让清爽的风吹进来。轻风缭绕着清子的面颊她的头发，她坐在靠窗户旁的沙发上，心随着清风在回荡：过去，在中国一道工作过的朋友，胜过姐妹的友情，曾激发起的淡淡的恋情，都化为一个永远的记号，作为一个朦胧的甜甜的回忆，永远地留在我心底的深处，锁住，锁住。

门响了，令人稀罕的挂号信。

坐在门口椅子上的儿子替清子盖了章后将一封挂号信递过来。

“东京裁判所来的?”儿子一瞥发信的地址吃惊地大叫起来。女儿们一听儿，忽地一下围到清子的身旁。

“本庭接到起诉人福田对清子及清子的四个儿女的起诉，传被告人在某年某月某日如期来本法院，没有特殊理由不可拒绝。东京裁判所。”

看到起诉人的名字，清子猛然一惊：我在七十五年的人生中，无论是在中国还是在日本、朝鲜，还从没有涉及过任何违背法律的事。而这个起诉人竟然还是一个早已忘记的前夫。一个八杆子也找不着的人，一个早就没有任何关系的人，怎么还会在今天来找到我？通过法律的手段？真叫她百思不得其解。

但清子很快又平静下来，一个从没有想过的打算在她的脑中浮现。她突然决定对儿女们讲一下关于自己与福田的过去：那双胆小、忧郁而神经质的儿子的眼睛，又在眼前出现。儿子，我与福田的儿子，他也是我的儿子。可怜的儿子！没有饱尝过母爱的我的儿子，他今天和我在同一块土地上，我们离得这么近，我为什么不能去看看他？看看那个从小失去母爱的我的儿子？

老普，如果老普还活着的话他会怎么想呢？

不！对我的儿子，老普不会有任何反感的！当年是老普亲自治好了福田和我的儿子。起码他对病人的宽厚，对病人的仁慈，对病人的爱，已足以告诉我老普不会对我见儿子有任何不高兴的。

还没等她张口，她的三个女儿就已经开始张罗开来。

“快吃饭了，什么事儿也没有。快收拾收拾！”

大女儿有意地搡了一下清子并悄声地对她说：

“有事过后再说，好吗？”

清子领会到了女儿们的用心。她们是为了回避在场的三个人的丈夫和儿媳，还有日益长大的半懂事的孙子们。

离去裁判所的日子只剩下三天了。

这一天是周六，大女儿照例地在晚上安顿好自己的孩子以后来清子的住处。她进了门，先是一阵子的忙乎，打扫所有的房间，连同澡塘和厕所，然后是厨房。之后，她洗了一下手，解下围裙，倒了两杯茶，坐到清子的身旁。

女儿开口了：“妈妈，去裁判所的事你不用担心！我们几个都已请好假，当天都能陪你一道去。只是哥哥因为去海外出差由我来作代理。我已经同裁判所讲过了，他们也已经同意了。”

清子听了想要张口，但突然又不知从哪儿讲起为好。一个自己编造的故事，四十几年来一直对儿女们讲述的自己的故事，就要用自己的手来撕破，太多了！应从哪儿讲起呢？

女儿又开口了：“妈妈，你什么也不用对我们讲了，我们兄妹几个早就全知道了。不知你还记得不？中日刚建交后不久，有一年，几名日本报社记者来我们家采访的事。他们开口就对妈妈说：眼下在中国生活得怎样？为什么与前夫和儿子离开？

可以说，那次我是头一次听说了妈妈的事。我们家就妈妈和我懂日语，我听了这话之后并没有翻译给身旁的爸爸，反倒立即反驳记者说：这是个人隐私，与你们没关系也无权奉告！更何况我的妈妈在中国有个非常完好的家庭，过去发生过的任何事都与我们家的今天毫无关系。”

听女儿说话振振有词，清子又一次感到了震撼！不知为什么她在女儿身上似乎看到了丁毅，看到了王馆长，看到了文工团时的战友。

“妈妈，你和福田的儿子，他在五年以前已经去世了。”

清子对这消息感到突然，那双忧郁而胆小的神经质的大眼睛，曾跟随她五十几年，他怎么会突然消失了呢？一个悲哀涌上的同时，另一双泛着黑亮眸光的北大荒地底下的大眼睛又将她的视线挡住。

“六年前，我哥哥先来日本时，他第一个找到的人就是我们的这个哥哥。听哥哥讲我们的这个大哥，性格非常内向，不爱讲话，讲出每句话来似乎都要考虑再三的样子。他见到我哥哥时的第一句话就是你和妈妈真像，和我记忆中的妈妈一模一样。”

“然后他反复地说，我对不起妈妈，是我害了妈妈！以后，他再什么都不说了。他相当的神经质，当他对哥哥说这话时，他的嘴和双手都在发抖。”其实，哥哥说大哥见到他一直在哭，默默地一直在掉泪。女儿对清子省略掉这一段了。

“他给了哥哥一些钱，叫哥哥给妹妹们用。但哥哥拒绝收下他的钱，因为我们并不缺钱。他给哥哥留下了他的联系地点和电话。”

清子默默地饮着茶，边听女儿在讲。她的心开始平静下来。

“正巧赶上哥哥回中国出差，一去就是半年。待他返回日本再同大哥联系时，这才知道大哥患肝癌已在一个月以前去世了。

听此，清子觉得心好像一下哆嗦起来。

“大哥留下遗言：自己的财产留给妻子，但是如果自己的父亲去世留下财产的话，一律不准动，要全部给自己的母亲。”

清子的心在流泪。

“看来这个大嫂是有意无意地将大哥的这个意思告诉了福田。福田因此而知道了你的下落。”

女儿说完坐了一小会儿就走了，回自己的家了。

清子坐在桌旁许久许久。儿子死了。这是早就应想又不敢去想的事。那双胆小而忧郁、神经质的大眼睛消失了、泯灭了。

她感到悲哀，应该给的爱没能给：孩子！我的孩子！他曾渡过怎样一个孤独、凄凉、没有母爱的一生？她感到自己作为一个的母亲深深的忏悔和罪过。

但同时她又感到隐约的、空洞的解脱。伴随自己一辈子的那双胆小、忧郁而神经质的大眼睛，就像不可抗拒的监视器的眼睛一样，从此消失了，不存在了。和那个泛着黑亮眸光的大眼睛的北大荒的儿子一样，如同流星一样永远地消失了。

她走到房间左前方的佛龛前，望一下那里摆放着的故者们的照片，老普、父母、大哥、大嫂、二哥、小弟，她静静地望了一小会儿，便马上迅速地关上佛龛的门。

这一天，清子和女儿们提前来到东京裁判所。

一个颤抖的声音在清子的大女儿耳边响起：“请问，你是清子的女儿吧?”清子的大女儿猛一转身，眼前站着一个老人，一个衣着很好的老人就站在她的眼前。

“是的，我是清子的大女儿。您，就是福田先生吧?”

老人又走近了一步，大女儿才看到这个老人兴许是年轻时过于放荡的性生活所致？他的牙齿几乎全部脱落，眼睛里闪动着浑浊而衰老无力的残光。他看上去好像比妈妈要大起码 10 岁以上。他真的就是一个地道的老人。

“你同你的母亲年轻时长的真是一模一样。看到你我真的感到像是在做梦一样。”老人有些感叹又有些羞涩地说。

“不对吧？我长得一点儿也不像我妈妈。我百分之百地像我爸爸。”大女儿爽快地笑着边大声地说着（虽然她明明知道自己其实长得很像母亲），并抬起手来作出个‘请’的手势。大女儿在一瞬间看到在福田脸上出现的尴尬，便立刻收敛了笑容，她担心自己过于强硬会使老人产生被嘲讽的误解。便立即又说：

“您？不是有话要对我说?”

“是的，在没有进去之前我想问你一下。”老人顿了一下，作出了一个手势，清子的大女儿随着他走到走廊的另一端。

“由于战争，我与你们的母亲至今没能办上离婚手续。这也是我起诉的理由。但在另一方面来讲，因我没有同你们的母亲离婚，在法律上你们只要愿意接受我的姓，你们就会成我的合法的儿女。我的财产你们就有接受的权力。我想同你们商量一下，如果有可能的话，我希望你们能够接受我的请求，做我的子女。”

老人慢慢吞吞但口齿十分清楚地说。他头也不抬，似乎在边考虑边说一样。

“哦。原来是这样。我在这里代表我们四个兄妹对您讲。今天为了我们的母亲我们来了。办完您和我母亲的手续后我们就回去。至于我们能不能改您的姓做您的儿女，接受您的财产一事，这是根本不可能的！我们不接受也不同意！我们的父亲是中国人，谢谢您的好意啦。”清子的大女儿十分干脆地说。

开庭了。不用十分钟就办完了一切手续。

走出裁判所，在女儿们的建议下，他们走进了靠法院最近的一家饭店。

当招待将盘子端上时，清子本能地伸出手接过来并递给福田。又拿出湿毛巾递给他，并将盘中的菜先给他搛上。在这仅两三秒的举动中，一瞬间清子本能地感到了来自女儿们的惊讶的目光。

在女儿的眼中，从小见到的是父亲开饭之前将好吃的饭菜先搛给母亲，而母亲的筷子从来是搛给孩子们的。她们还从来没有见到过母亲还会将饭菜搛给一个男人，并且是这个曾是她丈夫的男人。

清子意识到女儿的惊讶的同时也惊讶于自己的行为，几十年过去了，竟然见到他还是那样恐惧，那样畏懦，那样卑怯。她的心感到痛苦，一个自身心底深处很深的痛苦。这痛苦伴随着她走过了半个世纪，似乎始终没有消失过。

清子的心被痛苦绞得粉碎：我，一个清高而有着良好教养的我，曾被此人侮辱、被此人歧视、被此人折磨过。那个永远难以忘记的场面，在华灯下躺在数名裸女陪伴的浴缸中的他，对从产床上挣扎着爬去央求的我抛来的轻蔑、傲慢的一挥。在难民营中他对我的侮辱和人格的转卖等等，够了！可今天，当我带着这个痛苦的曾被扭曲的心，又坐在这个无情加害我的人的对面时，我的气愤已在敲打着我的手脚震颤哆嗦。但奇怪的是为什么见到他我还像从前那样想去伺候他？是本能？是我内心还在怕这个人？是我内心虽恨他但我实际上是怕这个人？赶快走开！赶快离开这里！我真是连一眼也不愿再见到这个人。

她默默地坐在那里，一口饭菜也没有动地坐在那里。

她在想：为什么？为什么对面的他想起要起诉我呢？无论在哪个国家，法律是宽恕由于战争对婚姻产生的制约。这是一个再普通不过的常识！难道是他的良心所见？不！这样说等于否定我自己。他对女人从来是玩世不恭的。据说他返回日本以后，先后同三四个女人都以夫妻为名生活过。难道是他的唯一的儿子留下的遗言，为他打开了逗留人生的最后一个赎罪的便门？据说他除了我的儿子以外再没有过孩子。但像是报应一样，连儿子也没有给他留下后代。

她突然一惊！为什么我忘记了一个根本的问题，就是在他福田的心里除了钱、女人以外他什么都没有，也根本不可能有的。他之所以要告我无非是对我的存在有着一个戒心，生怕自己死去财产将落到我这个法律上没有解除婚姻关系的妻子身上，为了这个担心他也要不耻老脸与我履行这项法律上的程序。对他这样一个俗不可耐的人，我又何必去认真琢磨他的人格和良心呢？

她思索了片刻，很快冷静和高傲的自己又在她内心复苏。她的宽容在敦促她去原谅。原谅这个已是孤家寡人的老人。

她对自己说：算啦！过去的都过去了。你有你的冷酷和傲慢，我有我的幸福和骄傲。我们不过是在人生旅途的列车上偶然同坐一席。到站了，你我分道扬镳！又改乘各自的列车，走向各自的终点。今天的你我不过是陌路他人，何必在有限的生命点上，留下相互憎恨的痕迹呢？

在礼节性的道别之后，清子在女儿的相伴下，乘上了返家的地铁。

岁月缓缓流逝，人，被岁月滚磨、磨削掉所有的棱角，最终回到原点。在已步入风烛残年的清子的精神世界里，已不存在所谓的文明、礼节、教养。人生已告诉了她，努力装饰的自己和被装饰的自己，最终不过是为应酬社会舞台的一个角色而做的。今天的自己，已不需要这些。对被有限的生命制约的自己来说，除了由自然生活带来的快慰以外，已什么也不需要了。

从普昌走了以后，大女儿就把清子接来一起住。大女儿的家位于东京边上。在一幢属于女儿夫妇所有的带有小花园的二层楼里，面向东南的一楼最大的起居室是女儿专门给清子做的，而这所漂亮而适用的建筑也正是一级建筑师的二女儿的精心佳作。

每到傍晚，大女儿下班回来，总望见清子依伏在二楼的晒台上，眺望着远方的夕阳。

“妈妈，你怎么又上楼了？腿不要紧吗？”

“看！快来看，能看到富士山。看到了吧？那个在夕阳旁边的山峰。”

大女儿极目望去，果见在火红的夕阳中，富士山的雄伟的平顶山姿。

“记得不？在富士山脚下的松花江，一到开春冰排的时候，多壮观！你爸爸总在那时候带我们去。”

清子看着夕阳对女儿讲。

女儿边收着晒干的衣服，边答应着妈妈。女儿懒得再去纠正妈妈，妈妈老是搞混，明明是东京葛西区的环七路，她偏说那是哈尔滨的阿什河街。明明过去在哈尔滨时家里种的是丁香树，可她偏说那时种的是颗樱花树。原来曾纠正过妈妈，而妈妈却振振有词地说：妈妈已经八十八岁了，脑袋里的中国和日本已混同在一起，分不出是这个国家还是那个国家的。反正在宇宙的空间来看地球不过也就是一个大同物质世界而已。一切就随妈妈去吧。好吗？

玫瑰色、紫色、灰蓝色的云朵积聚在天边，晚霞映红了天一角。不一会儿，火红的夕阳随着附近小学传来的钟声慢慢落下，浸到紫蔚的云海里渐渐地消失。

女儿下意识地瞥了一下清子，曾几何时起她的那个颇有线条的嘴变的总是这样半张着，下颏与脖子被一团稀软松遢的肉连接，满满的皱纹在她那透着浅粉色的面庞上深深地嵌刻着，被搭旯下的眼皮盖住的眼睛老像是在笑。几乎看不到一丝黑发的脑袋伸向前方，高高地抬着。

夜半，清子又起来上了厕所。回来后躺在床上，她又习惯地拉开眼前的窗帘，突出的窗台上摆满了女儿养植的花，盛开着的君子兰，紫牡丹，夜来香。

透过斑斓的花卉，能看到夜空。广阔无际的墨黑的夜空，晚霞之后是神秘无比的星空。晶亮闪烁的繁星在夜空中高高地、快乐地、美丽地蠕动，一眨一眨那深奥无燧的眼睛。清子的眼中出现了儿子，那是儿子，我的儿子。他看到了我，看到了我和普昌。他怕了，他慌慌地跑掉了。他抖索着向那个他并不爱的爸爸求救，他以为不管怎样他是爸爸，爸爸一定能拉回妈妈的。后来他死了，死在北大荒，在北大荒那片荒凉无际的平原中，他静静地躺在那里，并且永远地躺在那里。那颗最亮的星星一定是普昌，普昌其实就是小冈本，小冈本就是普昌。他们的眼睛是一样的，大大的、黑亮的、善良而诚实的。他们没有老年期，他们有的永远是年轻英俊的面孔。

清子喃喃地自语着，又进入了她的一个长长的香甜的梦乡中。

河　堤

黎明前。当大地还在沉睡，人们还在梦乡，月亮和星星还在漆黑的夜空中晶晶闪烁，时针刚刚指向四点半，小老头儿、大脑袋、加上我，我们三个人已经爬上江户川河畔高高的河堤上，开始晨练。

江户川，据说是三百多年前（也就是宽永 17 年 1640 年）开始一点点挖掘建造起来的日本国内最大的运河之一。全长约 60 公里，宽 400 米左右，总面积约 200 平方公里，供给千叶县、琦玉县、东京都约 1000 万人口的用水。

沿着江户川分支延伸到市川市小城来的河水两岸，相继建造起来的是齐整坚固的河堤。河堤高有 5 米左右，距离河畔约有上百米左右，与河堤相接壤的是蜿蜒的公路。

江户川的水从来是不平静的。它就像一个千面脸可以在一个瞬间变成碧蓝清澈的透明宝石，又会在一刹那间变成混浊不堪的灰色铅砣。

母亲在世时，逢到周日或节假日，只要不是下大雨刮大风的天气，我一定会在一大早推上轮椅，带着她来到我家身后不远的河堤上。站在横亘在通往我家小路尽头的这个河堤上，俯视着千变万化的江户川河水，眺望着坐落在正面南方天际边上的富士山。

富士山牵动着我从小的梦想。

还是在1969年我十六岁初中刚刚毕业，被分配到东北富锦县小山沟插队时，在那里我常常想起在母亲故事里的那座非常神秘的富士山，并且好像真的就在那山的对面还有另外一个我，她和我一模一样，我和她虽天各一方，但她又好像始终就在我身旁一样。

2006年母亲在这块她出生的日本国土上永远地走了，留下我一人。

每早我依然在天未放亮前来到江户川河堤上，面对着河水，面对着对岸的富士山，和少女时代的我一样，先去急急地寻找对面的我，匆匆说几句积攒在心底的悄悄话。

他向我走来。

在他身旁跟从着一个矮矮小小的老头儿。

“认识一下好吗？我叫渡边。就你一个人吗？以后我们一道早练怎么样？”

我愣了一下。

但见眼前的这个中等身材的初老男人，方方正正的大脸和一颗硕大的脑袋，圆圆的瞪大的眼睛，虎背熊腰壮实的身材，就他直视人的坦率的态度就叫人感觉到似乎不像有什么邪门歪道的样子，直觉中我认定他应该不是一个坏人。

想起几天前，我就模模糊糊地感觉到这个人的存在了。因为他有些与众不同。这里大多数行走的男人要么是向前哈着腰，生怕踩死蚂蚁一样地走路，要么是挺直胸一副麻木不仁的神情。而他却不同，他走起路来大摇大摆的，虽然威武但不鲁莽，虽然高亢但不张狂，并且在他的身旁总是跟随着这个小小的邋邋遢遢的老头儿。

他们两个真是一个奇怪的搭配！是父子？不像！因为他们的落差太大。一个显得尊贵，一个显得平庸。是朋友或是邻人？又不像！因为他们看上去好像没有语言交换。

“好的，我姓陈，中国人，当老师的。正好我一个人也挺孤单的，以后早练我们就做个伴吧！”

我们就这样认识了。

这个大脑袋的男人叫渡边，他是一个癌症患者并且可以说是全身癌的患者。

五年前在他还任公司社长时，工作中突然双目失明，经过大医院的三个月精密检查也没有得出个结果。直到有一天突然尿血，医生才把所有的注意力集中到肾脏和膀胱上，同时一个惊人的数据结果叫所有的医生都大吃一惊，肾癌膀胱癌脾癌，必须要立即切除。

他接受了治疗，并同时接受了生命的最后宣判。残酷又致命的打击如同疾风骤雨般突然到来，叫他措手不及。此时的他真正地感到生命的诀别就在现实中，就在今天。

“只有在那段时间，我才真正地问自己究竟为什么活着？男人活着是为了挣钱，我拼命地挣了。挣来大笔的钱可我却倒下来了，为的什么呀？难道只为了钱我要付出全部的生命?！值得吗?”

“哦，那可是太残酷啦，对不?”

我将脸探试性地转向小老头边回应着。可是小老头儿像是听不见一样一点儿也没有反应。

当然，我清楚渡边讲的一点儿也没错，我相信这一定是他的真心话。

因为在医院里看护母亲的最后的日子里，我就亲眼目睹那些濒临死亡的人们的痛苦和懊悔的面孔。

“于是，我决定不干社长，叫我的两个儿子接班，反正他们都已经老大不小的了。动手术时我六十岁，眼睛恢复视力后我就从一线上彻底退了下来。现在是有时间就帮帮孩子们的工作，但大多数时间是游手好闲地活着。”

渡边走路的习惯姿势是大幅度地前后挥动双臂，像个军人一样。而他身旁的老人恰恰相反，微微前倾着身体，走起路来脚尖先着地，小心翼翼又带着一份儿随时冲刺的紧张。

“社长话是这么说，其实没有一天他是闲着的。”

他身旁的那个又矮又小的老人终于开口了。他讲话时就像大堆糊涂粥倾盆而下，听不明白他讲的到底是什么，并且他的声音又大又来势凶猛。

“你能听懂这个老头儿的话了吗？他说的意思是我闲不着，一直在工作。”

“我大致能猜出他的意思来。可是有一点我很奇怪！这老头儿明明让人觉得他耳背的和聋子差不多，可是为什么你现在的话他都能听得懂，而我说的话他好像听不着一样？并且，我不明白你们之间的关系？你能不能告诉我这位老人和你到底是什么关系？他怎么老是和你在一起呢？”

我急于想解开我的疑团。

在外表上看，他们形影不离，看年龄相差像是父子。但又让人感到他们不是父子，因为他们的气质实在不同。一个说起话来虽然斯斯文文的但外表又豪气十足的，另一个是唯唯诺诺的，好像时刻都在窥视着主子的恭维像，真的很难叫人把他们撮合到父子关系上。

“哦，他是我的房客，今年已经八十三岁啦，所以他耳朵非常背。别看他岁数大，脑袋正经好用。我的话他几乎都是猜出来的，大概是我们整天都在一起的关系吧。他就住在我家附近。”

“怪不得。”

但我还是感到一丝不解。即便是房客也不至于那样唯唯诺诺，言听计从的呀。

看我不解，渡边又说。

“你看老头儿他现在挺老实，以前他可不是一个一般的人。”

渡边说到这儿，脸上泛出红润的光泽，眼睛也显得格外的亮，看上去他人非常的直率。

“老头儿原来是黑社会的打手，专门帮着黑社会讨债催债，一天到晚总是打架动刀动斧的。别看他现在挺老实听话，年轻时凶得吓人！蹲过监狱无数次。”

“那他是这样的人，你怎么会认识他呢？难道你也是黑社会的人吗？”

我突然感到从来没有过的恐惧：如果渡边是黑社会的人的话，他会不会把我，把我的家人给伤了呢？

“可笑！我怎么能是黑社会的人呢？在某种意义上讲我是帮助政府监督和照管他们这样的人的。”

“哦？”

“小老头从监狱里出来后，没有地方去，也没有任何生活出路。于是找我哥哥借钱。他和我哥哥不过是相互打招呼的过路熟人而已。我哥哥看他可怜，人老了又没有工作能力，所以问我能不能收留他？小老头是个没有户口的人，因为他整天到晚走东串西的。于是我把他落到我公司职员的名下，为他取到了一个户籍。然后为他到政府部门申报劳保待遇。劳保待遇就是每个月政府发给这些被认定的人生活费、房费，大概有 18 万日元左右，并且交通费和医疗费全部免费。政府经过调查核实后与我签订好协议，内容是我必须负责监督和看管好老人的所有财产和行为。就这样他开始住在我的外租房子里，一住就是十几年。”

从这天起，我们三人结队，在早练的河堤上，我们从来是形影不离。

个子小小的老头儿走在右面，身高 176cm 的渡边在中间，中等身高的我走在左面。为了更好地相互称呼，我为他们各自取了个绰号，小老头、大脑袋。

一个呈现“132”音乐符的队伍，脚踏着岁月的时针，就这样每天准时准点地铭刻进河堤的时盘上。

一聊起来才知道渡边家离我家并不远，也就是两分钟的距离。他在市川市这片儿已经住有将近四十年之久。当初他来这里时，这里还是没有被开发的荒地。

“我那时二十多岁，已经成家有孩子啦，并且我还带着父母一道生活。亲戚们劝我在这儿买了土地，盖了房子。看见没有？从车站到这里方圆几十里都是我们渡边家。我父亲有兄弟 12 人，母亲家有兄弟 10 人。在他们那个年代，政府奖励所有能生孩子的老百姓家，所以，我父母两家都有成群的姐妹兄弟，并且他们都是同父同母的。我们就在这一片地区建立起一个大家族圈。每年我出席的亲戚家祭祀活动就有五六回，为此忙乎得焦头烂额的。”

一寻思，我搬到这儿居住虽然已经有十几年了，奇怪的是我和渡边虽然近在咫尺竟从不相识，真是“有缘千里来相会，无缘对面不相逢”。

已经接近黎明，在前方微微发亮的东方天际，露出太阳的一道道火红的光芒。

四周静悄悄的，只有偶然从我们身旁跑过去的人相互道声早安以外，连大脑袋和小老头儿的呼吸声都听得一清二楚。

大自然的瑰美与安静令人真想亲吻大地，大喊一声：

“我爱你，大地！我爱你，大天！”

我家住在日本市川市，从市川大桥步行 5 分钟左右就进入东京，可以说与东京是咫尺相望。

位于我家旁边的江户川河堤是东西走向的，沿着阶梯走上去面对的是南方，那里就是东京，而在东京背后靠着的是巍峨耸立的富士山。

就像一个约定俗成的指向：每到冬天我迎着东方跑，这样会越跑越亮，直到迎着太阳升起，然后，我们三个人一起走回来；而每到夏天我迎着西方跑，这样跑起来会不热，直到背对着东方太阳冉冉升起，我们三个人再漫步在河堤上往回返，完成早练回到各自栖息的家。

第二天还是继续我们昨天的程序，早练从来就是重复着昨天的内容。

四点半他们两个先来到我家门口小巷前等我，然后三人步行 5 分钟之后来到河堤。

我先是一个人顺着河堤一直跑，跑到将近五公里以远的地方在那里一个人做瑜珈。他们两个人紧跑慢追地沿着同样的路跟随在我的身后，在我做瑜珈的地方与我汇合，然后我们三人再一同步行往返回来的路上。

早练的程序循环往复，重复着过去。河堤的时针也在准时无误地敲打着来往者的记录表盘上。

但是，大自然给予我们的清晨却从来都是新生，奇颖和鲜亮的，好像并不存在昨天，更没有过去。

从五公里以远的往回返的路上，右手是与公路相接的无边的大地和晶莹透剔的满天星星，与远处坐落在大地上的各家小楼门园放射出来的萤火虫般的门灯光亮连成一体。左手是江户川河水进入东京湾的海岸线，海水送来阵阵带有咸味的海风，轻轻地吹拂和抚弄着我们的面庞，也许正是在这一刻我感到真正意义上的大自然的神秘奥妙和博大精深。

也正是在这片刻，大自然的纯真净化和洗涤了我们所有的杂念。大地与大海的交融，比邻相望，使我不禁想起李白的一首诗来：

“众鸟高飞尽，孤云独去闲。相看两不厌，只有敬亭山。”

是伤感还是多情？一股带有凉意的泪水顺着我的面颊流下。

“我在这里常常不由地将自己的国家和日本相比，如果叫我打个比方的话，中国就像一座庞大无比的原始森林，而日本就像一个屈指可数的人造植物园一样；我的国家充满了原始的高亢的生命力，而这里一切都像是被加工过一样摆放在那里，只能看不能走进。在我的国家，当你走进它虽然会嗅到有些简单、鲁莽和粗野的气息，但你又会同时感觉到只有在这里才是实实在在地演绎着一个真正的人生，它会告诉你最简单格式的好与坏、恶与善。而在日本这里一切都好像是被精雕、磨搓、格式化一样，人变成机器靠着本能的机械运转就可以过完每天，既没有生命力更没有激情和感觉。”

大脑袋静静地听着，他的嘴半张开着，露出孩童般的惊讶和迷茫。

也就是在这个时候，在自然的光煦中，我们都像是在重新返回纯真的幼童时代，透明而无邪，天真而快活。

“你说战争时，我们日本人怎么就会跑到中国去了呢？我问过我父亲。我们家从江户时代也就是 1586 年起就搞建筑。我父亲也是在成年以后继承和经营建筑公司的。中日战争时他被征兵，派作战炮修理工。人们都说日本人非常忠实于天皇，为天皇而战。可是我父亲却说没有一个兵说是在前线为天皇效劳的！大家都是没有办法被逼着去中国的。炸弹飞过来或是被命令上前线时，当兵的每个人第一个想的是老婆孩子怎么办？想着怎么逃命。怀里揣着的是老婆和孩子的相片，嘴里念叨的是叫老婆孩子保佑自己别死啦，就这么简单。”

大脑袋虽然和所有的早练的人一样每天几乎都不会穿重样的衣服，可是，他的头型却一直保持着一个形态，从左向右的大分头，正中间部分高高隆起一个波浪，并且被发蜡固定在那里，就像一个公鸡的高高的鸡冠一样，竖立在前额脑袋中间巍然不动。每当看到那个高高的鸡冠时我总忍不住发笑，人真的和动物世界里的雄性一样，男人也都要求自己有雄性的表现。

她总是悄然地从我们身边走过去。如同对所有和她相遇，好意地向她打招呼问好的人，总是以沉默不语来作为她的答复一样，对我们她也是如此。

她，齐肩的短发，中等身材，虽然已是半老徐娘但还能看出她年轻时有的风韵和秀丽。

今天大脑袋又忘记昨天被她忽略过的冷淡，当觉察到她从我们身边走过时，本能地问了声，“早安！”

而对方如同没有听见一样，一忽而过。

大脑袋有些尴尬地说:“她这个人，怎么这样？”

“甭介意！她就是这样，神神道道的。”我安慰大脑袋。

“怎么？你认识她吗？”

“岂止是认识？她是我家邻居叫宋琴，就住在我家隔壁。知道吧？紧靠产业大道旁的那幢挂着‘和平医院’门匾的四层小黄楼，那里就是她的家。”

“哦，就是紧贴你家小院的那个医院吗?”

“是的，就是那个楼，她就是院长的妻子。十几年前我刚搬到这里时，我惊讶地发现与我为邻的竟然也是中国人。他们是一对来自台湾的从医夫妇。他们有两个儿子，也都是学医的。我家是坐北朝南的二层小楼，而她家紧贴着我家小院，与我家的方向正相反是坐南朝北，并且他家的朝北的方向是沿街的。小楼的一二层是医院，三四层是住人的。”

“开始时我还觉得邻居有个医生挺方便的，又都是中国人，更有一种亲近感。谁知搬来不到一年的时间，这家的主人竟然一个晚上一命呜呼了。原因是突患腹膜炎，医生之家竟没有抢救下大东家的性命，人就这样走了。从那以后，女主人突然变了，虽然才 50 岁出头，可在几天的时间里却一下子变得老了许多。在那段时间里她只要一得空就叫我出来唠叨两句。她讲的是客家话，要不是因为我父亲是广东客家人我还真的不懂她的话。从她断断续续的客家话中，我知道了一些有关她和她的身世。

她丈夫的叔叔，是在战前被日军强迫来日本的劳工。因为一辈子没有成家就将哥哥的孩子从台湾过继来成为养子，也就是她的丈夫。叔叔将一生拼命打工攒下的钱全都用来供侄子上学。而侄子从医学院毕业那年，叔叔扔下大笔的血汗劳工钱过世了。

而她出生广东，还是在少女时期就随着父母在战争烽火年代转辗东西费了番周折来到台湾，之后她毕业于台北医大。经家长指定相亲，她与丈夫成了婚，并很快在婚后来到日本。那时的她连一句日语都不懂。

与丈夫结婚的第一个条件就是不准她在公众场所说话，家里的一切必须听丈夫的。

丈夫过世后，没有多久女主人关闭了医院。两个儿子虽相继医学院毕业也是各奔东西，到其它医院谋职结婚成家离开这里。于是这里就留下了女主人守着一个四层空楼和一副高悬着的医院门匾。

也许是一个人守空楼太寂寞的关系吧，不久前女人就带回来一堆的狗为伴，每天那狗的叫声沸沸扬扬地传遍整条小街。于是乎我们那里的邻居便给她取“养狗女”的绰号。大家一早就被那整晚躁乱的狗叫吵醒，不由地暗地里纷纷叨咕这个“养狗女”的悄悄话。

女人开始深居简出。

从一个温文尔雅的女医生，一转眼成为蓬头垢面的养狗老太。

以后，她没有话，跟任何人也不讲话，包括我在内。她把自己包裹起来，而且生怕人家说她和她的丈夫曾是中国人。每到休息日时，她一定大大地打开门窗，放出日本酒吧间的歌曲让全世界都能听见一样。同时她的那些狗也会随着令人肉麻的歌声大声地狂吠，她像是通过这疯狂曲告诉所有的人她今天是日本人不是中国台湾人。”

可是，有一天，我万万没有想到邻居的养狗女人还真的疯了。

河堤晨练回来，我坐在窗口稍息，准备办公。突然一股股瓢泼大水顺着我家北向靠着她家方向的窗口如翻山倒海之势扑来。我以为是台风来了，于是匆匆跑到二楼阳台关窗。这时我才发现台湾女人正拿着大盆大盆的水向我家的一楼院子泼下来。同时她的咯咯的狂笑和群狗的狂吠一同响起，我被眼前的景象惊呆了。

我立即掏出手机叫来警察。

警察开始不停地按“养狗女”家的门铃。

女人终于在大门口出现了，依旧蓬头垢面满身是水，一脸的兴奋并带着大群的狗。

女人叽里呱啦地说个不停。她本来那么安静那么寡语的人，怎么会一下子变得这么能说？

警察一下子走到我的身边说：

“对不起！麻烦你能不能给我们翻译一下，她说的是什么呀？”

她说的是日语，说的是谁也听不懂的日语。我无奈只好走上前。

“她是中国人！她是中国人！我是日本人！是日本人！我和她不一样。”女人见到我，猛然间用手疯狂地指向我，大声地喊起来。

“别装疯啦！本来你就是中国人，有什么可装洋鬼子的，真无耻！亏你还是个大知识分子。”我用中文厉声地对女人大声地喝斥道。

女人被我的响亮的叫声惊呆，竟然突然一转身关上大门带着群狗返回她的大楼。无论警察再呼叫也不打开门。

从那天以后她家面向我家的门窗再没有打开，狗与日本酒吧间的狂欢曲从此销声匿迹。取而代之的是位于她家南向的所有阳台和所有与我家相邻的院子栅栏上，都被她不知在什么时候用层层的草席和蓝色的塑料布绑扎起来，就像有一天会发走的货物一样。

她把自己连同大群的狗彻底地关起来了。

可是，有一天我和邻居的这道墙却在一个不经意的发现中，变成了一道帷幕，似乎轻易地就可以被掀开一样。

“告诉你一件事，你知道吗？我发现了一个重大的秘密！”

这天早上当我看到大脑袋时，我急不可待地说：

“昨天，邮递员把邻居家的信给投错了，就是那个养狗台湾女人家的。我看信址吓了一大跳，你猜猜怎么回事?”

听我这样说，大脑袋的眼睛一下放亮，紧忙着问我，

“出什么事了?”

“不！不是出事，是我发现了一个秘密！邻居家的来信地址正是我家广东老家房子的地点。并且，这个女人本身也姓陈，因为她丈夫在日本，他们随日本人的习惯婚后随丈夫姓，所以我根本不知道她也姓陈。如果是这样的话，看来她无疑是我们同一家族的人，有可能还是我的堂姐或姑姑之类，总之她和我是亲戚。”

“是吗？这也太巧啦。你认她吗?”

“我可不认！她连自己是中国人都不敢承认，何况说和我是亲戚呢?”

但是说这话时，我感到有些于心不忍。因为我清楚地知道邻居的台湾人她并不是因为不愿做中国人而疯的！而是在丈夫的长期限制下带来的语言、思想的自闭。一旦一直统治着自己的丈夫突然消失了，已经被扭曲的情绪和心结突然崩溃使她无法自控，才带来那一连串的闹剧。

东京的冬天，一年里最多只下一次到两次的雪，并且差不多都在傍晚时下，到了第二天早上太阳还没有升起时雪就全化掉不留下一丝痕迹。

这条东西走向的江户川河上，与对岸的东京之间横亘着许多不同作用的桥梁。沿着我跑的路程就要经过 9 座桥，市川大桥、四座水道桥、旧行德桥、新行德桥、东西线桥、湾岸道

路桥。

在我跑到的最后一座湾岸道路桥下的河堤上，竖立着一个2米高左右的粗粗的黑木桩，上面刻嵌着“零起点”的大字。

也就是在这里，我与她不期而遇。

泛着银色光波的江户川在高悬的明月下，婆娑闪光，河水轻轻地洗泼着边岸，河的对岸是栋栋摩天大楼和千红万紫的灯群，在大楼和灯群的背后是巍峨耸立的富士山的身影。

我听到一个十分悦耳动听的歌声，来自河堤下的“零距离”河岸上。

朦胧中，我看到那里有一个小小身材的女人，正面对着河水放声地大唱，能听出那是人口皆碑的日本冲绳传统歌“生命花”。

歌词的大意是：河水你在流，流向哪里？人流你在走，走向哪里？爱河你在奔，奔向哪里？哭吧！笑吧！总有一天我会将你像花一样接回。总有一天我会让你鲜艳盛开。

曲调悠然感伤，若泣若诉。尤其是在这冬日的黎明，时针刚刚指向五点前后，冷月高照，听到她的歌声不由地使我想起盲人阿炳的《二泉映月》来，那是同样的凄凄凉凉、悲悲切切、牵动心肠。

我索性停下脚步，站在零距离河堤上听她唱，她依旧故我地在河堤下的河岸边上，对着河水、对着富士山大声地唱。待到她唱完，她又开始放声地大笑，对着河水对着名山。笑声脆亮、痛快、健康，充满了一种挑战。

我在河堤上等她笑完登上河堤来。

“你唱得真好！这首冲绳的歌非常让我想起我们中国歌来，特别叫人想家。”

“是吗？那可太好啦！我就是喜欢唱歌，我在这里已经唱了有好多年啦。”

“那以后我们约好在这里，我天天做你的听众。”

“那可太谢谢你啦！本来我一个人也挺寂寞的，有你和我作伴，真太幸运啦！”

女人向我鞠了个躬，我也顺带着回她一个鞠躬，她便匆匆地离开了。

我不知她的年龄，因她从始至终都从头到肩覆盖着1枚精美的披头方巾，并带着口罩。即便和我说话时她也从未摘下口罩来。但是我看到她背对着河堤、背对着我、面对着河水，面对着大山唱歌时，是摘下口罩来的。从她的机敏利落的动作来看，她的年龄至少应当和大脑袋不差上下。

岁月就在约定俗成的默契当中流逝，每到早五点余刻我和她就像上世纪的破旧的老挂钟一样，准时地不期相会在河堤上的零距离的终点。

她在河堤下的河岸边上大声地唱、大声地笑；我在跑，跑在河堤上。

周日完全是一个偶然，因为我们三人比平日晚去了江户川河堤，我依旧先跑在小老头和大脑袋之前，来到了“零起点”木桩前。

“早上好！”一个快活的声音迎面而来，我本能地立即答道：“你早！”

但同时我被眼前的她惊住了。摘去方巾的她的面孔被两道纵横的深深的伤痕完全破坏，一只假眼无光地挂在鲜红伤痕上方的眼眶里，只有一只可活动的眼球证明她是活人般地转动。

听到我的惊讶的叫声，她飞速地披上方巾边朗朗地大笑着迅速地离开我远去。

我突然非常自责：为什么没有来得及掩饰自己！

但同时，一个从未有过的欢快在我心底复活、涌动、膨胀：在我十五岁时曾读过的俄罗斯文学作品《叶尔绍夫兄弟》中的廖丽亚，那个因战争而满面伤痕变得丑陋不堪但依然勇敢地追求生活追求爱情的廖丽亚，分明就活在我的面前。

作家没有欺骗我们读者，他是用最真实最自然的笔向我们讲述了追求生命追求美的人的故事。而被作家讲述的这些弱势群体的人就生活在我们中间，他们不懈地努力，奋斗和向上的精神将无时不刻在打动和鞭策着我们前进、冲刺，直到目标实现。

使我至今也感到非常遗憾的是，从这次迟到的早遇以后，女人竟从此在我们这里的河堤上消失了，在以后的岁月里我竟再也没有看到她。

从六月初起，河堤上拂晓的空气已经被周围农家果林飘来的香甜气味包裹，熏得晨练的人欲醉欲睡。

“陈老师，我有个秘密，从没有对任何人讲过，我想讲给你，你愿意听吗?”

大脑袋用他特有的浓重的男腔音对我低声说。

每当听到大脑袋的声音，就有种震荡心扉般的回响。他的声音中带着一股莫名的力量，叫人不得不为在那力量之下持有的诚实和坦率而心动。

“我非常地恨自己的母亲！是发自内心的。我本不应该这样，但她让我不得不这样想!”

他停了一下并同时停下脚步，像是在下了一番努力一样，接着说下去。

“你看我可以说在家里是最孝敬的一个。虽然我上面有大哥，并且按照日本的传统习惯长子应当给父母养老送终，但我还是大包大揽地把父母他们都接到我家来，直到他们离世为止。

但是我永远也不能忘记的是我母亲曾对我说过的话：你本不应该来到这个世上，生下你的第一天我就盼望着你死。美军的飞机在空中嗷嗷地叫，我挤不进去防空洞里只好站在外面。身上背着刚生下不久的你，念叨着炸死吧！把这个孩子连同我一起都炸死吧！谁知道你的命还这么强，一直活到现在不说，在四个孩子当中属你个子大又壮。”

“陈老师，你知道吗？我就是一个这样天生不受欢迎的人！连我的亲生母亲都这样认为。我是1945年出生的，正好是日本战败那年。”说着说着，三尺高的他竟呜咽起来，像个小顽童一样，叫我不知所措。

他边擦着眼泪便继续说：

“母亲的这句话伴了我一生也伤了我的一生。还好母亲是在睡梦中走的。早晨醒来时我们发现母亲早已僵硬。她患的是心肌梗塞，连一声都没吭就走了。我常想如果她不是以这个方式送走自己的话，我真的不敢想象我会怎样去迎接她真正的老年。”

听到他的这番叙述，不由地感到心中猛然喷涌出一种凄凉和悲壮的情志。我似乎能够感受到那个在战火中的劳动妇女的焦躁、恐惧和不安，那种到达极致的爱与恨。可以说没有一个正常的母亲会希望自己的亲生儿女死去，倘若真的是曾有过此念也不过是在一时冲动下产生的。尚且她已经为孩子长得这么好这么结实感到自豪，那么更应当认为这个母亲只不过是自觉认识到与儿子之间已经建立了相当的信赖关系，所以可以毫无掩饰地将自己曾有过的哪怕是一瞬间的邪念讲述出来，本能地以此解开曾有过的母亲对儿子的心结。

如果她是一个稍有文化修养的母亲的话，可能她的表达方式就会更加委婉和顺耳。可是她偏偏就是一个极普通的劳动妇女，又偏偏养育了像大脑袋这样在战火下出生的极敏感极易受伤的孩子！

为此话，大脑袋竟然心怀对母亲的最大的怨恨和不满，让我感到十分的遗憾和悲哀。

"不！你这样认为一定是你人生中对你母亲的最大误会。你想！你母亲为什么会说这番话？她是在什么情况下说的？她是在被逃难的人群排斥、挤不进防空洞时发泄出的愤恨，而且说的是她连同你一道死掉！这是一个多可怜多悲壮的母亲的呼叫啊！你光考虑自己的感受，认为是妈妈在伤害你！为什么不更多地站在你妈妈的角度去考虑母亲的感受呢？而且，你应当好好想一想，你妈妈正因为是在战火中赢得了你的生命，而且这个生命比所有的孩子都健壮，她无疑会自豪地认定这是自己做母亲的荣耀，她会自觉地认定孩子应当和她已经结为一体，不论她是用什么语言来讲述过去，孩子一定都会理解自己认同自己的，因为你们母子是共同死里逃生过来的啊！"

说到这儿，我不由地被自己描述的一个没有文化的普通母亲的形象而感动而冲动，禁不住瞥了一下身旁大脑袋一眼。

只见此时的他像是惊呆了一样，那双大大的眼睛像定住一般一动不动，本来紧闭的双嘴由于惊愕而半张开着。

"哎！你听到没有？我在给你说话呢。"我用手拍了他的肩膀一下。

"要是，要是我早遇到你就好啦。也许我还不至于那样整年整月地因为她在家而不归。"

大脑袋嘟囔着，边用手迅速地拭去眼角的泪水。

七月末八月初的黎明，河堤两侧的坡面上传来阵阵蝉鸣，像是生与死的交响曲激昂而悦耳，在这不眠的乐曲中你会感受到生与死的极端。生的骄傲雄壮，死的寂寞和永远。

虽然也是早四点半，但西南面深灰的乌云背后突然出现彩虹的前兆，那朦胧色彩中展现的是绚烂夺目、无比精彩辉煌。

大脑袋的腰背越来越驼。看上去腰部和胸部似乎已经无力再去支撑身体骨架子一样窝成一个拱形。

他拖着一天比一天沉重的脚步，走到昨天三人集合的地方，回转身像是等待又像是急不可待地叹息、自语：不知我究竟还有多少人生的时间？

猛然间他抬头看铅灰色阴云密布的上空，在西南方的尽头处出现的这道五光十色的彩虹。他停住脚，不由地回头一瞥，看到陈老师果真出现在小巷口向他和小老头这边跑来，她那健美丰满的体态，她那秀外慧中的面孔，如同昨日又在重新缭绕他垂老的心。他在心里禁不住对着天空祈念着：彩虹，不要走开！我要让陈老师也能看到你一眼！

当大脑袋越感到死亡在向自己逼近时，他就越觉得自己对世间尤其对陈老师不应当再有任何的隐瞒。哪怕曾经自己最最肮脏的一面，他都想打开，让她看让她知道让她明白！

曾几何时，陈老师，成了大脑袋滞留人生的唯一的生命砥柱和源泉。

因为他迄今才第一次意识到从未有人像她这样问过自己的人生，也从没有人像她这样解释过人生。

“你是不是在未成婚之前和很多日本男人一样早早地就已经接触过女人了？”

陈老师在他的身旁走着，漫不经心地提起这个老掉牙的话题。

至今，陈老师已经习惯大脑袋不回答或回避这个话题。虽然她心中很明白大脑袋的回避和不回答是一个隐瞒，但这种隐瞒和躲避里掩盖着的又的确是一个温和的情感体谅，那就是不想用过去的男女之交来刺伤今天的对方。每当想到这，她就会从容地将话题换新，不追问也不想追问大脑袋更多。实际陈老师也并不想从他的口中倒出怎样的事实来，因为她很清楚他们不过是偶然结伴的旅途行人而已。

“你就是对我说也没有用！你比我大十多岁。你成人的时候我还是少儿。并且我根本就不认识你！我认识你的时候只知道你是一个患有全身癌症的病人。”

说到这儿，他们两个人总会在一个不约而同的会心的笑声中结束这个无聊的话题。

“我的确是在十八九岁的时候，我们一群相同年龄的人在下班后学我们的师兄的样子走进东京闹市中心的歌舞伎街酒吧间，在那里有一个岁数大的女人带着我们走进红尘世界，教给了我们一切。”

大脑袋今天不知怎的竟开口讲起了自己的过去。

可是就在他讲的这一瞬间，陈老师竟感到像是在做梦！

什么呀？难道这是大脑袋在讲自己？她不相信，但又不得不相信！因为大脑袋明明就走在自己的身旁，他明明在那彩虹的照耀下，蠕动着那副敦厚的嘴唇在说话。

“那时候日本到处都是做这种卖身生意的人。她们都是一些比较年长的女人，她们教会我们怎样做男人，直到后来我们熟练为止。虽然以后我有孩子有老婆了，但是我一直到病倒为止都在和这些人经常地往来。有一点我很清楚就是在我的情感世界里没留下她们一个人，因为我觉得她们不过是为了我口袋里的钱而已，而我不过也就是一个发泄而已。她们也不可能因为我怀孕，因为那是她们的生意。”

大脑袋坦然地说，完全不像是在讲自己，好像在讲别人一样不动声色地说，那双眼睛似乎沉浸在一个昏黄的梦中一样，显得迷茫而困惑，衰老和垂危。

陈老师呆呆地注视着他，不想听，也不想问其他更多。因为她感到大脑袋的叙述让人嗅到令人窒息般的动物污秽和龌龊的气息。

她不由地抬起脸仰望天空，彩虹早已被层层乌云遮挡，消失得无影无踪。

说到这里，大脑袋似乎感到陈老师她并不喜欢听到这样的话题，虽然平常里她老是用这类话时不时地敲打自己，比如说日本男人最下流等等的话。现在看她又露出那丝初次见面时的骄傲和清高时，大脑袋突然又后悔不应当一时冲动讲出这些。

“你现在是不是特别烦我？甚至特别讨厌我？”大脑袋小心翼翼地问。

“嗯，有点儿。”停顿一会儿，她又说。

“真不可思议！你怎么会这样呢？”

但是很快地陈老师就恢复了平静。因为她想到大脑袋将会很快离开人世。

当人觉悟到对方已经走向生命边缘时，即便他曾经是个十恶不赦的恶棍你也会原谅他的。毕竟人生对他来说已经很短暂。

“宽容是对他的人生的最好的告辞，也是对自己的不原谅的解释和解脱。”陈老师在心中对自己悄悄地说。

在我们回程的河堤路口的右侧，有座八角屋顶的小木亭，里面有能对坐的一双木制长椅。这里从拂晓到傍晚总是有着不同的路人在此一歇。小木亭的对面也就是路口的左侧是汽车站，而在汽车站的旁边并靠的是一座灰色的墓地。

墓地靠在汽车站旁边，又是靠在公路旁，孤零零地像是在等待又像是告诫着什么一样。

“奇怪得很！为什么会在这里平白无故地冒出个墓地来？真叫人百思不解？每次我路过这里时，总要想这墓怎么不放在墓群中呢？那样也好让人祭拜呀！放在这里妨碍市容不说，还叫死者本身不得安宁。”

边说我边合起双掌，对着墓地拜了一下。心想：管他是哪家佛先拜一下为安。

“听你这么说倒也觉得有道理。一定是有什么原因才将墓地放在那儿的吧？上面有碑文，我们看一下就知道了。”大脑袋拽着我和小老头走向墓碑前。

这是一个占地不到 3 平方米土地的墓地，用灰色的大理石筑造的。在墓碑前有着一束新鲜的花被摆放在那里。

我似乎模模糊糊地记起每当拂晓跑步路经这里时，总会看到一台出租车停放在这里。下来一个满头白发的不算老的男人，手捧着花，在这里上供。因为他的白发和他的年龄是这样的不符，给我留下了极深的印象。

“1979 年，年仅五岁的玉子姐姐和年满三岁的太郎弟弟在此不幸遇车祸身亡。”碑文这样写道。

也就是在这时，我们经常在早上相遇的那个散步的瘦脸女人走了过来，对我们说：

“这个墓地有故事，我讲给你们听，愿意听吗?”

“当然啦！你讲讲给我们听听好吗?”边说我边走到瘦脸女人身旁。

“以前就在对面的那座小楼房里，住有一对年轻的夫妇带着孩子和一个老太太。”

我顺着瘦脸女儿指的方向，看到在公路对面那里确实有座陈旧了的二层灰色小楼。瘦脸女人接着说：

“那天一早，孩子妈妈准备到这个汽车站等车回娘家。她在前面走，让两个孩子跟在她的身后。于是五岁的姐姐就牵着三岁的弟弟的手跟在妈妈的身后过马路来这儿。但是，当两个孩子横穿马路时正好赶上一台出租车下夜班路经这里。司机无论如何也没有想到在马路正当中还会有这么小的孩子站在那里，一驶而过当场就将两个孩子撞死。当妈妈的刚刚迈上道边汽车站的台阶时，听到惊叫一转身，在咫尺之间的马路当中悲剧发生了，妈妈当场就疯了！而年轻的爸爸说什么也无法接受这场人祸，什么也没有说当天扔下年迈的老母出走至今不知去向。老母亲痛不欲绝，以后很快住进老人院，不久便离开人世。为此，邻居和街道自治会主动申请市政府在这里建墓以警示后人。”

“怪不得呢？”渡边待瘦脸女人走了以后，好像恍然大悟一般地说：

“陈老师，不信你留意一下！每天早上总有个出租车的白发司机，停车在这里供花供水。今天，听那个女人一说我明白了，可能那个白发司机就是肇事的司机！已经有好多年的光景啦，我还以为他不过是这儿的墓主呢?!”

又是新一年的春暖花开，河堤的草坪已经在黎明前被群群快乐的小鸟占领，到处能够听到叽叽喳喳的鸟叫。钓鱼爱好者们也纷纷在岸上占好位置，看着河中时隐时现的涟漪，想象那条条活跃的鱼儿落网的情景，于是乎个个摩拳擦掌跃跃欲试。

大脑袋终于挺不住了。全身的癌细胞不可阻止地扩散。

这些天，我已经将跑步的距离由河堤“零起点”终点延伸到紧靠前方河堤的大学医院，病房成为我晨练的一个落脚点。

走进病房，一眼就看见病床上的大脑袋堆缩在洁白的被套里，除了依旧的大脑袋以外全身突然间瘦得像是骷髅一般。

“疼吗？”我问。

“疼！非常疼！几乎全身没有一处不疼！”大脑袋艰难地说着，并抬头看了我一样，我看到他的双眼，本来是发黄的眼白就这么几天已经变成灰色，上面布满了血丝。

大脑袋突然间一个力量猛然地试图坐起来，一把抓住我的胳膊，急促地说：

“陈老师，陈老师，我要说几句话不知你愿不愿意听？但不管怎样说我觉得必须要对你说！”

说到这里，他停顿了一下。将瘦得皮包骨头的双手又颤颤巍巍地伸向床把手，将身子摆端正，像是要发表一个重大演说一样。

“陈老师，我要对你说：第一，我感到非常非常的遗憾！为什么我没有早遇到你；第二，我感到自己非常非常的幸福，因为我遇到了你。”

说到这里，他那枯黄的面颊上泛起淡淡的红晕，眼睛闪露出一个神奇的光亮来。

我沉默了，不知道该怎样回答他，脑袋顿时出现一片空白。

“好好休息一下。”我悄声地说。

大脑袋深深地点点头，再一次缩回被子里。

大脑袋闭上眼睛，像是进入一个昏睡中。

没过一会儿，大脑袋张开眼睛问：

“小老头呢？”

“自从你住院以后小老头就消失得无影无踪啦，我再也没有见到他。”我不由地苦笑了一声。

“下个月我出院时，我们再在一起和以前一样到河堤锻炼身体。不过我可能一开始要坐轮椅，然后用拐杖练习一阵以后才能正式开始以前的晨练。没关系！你先耐着性子等一下吧！”

我想幸亏现在是春天，早上虽然我还是在四点半来到河堤上，但是天已经开始蒙蒙亮起来了，我还不至于感到那样孤独，那么可怕。

但是，可惜的是我们这个三人团队现在惟独剩下我一人了。

我每天依旧沿着河堤一直向着东方跑去，只不过在那里又多出来一个医院的落脚点。

这天，大脑袋昏昏沉沉地仰面躺着，双手像是一个虔诚的信徒对着什么在祈祷似地交叉在胸前。

看到我进病房来，大脑袋微微睁开眼睛，艰难地说：

“没有感觉啦！所有的疼痛所有的不舒服好像一下子都蒸发掉啦！有的就是麻木和无力、疲乏和倦怠。”

他的嘴好像被打上麻药一样，嘴唇和舌头变成僵硬了似地不能自由地运用。如果不是我与他天天相处的话，恐怕很难听懂他的话了。

他闭上眼睛。

一小会儿，他又睁开眼睛，

“我还活着，真幸福！”他喃喃地说。

活着的本身对大脑袋来说已成为一个奢侈一个幸福！我突然感到一个莫大的心痛：难道这就是他弥留世界的最后遗言?。

就在第二天，也就是在春天即将离去，夏天就要到来的五月里，大脑袋走了。

听他说，他的母亲是六十八岁去世的。

一切像是上帝安排好的一样，大脑袋恰好也正和他母亲同一年龄的这天走了，永远地走了，也许正是在这个年龄他才方知当年母亲在战火中是以怎样的焦虑怎样的爱去抵抗战火和灾难来的。

河堤上一个常遇见的老者这样对我说：

“陈老师，我为你计算了一下，我们这条河堤是东西走向的。在地图上看，这个方向正好延伸到中国你的家。我看你是风雨不误地每天在跑 5 公里的河堤，你已经跑了 17 年，等于跑了 31025 公里。而从东京到哈尔滨的距离是 1616 公里，结论是你已经跑中国你的老家 10 个来回啦。”

东西走向的江户川河堤，依然横亘在我家门后小路的尽头上，位于正南方向的富士山巍然地坐落在天际，在山脚下有国际一流的大都市东京，从远望去东京宛若一幅连天画中的一个点儿，显得那么渺小、遥远、模糊。

河堤的时钟照样运转，将每个人的生命刻嵌进河堤的生命记录时盘上。今天时盘上少了一个记录，那是大脑袋已经永远消失的点。

而今天的我仍旧风雨不误地每天凌晨跑在江户川河堤上。